AU-DEVANT DES ENNUIS

KYLIE GILMORE

CHAPITRE UN

10 ans auparavant…

Madison Campbell, quinze ans, posa les mains sur ses hanches et jeta un regard noir au miroir, comme si celui-ci allait la transformer en une belle fille menue du genre qui plaisait à Parker Shaw. Il fallait qu'elle soit belle parce que Park, le type qu'elle vénérait depuis des lustres, était sur le point de quitter la ville avec sa virginité.

C'est juste qu'il ne le savait pas encore.

Elle souleva les cheveux bruns qui lui tombaient sur les épaules en essayant de découvrir comment les faire tenir en torsade de la façon dont elle avait vu Miss Populaire, Shannon, le faire. Elle attrapa un élastique, le tourna autour de la masse de cheveux et retira les mains. Tous les cheveux tombèrent sur le côté.

— Caca merde, marmonna-t-elle en arrachant l'élastique et en le jetant sur le comptoir.

Comment les filles faisaient-elles ça ? Elle n'avait personne à qui le demander. Sa propre mère était partie quand Mad n'avait qu'un an. Elle était la seule fille, non, la seule *femme*, dans cette maison avec cinq frères plus âgés et son père. Tous ses amis étaient également des hommes. À chaque fois qu'elle essayait de traîner avec des filles, elle avait l'impression d'avoir accidentellement mis la chaîne espagnole. Ça avait l'air intéressant, mais elle ne savait pas du tout de quoi elles parlaient. Il y avait de bons béguins et de mauvais béguins, alors qu'elle avait l'impression que c'était la même chose. Et des questions qui n'en étaient pas. Elle ne savait pas parler le 'fille' couramment, et alors ? Elle n'avait aucun souci pour parler avec les garçons, même quand ils étaient terriblement canon comme Park. Il fallait juste qu'elle lui montre qu'elle n'était pas cette petite crétine insolente avec laquelle il avait grandi.

Elle passa les mains dans ses cheveux et essaya de leur donner du volume afin d'obtenir ce look naturellement ondulé qu'elle avait vu à la télé. Maintenant ils étaient pleins de frisottis. Elle ouvrit le robinet et elle se passa de l'eau sur la tête, aplatissant à nouveau ses cheveux. Tant pis pour la coiffure. Elle prit le rouge à lèvres rose qu'elle avait piqué dans le sac de Shannon au vestiaire pendant le cours de sport et elle avança les lèvres. Mad n'avait pas peur du sexe. Elle savait déjà tout, qu'est-ce qui allait où, l'histoire du préservatif, le bruit que faisaient les filles. Elle pouvait remercier ses frères qui couchaient avec tout ce qui bougeait pour ça. Ils faisaient entrer des filles en douce à la maison quand leur père était au travail. Elle passa le rouge à lèvres sur sa lèvre supérieure puis elle continua le cercle jusqu'en bas avant de revenir au départ. Elle reboucha soigneusement le rouge à lèvres, ayant l'intention de le rendre lundi à Shannon à l'école quand elle aurait le dos tourné.

Elle sourit devant le miroir puis elle s'arrêta. Elle ressemblait à un clown. La couleur était trop vive, faite pour la peau claire et les cheveux blonds de Shannon, et elle avait débordé un peu partout. Elle attrapa un mouchoir et elle s'essuya la bouche. C'était stupide. Elle savait ce qui plaisait aux garçons : les gros seins.

Elle regarda son buste. Bonnet B. Elle prit ses seins dans les mains et elle les serra ensemble, essayant de faire un beau décolleté. Rien d'impressionnant. Elle tira son T-shirt noir de concert préféré vers le bas et elle souleva ses seins en même temps. C'était mieux. Elle attrapa le haut du T-shirt des deux mains, c'était un vieux T-shirt qu'elle adorait de son frère Ty, elle hésita une fraction de seconde, puis elle le déchira, formant un col en V. Toujours pas de décolleté. Elle le déchira un peu plus. Elle se pencha en avant et bougea les épaules d'un côté et de l'autre. Voilà. Maintenant, on voyait vraiment qu'elle avait des seins.

Quoi d'autre ? Elle attrapa le fard à paupières bleu de Shannon, en appliqua un peu sur le petit pinceau et le passa sur ses paupières. Elle ouvrit ses yeux marron pour voir l'effet impressionnant. Chiotte. Elle avait clairement volé le maquillage de la mauvaise fille. Inutile d'essayer l'eye-liner bleu. Elle aurait dû piquer quelque chose à l'amie brune de Shannon, Michelle. Elle poussa un soupir. Elle allait devoir se servir de son corps.

Elle se tourna de profil devant le miroir, rejeta les épaules en arrière, puis elle se tourna et elle regarda son derrière. Il était assez plat. Elle ne ressemblait pas du tout aux mannequins pulpeux des doubles pages centrales des magazines que ses frères cachaient sous leurs matelas. Elle faisait un mètre soixante-deux avec un corps mince, athlétique et un peu masculin. Pas aussi petite que la dernière petite amie plantureuse de Park. Elle posa les mains sur ses hanches. Elle avait la taille fine. Peut-être que si elle faisait remonter le T-shirt, sa taille fine donnerait l'impression d'une plus belle courbure des hanches.

Elle fit deux nœuds au T-shirt, juste au-dessus des os des hanches, montrant ainsi son nombril. Elle envisagea brièvement de tenter un piercing à l'épingle de sûreté dans son nombril, qui était joliment rentré, mais elle craignait qu'il devienne trop rouge. Elle s'était percé sa propre oreille et elle était restée rouge toute une journée.

Quelqu'un tambourina à la porte.

— Dépêche-toi ! Faut que j'aille pisser ! aboya une voix masculine.

— Utilise l'autre salle de bains ! cria-t-elle en réponse.

Il tourna la poignée. Bien sûr, elle avait fermé à clé. *Bam. Bam. Bam.* Il devait s'agir de Ty. Le plus physique de ses frères. Il allait enfoncer la porte si elle ne se dépêchait pas. Elle rangea les objets incriminants – rouge à lèvres, fard à paupières – dans la poche de son jean.

— Allez, Mad. C'est une urgence. Logan est dans l'autre salle de bains.

— Il est sûrement en train de se branler, dit-elle en faisant tomber ses cheveux vers l'avant, sur ses épaules, espérant attirer l'attention sur ses seins.

Boum. La porte vibra. Il avait dû donner un coup de pied.

Elle leva les yeux au ciel et elle jeta un dernier long regard à son apparence. Park allait-il s'intéresser à ça ? Elle ne savait pas quoi faire d'autre pour améliorer son image. Elle renifla ses aisselles. Il n'y avait pas d'odeur. Elle aurait aussi dû voler un peu de parfum.

Boum. La porte trembla.

— Qu'est-ce que tu fais là-dedans ? demanda Ty d'une voix forte.

Elle ouvrit l'armoire à pharmacie, espérant y trouver quelque chose qui sentait bon, mais il n'y avait que le bazar de ses frères. La plupart d'entre eux vivaient toujours à la maison, sauf les jumeaux Jake et Josh, qui étaient dans l'armée.

— Mad !

Elle soupira, se tourna et ouvrit brusquement la porte.

— Sors de là, dit Ty en ne lui laissant même pas le temps de le faire.

Il l'attrapa par la taille et il la souleva afin de la reposer dans le couloir. Comme tous ses frères, il était grand, presque un mètre quatre-vingt-trois, les cheveux bruns, les yeux marron, et des muscles partout. À vingt et un ans, il travaillait à la salle de sport, apprenant aux gens à devenir costauds. La porte claqua derrière lui.

Elle se dirigea vers la petite chambre qu'elle partageait avec Logan, son frère plus âgé de trois ans. Elle dormait en haut du lit superposé. Leur maison n'avait que trois chambres. Son père en avait une pour lui tout seul, même si c'était la plus petite. La chambre principale contenait deux lits superposés pour les quatre garçons les plus âgés. Park avait le canapé du salon. Son père l'avait sauvé d'un très mauvais foyer quand il avait dix ans et qu'elle en avait sept, et il vivait avec eux depuis. Elle ne pouvait imaginer comment elle aurait survécu à ses frères sans Park. Il s'était toujours occupé d'elle. Qui la prenait toujours dans son équipe quand personne ne voulait d'elle ? Park. Qui lui donnait sa glace quand ses frères avaient dévoré le bac avant même qu'elle puisse récupérer une goutte ? Park. Qui disait à ses frères de la fermer quand elle était vexée ? Le type qui allait bientôt prendre sa virginité : Park.

Et demain il partait rejoindre l'Air Force pendant six longues années. Sa gorge se serra. *Ne pleure pas*, se dit-elle. *Tu pourras pleurer autant que tu veux quand il sera parti.*

Elle ferma les yeux et inspira profondément. Il lui restait une heure avant la fête de départ. Son père avait emmené Park à dîner, juste tous les deux. Elle ouvrit le placard, repoussa une paire de crampons de Logan d'un coup de pied et essaya de choisir entre des tennis et ses rangers noirs. Quelle paire représentait le mieux une jolie fille menue ? Les tennis. Aucun doute. Ils étaient blancs et presque propres. Elle les choisit, attrapa une poignée de mouchoirs et s'assit sur le sol pour les nettoyer.

Elle cracha sur le mouchoir et elle frotta une marque sur l'orteil, en repensant à Park. Allait-il la voir sous un nouveau jour ce soir-là ? Remarquerait-il qu'elle était différente ? Qu'elle avait grandi ? Elle avait atteint sa taille définitive à douze ans, mais à présent elle avait le corps qui allait avec. Il *devait* le remarquer. Et si ce n'était pas le cas, elle se contenterait de passer ses bras autour de son cou et de l'embrasser. Les actes étaient toujours plus clairs que les mots. Elle n'avait encore jamais embrassé un garçon, mais elle avait espionné ses frères. S'ils parvenaient à le faire, cela ne devait pas être si difficile.

Elle leva le dos de sa main pour s'entraîner. Facile. Elle

ouvrit la bouche et elle ajouta un peu de langue.

— Qu'est-ce que tu fais ? demanda Ty depuis l'embrasure de la porte.

Elle sursauta et laissa tomber sa main, les joues brûlantes.

— Frapper à la porte, tu connais ?

Ty s'appuya contre l'encadrement, en T-shirt sans manches et en short, croisant les bras comme il le faisait toujours afin de montrer ses gros biceps.

— La porte était ouverte, ricana-t-il. Étais-tu en train d'embrasser ta main avec la langue ?

Elle lui jeta sa chaussure.

Il se baissa et sourit.

— Qui vas-tu embrasser, hein ?

— Je n'embrassais pas ma main. Je crachais. Je nettoyais mes tennis.

Elle se leva et elle enfila une chaussure presque propre, puis elle récupéra l'autre à côté de Ty avant de la mettre aussi.

— Tu as déchiré mon T-shirt préféré ? demanda Ty. Mad !

Elle leva le menton.

— Ça fait cinq ans que tu ne rentres plus dedans. Il est à moi et je peux en faire ce que je veux. Ça, c'est la mode.

Il montra sa poitrine du doigt.

— Je peux voir tes… tes… couvre-toi !

Elle serra les dents.

— Non.

Il fixa les deux nœuds qu'elle avait faits en bas du T-shirt, regarda son nombril, puis se dirigea vers la commode, ouvrit un tiroir et attrapa un autre T-shirt de seconde main, un T-shirt usé Eastman High, et il le lui jeta.

— Enfile ça.

— Non.

Elle contourna le T-shirt et elle sortit de la pièce.

— Papa ne te laissera pas sortir de la maison dans cette

tenue !

— Je ne sors pas, lança-t-elle par-dessus son épaule en se dirigeant vers l'escalier.

Elle s'arrêta sur la marche supérieure lorsque la porte d'entrée s'ouvrit et que l'homme de ses rêves entra dans la maison.

Son cœur se mit à battre au rythme de son amour : *Park*-er, *Park*-er, *Park*-er. *Reste cool !* Les cheveux brun foncé de Park étaient coupés de près pour son entraînement militaire, ses épaules larges étiraient le tissu du T-shirt blanc qu'il portait au-dessus d'un jean usé moulant son corps. Il avait dix-huit ans, il s'était enrôlé pour servir son pays, c'était un homme à part entière. Il leva la tête, ses magnifiques yeux noisette croisant le regard de Mad, et elle descendit lentement les marches dans ce qu'elle espérait être une allure sexy et attirante.

— Salut petite, dit Park avec un sourire. On a pris une omelette norvégienne.

Petite. Elle se sentit déprimée. Petite, minus, naine. Elle était toujours la petite idiote. Avait-il seulement remarqué qu'elle était devenue une vraie femme ?

Son père entra avec le gâteau. C'était un homme grand et sportif avec des cheveux bruns coupés courts, des yeux marron et ce qu'elle appelait des rides de rire autour des yeux et de la bouche, mais qu'il appelait des rides d'inquiétude à cause de tous ses enfants. Il lui dit rapidement bonjour avant de passer dans la cuisine.

Elle descendit précipitamment le reste des marches, impatiente que Park voie ses seins de plus près. Sérieusement, si même Ty avait remarqué son T-shirt décolleté, Park le remarquerait aussi. Park la remarquait toujours, il s'occupait toujours d'elle et l'incluait lorsque ses frères lui disaient d'aller se faire voir.

— Nous devrions installer le filet de volley dans le jardin, lui dit Park en regardant autour de lui. Où est tout le monde ?

Elle s'arrêta directement face à lui, les pointes de leurs chaussures se touchant presque.

— Je suis là.

Il posa une grande main sur le haut de sa tête.

— Oui. Où sont tous les autres ?

Elle fulmina en silence, mais elle ne repoussa pas sa main. Au moins, il la touchait.

— Mad, nous devons acheter de nouveaux habits, dit son père en revenant de la cuisine. Ce T-shirt tombe en lambeaux. Va te changer, puis passe l'aspirateur pendant que je prépare le reste.

Park laissa tomber sa main et son regard se verrouilla sur la poitrine de Mad. Elle jeta les épaules en arrière pour que la vue soit plus impressionnante. Il la regarda à nouveau dans les yeux.

— Ty est là ?

— À l'étage, dit-elle en montant se changer d'un pas lourd.

Ty la frôla en descendant les escaliers, appelant Park.

— Hé, t'es revenu ! J'ai de la bière.

Mad tendit l'oreille. Si Park buvait une bière ou deux, il serait peut-être plus facile à convaincre. Elle savait que son père ne dirait rien si Park buvait. Quand Park s'était enrôlé, son père et lui avaient bu une bière ensemble, trinquant à l'avenir de Park. Elle se rendit dans la chambre dans laquelle Park gardait ses affaires, attrapa sa chemise à carreaux bleu marine en flanelle et l'enfila. À présent, elle était couverte et il allait remarquer qu'elle portait sa chemise. Elle était dans le couloir lorsqu'elle se rendit compte de son erreur. C'était le mois de juillet et elle transpirait malgré l'air conditionné. Elle échangea rapidement son jean pour un short. La chemise de flanelle tombait un peu bas, au-delà de ses hanches, et seule une toute petite partie de son short en dépassait. Cool.

Elle passa l'aspirateur à la noix, transpira encore plus, et dut attacher ses cheveux en queue de cheval haute. Le temps que la maison se remplisse de ses frères et de leurs amis, elle avait enroulé les manches jusqu'en haut et défait tous les boutons de la chemise de Park. Son père ne remarqua pas qu'elle montrait encore une fois ses seins. Il était trop occupé à raconter son passé dans l'armée, assis dans son fauteuil-relax préféré. Elle était assise sur l'accoudoir du canapé et Park était installé à l'autre bout. Ses frères Ty et Alex étaient assis entre eux. Logan était assis par terre avec leurs frères de sang, ils étaient comme de la famille, Zach, Ethan, Ben et Marcus. Le père de Mad, un policier, était actif dans la ligue athlétique de la police et il coachait beaucoup de gamins ayant besoin d'une figure paternelle stable dans leur vie.

Elle fit semblant d'écouter tout en répétant mentalement ce qu'elle allait dire à Park plus tard, quand tout le monde serait parti ou endormi. Elle avait l'intention de se faufiler au rez-de-chaussée jusqu'au canapé où dormait Park, et de lui dire… quoi ? Elle se mordit la lèvre et elle l'observa. Il croisa son regard et lui fit un clin d'œil.

Elle rougit et elle détourna rapidement la tête. Savait-il ce qu'elle pensait ? Cela aurait beaucoup facilité les choses.

Son père finit par s'arrêter et Ty prit la parole.

— Park n'est pas le seul à partir. Je pars pour Los Angeles le mois prochain.

Tout le monde se mit à parler en même temps.

— Quoi ? Pourquoi ?

Ty sourit. Park était le seul à ne pas sembler surpris. Ces deux-là étaient très proches.

— Je vais devenir cascadeur.

— Comment vas-tu faire ça ? demanda Alex.

Il était à l'université et il cherchait toujours à découvrir quoi faire de sa vie.

— J'ai rencontré un type à la salle de sport qui faisait ça, expliqua Ty. Il va me présenter à des gens qu'il connaît.

— Fais attention à te former comme il faut, dit leur père. Ne sois pas imprudent et ne va pas te tuer.

— Allons, dit Ty en pointant son torse avec les deux mains. Avec ce corps ? Tu sais que je m'occupe bien de mon produit.

Il gonfla ses biceps.

Tout le monde rit sauf Mad, qui resta assise sans bouger, les yeux brûlants. Les garçons partaient un par un. D'abord Jake et Josh qui étaient partis dans l'armée, puis Ethan à l'académie de police, Park dans l'Air Force, et maintenant Ty. Elle allait bientôt être comme un enfant unique. Tout était en train de changer et elle détestait cela. Elle se leva et partit dans la cuisine, ayant besoin d'une minute de solitude. Comment pouvaient-ils tous être si heureux que leur famille se désintègre ?

Elle fouilla dans le frigo, attrapa une des bières de Ty et chercha un décapsuleur. Elle le trouva dans le tiroir à bazar. Elle venait d'ouvrir la bouteille lorsqu'elle lui fut arrachée des mains.

— Merci, minus, dit Park avant de boire.

Elle lui jeta un regard noir.

Il la regarda durement.

— Tu es trop jeune pour boire.

— Tout le monde s'en fiche, dit-elle. C'est une fête.

— Je ne m'en fiche pas.

Elle avala la boule dans sa gorge. Personne ne se soucierait jamais d'elle comme le faisait Park. Il la remarquait. Il lui donnait l'impression d'être spéciale.

Park s'appuya contre le comptoir et posa la bière hors de portée de Mad.

— Tu es contrariée que Ty s'en aille ?

— Tout le monde part, marmonna-t-elle.

— Tout le monde est adulte, dit-il. Il est temps.

Elle resta silencieuse, contente d'être comprise dans les adultes, contente de l'avoir à elle toute seule. Elle sauta sur le comptoir à côté de lui et balança ses jambes.

— Je vais sans doute partir bientôt, moi aussi.

Il pencha la tête.

— Tu y viendras. Continue à obtenir de bonnes notes, et tu pourras aller à la fac.

— Quand tu rentreras, je pourrais presque avoir terminé la fac.

Il sortit son téléphone.

— Nous resterons en contact. Par e-mail, par texto, comme on pourra.

Il leva son téléphone.

— Dis 'ouistiti'.

— Ouistiti, dit-elle en souriant avec tout l'amour dans son cœur.

Il regarda la photo, grogna et rangea le téléphone dans sa poche.

Elle observa son profil, submergée par l'intensité de cette bouffée d'amour.

— Park, je…

— Hé ! tonna Ty en entrant dans la cuisine. C'est l'heure du match de volley. Tout le monde dehors.

Il attrapa une bière et il sortit par la porte de derrière. Les autres le suivirent de près, formant déjà les équipes. Leur père les accompagna.

Elle commença à les suivre lorsque Park saisit l'arrière de son col.

— Tu vas suer comme un porc là-dedans, dit-il. D'ailleurs, pourquoi portes-tu ma chemise ?

Elle retira le vêtement et le lui tendit. Puis elle fit descendre le V de son T-shirt un peu plus bas.

— Mon T-shirt est déchiré. Tu vois ?

Il l'observa, puis il la regarda vite dans les yeux.

— C'est *toi* qui l'as déchiré ?

Elle leva le menton.

— Oui. C'est la mode.

— Qui est le garçon ?

— Y'a pas de garçon, crétin, dit-elle en sortant en trombe avant qu'il puisse la voir rougir.

Il la rejoignit et il tira son col en arrière afin de la

couvrir, cette fois. Le T-shirt glissa de sorte que le trou béant se trouve dans son dos. Avant qu'elle puisse faire une remarque percutante, il la dépassa en courant et se plaça de l'autre côté du filet.

Mad attendit son moment à la fête, jouant au volley, faisant des paniers au basket, volant des gorgées de bière à ses frères jusqu'à ce qu'il se fasse tard et que son père souhaite porter un toast avant de clore la fête. Il devait conduire Park à l'aéroport tôt le lendemain matin afin qu'il prenne un vol pour l'entraînement de base au Texas.

Son père leva sa bière.

— À Park, nous sommes fiers de toi et ravis de te compter dans notre famille.

Park leva sa bouteille de bière et les regarda tous.

— Je suis très reconnaissant de vous avoir comme famille.

Sa voix était rauque d'émotion et Mad eut les yeux brûlants et la gorge serrée.

— Bravo ! dit Ty et tout le monde but.

La fête se termina enfin et tout le monde s'éparpilla. Certains montèrent se coucher, d'autres partirent chez eux. Elle monta dans sa chambre, resta longtemps couchée dans son lit, jusqu'à ce que la maison devienne silencieuse et qu'elle soit sûre que Logan dorme. Puis elle se faufila au rez-de-chaussée, ne portant que le long T-shirt dans lequel elle dormait. Elle avait caché un préservatif au fond du tiroir de la table basse pour ce moment-là. Elle l'avait volé dans le tiroir à chaussettes de Logan. Il faisait sombre, mais elle avait l'habitude de se promener dans le noir.

Elle se dirigea jusqu'au canapé où Park était étalé de tout son long sous une couverture bleue.

— Park, chuchota-t-elle.

Pas de réponse.

Elle lui donna un léger coup sur le bras.

— Park.

Toujours rien. Elle s'assit sur le canapé à côté de lui et

elle enfonça un doigt dans ses côtes.

— Park, c'est Mad. Réveille-toi.

Il grogna et il se retourna. Elle lui redonna un petit coup. Il ouvrit les yeux.

— Quoi ?

Elle se pencha près de lui, si près que leurs lèvres se touchèrent presque.

— Tu vas me manquer, dit-elle doucement.

Il ferma les yeux.

— Ooh, la pièce tourne en rond. J'ai trop bu.

Elle recula un peu.

— Combien de bières as-tu bues ?

Il agita la main.

— 'Sais pas. Huit bières. Ty et moi avons fait la fête une dernière fois. Complètement bourréééé.

Elle n'avait pas remarqué qu'il avait beaucoup bu. Cela ne lui ressemblait pas. En fait, elle pouvait compter sur les doigts d'une seule main le nombre de fois où il avait trop bu. Peut-être deux fois, les deux avec Ty.

Elle alluma la lampe sur la table basse et elle examina Park. Il plissa les paupières. Elle s'approcha et regarda au fond de ses yeux.

— À tes yeux, on ne dirait pas que tu es ivre.

— Pourtant je le suis, crois-moi.

Il éteignit la lumière et il se laissa retomber sur le canapé.

— Va te coucher, minus.

Elle se sentit courageuse et elle passa une main dans les cheveux de Park dont les extrémités courtes lui chatouillèrent la paume.

— Tes cheveux sont différents.

Il avait des cheveux doux et en broussaille, avant. Elle aimait le décoiffer parfois. Il ne la repoussa pas, alors elle laissa ses doigts traîner sur la peau chaude de son cou.

— Je ne suis plus une minus, lui dit-elle. Je suis une adulte.

Il se tourna sur le dos et jeta un bras sur ses yeux.

— Laisse-moi dormir, dit-il d'une voix traînante. Sérieusement. Be-a-u-coup trop bu.

Peut-être était-il vraiment ivre. Elle resta assise là pendant quelques minutes, profitant de sa chaleur, de l'odeur de savon frais et d'homme sexy. La respiration de Park devint plus profonde dans son sommeil. Elle avait envie de s'allonger à côté de lui, seulement pour dormir puisqu'il était torché, mais il bougea de façon inattendue, la poussant du canapé. Elle se leva et le regarda, essayant de mémoriser ses traits dans la lumière tamisée venant des lampadaires. Les cils épais posés sur ses joues, les pommettes hautes, la mâchoire carrée. Il était le plus bel homme qu'elle ait jamais vu.

Elle s'agenouilla à côté du canapé, se pencha et frôla ses lèvres avec les siennes, lui volant un baiser. Un frisson la parcourut. Elle recommença, posant ses lèvres plus fermement sur sa bouche, et elle fut surprise lorsqu'il l'embrassa soudain à son tour. Les lèvres de Park bougèrent de façon experte et elle ressentit une chaleur dans tout son corps. Il posa sa langue contre ses lèvres fermées et elle les ouvrit pour lui, laissant sa langue entrer en elle. Elle ne put empêcher le gémissement qui s'échappa lorsque son corps la poussa à se rapprocher.

Et puis ce fut terminé. Il grogna et roula sur le côté, lui tournant le dos.

— Park, chuchota-t-elle. Je veux que tu sois mon premier.

Il resta silencieux.

Elle se leva et elle se pencha au-dessus de lui. Il semblait être endormi. Toute cette bière lui avait peut-être donné sommeil. Elle n'avait bu qu'une bière dans sa vie et elle s'était sentie bêtement heureuse, puis fatiguée. Elle le regarda pendant de longues minutes et elle caressa une dernière fois ses cheveux.

— Reviens-nous en un seul morceau, d'accord ?

Ses yeux étaient douloureux, car pleins de larmes et elle se précipita à l'étage. Il lui fut impossible de dormir. Elle se retourna toute la nuit et sortit du lit dès l'instant où elle entendit du mouvement au rez-de-chaussée. Elle ne voulait pas rater les adieux. Elle s'habilla rapidement, se brossa les dents et les cheveux et se précipita en bas. Park pliait soigneusement sa couverture afin de la ranger dans le placard des manteaux. Il était tôt et tout le monde dormait encore.

— Papa est debout ? demanda-t-elle.

— Oui. Il est allé chercher des bagels pour tout le monde.

Il passa la main dans ses cheveux.

— Waouh, j'ai une gueule de bois terrible. Je me souviens à peine de la fête.

Elle l'examina, ne sachant pas s'il était sérieux ou pas. Ne se souvenait-il vraiment de *rien* ?

— À quel point étais-tu ivre ?

Il secoua la tête.

— Je ne sais même pas comment je suis arrivé sur le canapé. Je buvais une bière avec Ty et l'instant d'après j'étais endormi.

Elle déglutit. Il ne se souvenait vraiment pas. Il n'avait pas fait exprès de l'embrasser. C'était un réflexe. N'importe quel type ferait sans doute cela si on l'embrassait. Son premier baiser était une plaisanterie. Et si elle avait couché avec lui et qu'il ne s'en souvenait pas ? Cela aurait été horrible.

— Ouais, tu étais complètement bourré, dit-elle.

La porte d'entrée s'ouvrit et son père apparut avec un sachet de bagels et un café à emporter.

— Park et moi devons filer.

Il leva le menton en direction de Park.

— Cinq minutes, dit-il avant de se diriger vers la cuisine.

Park monta à l'étage pendant quelques minutes, puis il

revint avec un sac marin.

— Les autres dorment. Je leur ai dit au revoir la nuit dernière.

Mad attendit. Sa dernière occasion de dire au revoir. La dernière chance avec l'amour de sa vie.

Son père prit le sac et il se dirigea vers la voiture.

Park la regarda longuement, plongeant ses yeux noisette dans ceux de Mad.

— Travaille bien, d'accord ? Continue à avoir de bonnes notes.

Sa lèvre inférieure trembla.

— Tu n'es pas mon père.

Il lui fit un gros câlin et l'embrassa sur le haut de la tête. Mad sentit les larmes monter. Il s'écarta et ébouriffa ses cheveux.

— Au revoir, petite.

Il partit, la porte se fermant doucement derrière lui.

Chapitre Deux

De nos jours…

— Que pensez-vous d'une sex-toy party ? demanda Mad nonchalamment avant d'attendre l'explosion.

Ses amies du Club de Lecture Happy End, un club de lecture de romances dans lequel Mad s'était faite embarquer deux ans auparavant, étaient chez elle dans le but de l'aider à décorer pour la fête de retour à la maison de Park.

Hailey Adams, chef du Club de lecture et seule et unique organisatrice de mariages de Clover Park, posa les mains sur ses hanches et lui jeta un regard noir.

— Comment sommes-nous passés de ton avis concernant une sélection de romances paranormales à des sex toys ?

Mad leva le menton.

— Je pensais que nous jouions au jeu *que penses-tu de…*

Charlotte Vega, une entraîneuse personnelle provocante, donna un coup de hanche à Mad.

— Tu es aussi terrible que ton frère.

Elle parlait de son grand frère Josh, qui embêtait tout le temps Hailey parce qu'elle était si amusante à irriter.

Hailey jeta un sachet de ballons à Mad.

— Utilise ton souffle pour une bonne cause.

Mad les attrapa et examina le salon de la maison dans laquelle elle avait grandi en essayant de décider où attacher les ballons. Les autres femmes, Hailey, Charlotte, Lauren, Carrie et Ally installaient des guirlandes aux couleurs du drapeau tout autour de la pièce, au-dessus des fenêtres et à la porte d'entrée. Park rentrait définitivement à la maison après dix années dans l'Air Force. Il n'était revenu que quelques fois parce qu'il s'était porté volontaire pour de nombreux déploiements d'une année dans des lieux tenus secrets qui payaient plus à cause du risque élevé. Son inquiétude pour lui était continue. À chaque fois qu'elle le voyait, son cœur la faisait souffrir à cause de la façon dont il gardait ses distances. Elle s'était dit que c'était mieux ainsi, plus facile de dire au revoir, mais au fond d'elle elle craignait qu'il sache à quel point elle tenait à lui et qu'ils ne ressentent simplement pas la même chose. C'était gênant de l'admettre, mais il avait toujours été la référence par rapport à laquelle aucun homme n'était à la hauteur. Maintenant qu'il revenait pour de bon, elle était bien décidée à anéantir cette distance, à parler ou à se la fermer une fois pour toutes afin qu'elle puisse enfin passer à autre chose si c'était ce qu'elle devait faire.

Elle pensait toujours que toutes ces décorations étaient exagérées. Il suffisait de proposer de la bière et du gâteau. C'était bien assez.

Hailey lui fit un beau sourire et lui indiqua de se dépêcher avec les ballons. Mad ne savait toujours pas comment elle avait fini par se faire une amie comme Hailey. Cette femme était une ancienne reine de beauté avec de longs cheveux blond vénitien, des yeux bleu clair et un corps parfait toujours vêtu avec goût de robes de couturiers. Le genre de fille à être reine du bal et à mépriser Mad avec son corps mince, athlétique et masculin habillé d'un T-shirt d'occasion, d'un jean déchiré et de boots noires. Elle jeta un regard noir aux ballons, énervée d'être si émotive depuis le début de la journée. Les décorations importaient peu. Ces femmes, les premières amies qu'elle ait jamais eues, étaient ici pour le soutien moral. Tout cela, c'était grâce à Hailey, qui d'une façon ou d'une autre avait lu entre les lignes tout ce que Mad ne pouvait exprimer.

— Les filles, commença Mad d'une voix rauque.

Elles la regardèrent. Aucun mot ne parvenait à passer la barrière d'émotions qui obstruait sa gorge. Elle n'avait presque pas dormi la nuit précédente, tant elle était anxieuse à l'idée de revoir Park et de lui faire enfin savoir ce qu'elle ressentait pour lui. C'était tellement émouvant que ses amies soient présentes pour elle.

— Nous devrions commencer la fête en avance avec de la bière, finit par dire Mad, complètement mal à propos.

Elle n'avait jamais su comment parler entre filles. Tout ce qu'elle connaissait, c'étaient les fanfaronnades bourrues et les plaisanteries avec lesquelles elle avait grandi. Elle jeta les ballons sur la table basse et se dirigea vers la cuisine.

Hailey l'intercepta et lui fit un câlin chaleureux. Mad la laissa faire. Elles faisaient la même taille, un mètre soixante-deux, alors Mad dû souffler les longs cheveux de Hailey de son visage. Cette femme était sa meilleure amie, bien que Mad ne savait pas trouver les mots pour le dire.

Hailey s'écarta et ses yeux bleu clair brillaient.

— Je sais que tu es nerveuse, mais tu vas très bien t'en sortir. Tu gères. Traîner avec les garçons, c'est ton truc !

Mad déglutit et hocha brièvement la tête avant de partir à la cuisine. Traîner avec les garçons n'était pas la même chose que d'être avec Park. Particulièrement maintenant qu'elle avait décidé de tout remettre en question. Elle ne pouvait simplement pas continuer à vivre sans essayer de voir s'il y avait quelque chose entre eux. Aucun homme ne s'était jamais autant approché de son cœur que Park. C'était comme si son cœur s'était refermé lorsqu'il était parti et qu'il se rouvrait en grinçant uniquement à l'idée d'une relation entre eux deux. C'était douloureux. Tant pis, elle était forte et féroce et elle n'avait peur de rien ni de personne.

Alors pourquoi tremblait-elle à cette idée ?

Elle ouvrit la porte du frigo et regarda avec surprise la bouteille de champagne qui y refroidissait.

— Hailey ? cria-t-elle.

— C'est pour la fête ! répondit Hailey. En l'honneur du service que Park a rendu à notre pays.

Mad passa une main dans ses cheveux colorés en rouge, qui en étaient au stade gênant de la repousse après être restés courts très longtemps. Hailey ne connaissait même pas Park. C'était tellement attentionné. Mad aurait dû penser à faire quelque chose de spécial comme cela. Elle ne savait pas comment se comporter avec quelqu'un qui comptait autant pour elle. Ses petits-amis étaient temporaires, à chaque fois qu'elle était en manque de sexe, ce qui n'était pas souvent.

Elle attrapa un pack de six bières allégées, que ses frères méprisaient, seule raison pour laquelle elles étaient encore là. Elle prit le décapsuleur et apporta le tout au salon.

— Six bières pour femmes. C'est parfait.

Elle les posa sur la table basse et elle les décapsula une par une.

Hailey but une gorgée et fronça le nez.

— La prochaine fois, j'apporte du vin. Alors, que vas-tu porter ce soir ?

Elle examina la tenue habituelle de Mad : un T-shirt, un short ample et des brodequins noirs.

Mad regarda sa propre tenue. D'accord, elle n'avait jamais compris la mode des femmes et elle aimait être à l'aise, mais tout était propre et il s'agissait de son T-shirt préféré. Il était écrit "Essaie un peu, pour voir !" Elle l'aimait à cause du double sens. Cela pouvait être une invitation à se battre ou à la séduction du genre "ce que tu vois t'intéresse ?". Elle aimait un bon combat par-dessus tout, particulièrement au dojo avec un adversaire adapté. Elle était ceinture noire de quatrième niveau et elle était douée avec les armes.

— Je ne vais pas porter de robe, dit Mad en coupant court à la garde-robe de référence de Hailey.

Hailey faisait la même taille qu'elle, mais avec de plus

gros seins, et elle lui proposait fréquemment de lui prêter une tenue pour les occasions spéciales. Si elle était obligée de porter quelque chose pour un événement formel, Mad avait son tailleur-pantalon noir.

Les femmes l'observèrent et échangèrent des regards entre elles. Mad s'agita, sachant qu'elle ne passait pas le test de la féminité, tout en doutant pouvoir porter une robe. Elle se sentait toujours mal à l'aise et raide en robe. Elle se laissa tomber sur le canapé et posa les pieds sur la table basse.

Charlotte la rejoignit sur le canapé, faisant passer ses longs cheveux bruns aux mèches auburn sur une épaule et les entortillant autour de sa main.

— Alors, à quel point est-il canon ? Du genre à faire fondre la culotte ?

La chaleur monta dans le cou de Mad. Elle leva le menton d'un coup sec en buvant une longue gorgée de bière.

— Il est gentil ? demanda l'adorable Lauren.

Elle était institutrice.

Mad ricana.

— Bien sûr qu'il est gentil. C'est mon frère de sang, non ?

C'était ainsi qu'ils appelaient leurs frères d'honneur, ceux que leur père avait entraînés quand ils étaient enfants dans la ligue athlétique de la police. Ils étaient tous devenus comme une famille.

— Grand, brun et taciturne ? demanda Charlotte.

Mad tripota l'étiquette sur sa bouteille de bière, ne souhaitant pas admettre que c'était ainsi qu'elle se souvenait de Park. Les cheveux bruns, des yeux noisette intenses qui étaient essentiellement marron avec quelques éclats plus clairs de vert et d'or, tout à fait taciturne, mais aussi gentil. Il était devenu plus sérieux après l'Air Force, mais peut-être était-ce simplement l'impression qu'elle avait eue les rares fois qu'elle l'avait vu parce qu'il avait été distant.

Hailey s'assit de l'autre côté de Mad.

— C'est le seul type qui te fait rougir.

Elle sentit ses joues brûler.

— Je ne rougis jamais. Tu es folle.

Carrie, Ally et Lauren étaient assises en tailleur sur le sol autour de la table basse et elles la regardèrent toutes, attendant des détails. Elle savait ce que cela signifiait : une conversation de filles. Le partage avait commencé autour des livres, mais il incluait maintenant des moments comme celui-ci, où tout le monde passait du temps ensemble. Mad aimait écouter les conversations, mais elle avait encore du mal à parler d'elle-même. Elle avait plus l'habitude de traîner avec les garçons, qui n'étaient pas très doués pour 'partager et réconforter' comme le disait Hailey.

Elle posa la main sur le bras de Mad.

— Cela ne quittera pas cette pièce. Tu peux tout nous dire.

Elle se raidit. Il n'y avait qu'elles, se dit-elle. Il restait sans doute une heure avant que Ty arrive avec Park. Son père prenait une douche à l'étage. Les autres n'arrivaient que dans quelques heures pour la fête.

— Crache le morceau, dit Charlotte en lui donnant un coup de coude.

Mad inspira profondément, sur le point de tout avouer parce que cela la rongeait de l'intérieur. Mais ses paroles moururent dans sa gorge lorsque la porte d'entrée s'ouvrit. Ils ne prenaient jamais la peine de fermer à clé tant que tout le monde n'était pas revenu pour la nuit. Elle aperçut un homme grand avec des cheveux courts et elle bondit du canapé, heurtant la table basse et renversant sa bière. Les femmes sauvèrent leurs propres boissons avant que celles-ci se renversent. Le cœur de Mad se mit à battre à toute vitesse, ses pensées à tourbillonner dans son esprit… puis elle se rendit compte qu'il ne s'agissait que d'Alex, son frère plus vieux de quatre ans.

— Bonjour mesdames, dit Alex de sa voix charmante.

Les femmes soupirèrent en cœur, sauf Mad, qui leva les yeux au ciel et partit à la cuisine chercher des serviettes en papier. Elle détestait être aussi nerveuse.

— Papa est à la maison ? demanda Alex depuis l'autre pièce.

— À l'étage, cria-t-elle à son tour.

Elle entendit la porte d'entrée s'ouvrir et se refermer. Elle venait de retourner dans le salon lorsque la porte d'entrée s'ouvrit. Les femmes lâchèrent un 'Ooh' collectif.

Alex tenait Vivian, sa fille de vingt-deux mois, endormie dans ses bras et il monta à l'étage où son père avait installé un berceau pour elle. Alex avait été père célibataire depuis le début, sa fiancée, Tammy, étant morte au cours de la césarienne. Cela n'avait pas été facile pour Alex de trouver un équilibre entre le travail et l'éducation de sa fille, mais son père était à la retraite après une longue carrière de flic et il pouvait l'aider.

— On dirait un ange, dit Lauren. Ces belles boucles et ces joues rondes.

— Seulement quand elle dort, répondit Mad.

Sa nièce avait une partie des gènes agités des Campbell.

Alex partit en disant qu'il revenait dans une heure. Son père allait s'occuper de Viv si elle se réveillait.

Hailey revint immédiatement au sujet de conversation abandonné.

— Parle-nous de Park.

Elle repensa alors à sa fête de départ, son dernier meilleur souvenir de lui, la dernière fois qu'elle s'était sentie proche de lui. Il avait été tellement ivre qu'il ne s'en souvenait même pas. Elle devait se concentrer là-dessus, pas sur le fait qu'elle avait complètement foiré sa transformation de crétine insolente en femme sexy. Pas sur le fait qu'il ne se souvenait pas du premier baiser de toute la vie de Mad. Et certainement pas le fait qu'elle lui avait proposé sa virginité. C'était trop tard, désormais ! Elle sentit une montée d'adrénaline. Elle avait besoin de courir ou de se battre. Peu importe quoi. Malheureusement, c'était le mois de décembre et les trottoirs étaient trop glacés pour courir. De plus, aucune de ces femmes ne pouvait l'affronter au combat. Elle avait besoin de Ty, qui était ceinture noire, lui aussi.

Elle bondit sur ses pieds.

— Je vais chercher les chips.

Elle se précipita à la cuisine, fit quelques coups de poing contrôlés, puis inspira profondément afin de retrouver son calme, chose qu'elle avait apprise au karaté. Elle prit un sac de chips, retourna dans le salon et les jeta sur la table basse. Elle se laissa retomber sur le canapé.

— Cela fait combien de temps que tu ne l'as pas vu ? demanda Ally impatiemment.

Ses cheveux blonds, dépassant tout juste sa mâchoire, rebondirent un peu dans son enthousiasme.

Mad s'agita sur le canapé, serrant et desserrant les poings.

— Deux ans. Il est revenu quelques fois à la maison, mais nous n'avons pas passé beaucoup de temps ensemble.

Pas par choix. Elle avait plutôt l'impression que cela faisait dix ans qu'ils n'étaient pas sur la même longueur d'onde. Park s'était engagé pour quatre années de plus lorsque ses six années furent terminées. Puis, lorsqu'il était sorti de l'armée, il avait pris une mission de cinq mois pour une entreprise gouvernementale près de la base de l'Air Force, travaillant sur un nouveau simulateur de vol. Maintenant il rentrait enfin à la maison. Il avait vingt-huit ans, elle venait d'avoir vingt-six ans la semaine précédente. Ils étaient deux personnes complètement différentes. Tout cela était peut-être uniquement dans sa tête. Peut-être n'existait-il plus rien entre eux.

— As-tu une photo ? demanda Hailey.

Elle sortit son téléphone et fit défiler les photos jusqu'à celle qu'il avait envoyée de la cérémonie en uniforme où il avait été promu sergent. Elle était si fière de lui. Il avait l'air différent dans son uniforme officiel : si soigné, sérieux et fier. Pas le type subversif avec un faible pour elle dont elle se souvenait. Mon Dieu, elle le vénérait quand elle était petite. Quand elle était ado aussi. Les femmes se firent passer la photo.

— Supercanon, proclama Charlotte.

Les autres acquiescèrent.

La porte d'entrée se rouvrit et son cœur galopa follement. Mais ce n'était que Josh, son plus vieux frère à l'âge de trente-trois ans, enfin, techniquement le deuxième plus vieux, car il était né deux minutes après son jumeau, Jake. Josh avait obtenu un job à mi-temps pour sa sœur chez Garner's Sports Bar & Grill, où il travaillait. C'était quand elle était revenue à la maison dans le but de commencer l'université deux ans auparavant. Il portait des plateaux couverts de nourriture, probablement de Garner's.

— Bonjour, mesdames Happy End, dit-il avec un sourire charmant qui les engloba toutes, évitant soigneusement Hailey avant de se diriger vers la cuisine.

— Salopes ! cria Mad après lui.

Josh éclata de rire et elle ricana. Hailey lui jeta un regard noir. C'était un rappel du nom que Mad avait suggéré pour leur club de lecture, Super Adoratrices de Littérature Optimale Pourtant Éternellement Sous-estimée (SALOPES), juste pour énerver Hailey. Le Club de Lecture Happy End avait été suggéré par une autre membre et c'était resté. Plutôt fade.

— Nous devrions partir, dit Hailey en se levant et en faisant signe aux autres.

— Vous partez déjà ? gémit Mad.

— Tout est prêt. Les décorations, la nourriture. Et tu as dit toi-même que c'était une fête réservée à la famille.

Elles ne pouvaient pas encore partir. Elle avait besoin de ses pétasses préférées pour cette épreuve. Au moins jusqu'à l'arrivée de Park.

— Restez juste un peu plus, dit Mad.

Hailey secoua la tête et sortit son manteau de laine blanche du placard de l'entrée. Elle était sans doute impatiente de partir à cause de la querelle entre Josh et elle. Cela avait commencé lorsqu'elle avait engagé Josh en tant que cavalier payé pour son entreprise de planification de mariages. C'était une histoire vraiment tordue. Les choses avaient pris une tournure épique lorsque Josh avait fait semblant d'être son jumeau fortuné et qu'il avait emmené Hailey dîner. Cette dernière avait promis une vengeance éternelle une fois qu'elle s'était rendu compte qu'il s'était moqué d'elle. Plus récemment dans leur querelle, Hailey avait chuchoté à quelques femmes qui flirtaient avec Josh chez Garner's qu'il avait une maladie qui le rendait impuissant et il n'avait pas réussi à sortir avec une femme depuis. Le mieux, c'était qu'il ne savait pas du tout pourquoi. Mais tout cela ne justifiait pas qu'elle abandonne Mad.

Les femmes se levèrent et rassemblèrent leurs bouteilles de bière : la plupart n'étaient même pas vides.

— Mais vous devez finir vos bières, dit Mad désespérément.

Charlotte termina la sienne d'une longue gorgée pendant que les autres la regardèrent avec admiration. Elle s'essuya gracieusement la bouche du bout des doigts et elle sourit. Charlotte était le type de fille courageuse avec laquelle Mad aurait fait les quatre cents coups au lycée. Sauf que Charlotte avait cinq ans de plus et qu'elle avait grandi dans le New Jersey. Peu importe. Elle la connaissait maintenant et elle respectait sa confiance en elle, son courage et son côté sportif en tant que coach personnel.

— Impressionnant, dit Mad à Charlotte.

Charlotte enfila sa doudoune noire et sortit ses longs cheveux bruns du col.

— Merci.

Hailey pris Mad dans ses bras.

— Bonne chance pour ce soir.

— Où allez-vous ? demanda Mad.

Hailey se tourna vers le groupe.

— Happy hour chez Garner's ?

— Je vous accompagne, dit Mad.

— Cela pourrait être une bonne idée. De cette façon, quand tu rentreras, tu pourras faire une entrée remarquée à la fête. Nous pourrions peut-être nous arrêter chez moi après le bar. On pourrait s'occuper de tes cheveux et de ton maquillage et tu pourrais porter une de mes robes, et ce sera 'Tadaa !'

Mad se figea à l'idée de toutes ces attentions féminines et à l'idée inconfortable de porter une robe.

— Allons-y, dit Charlotte en se dirigeant vers la porte.

Les femmes la suivirent de près.

— Juste un coup à boire ! aboya Mad en les accompagnant.

Au bar, Mad paya la première tournée et elle but quelques shots de tequila. Se sentant considérablement plus détendue, elle permit à Charlotte, la femme la plus belle sans sembler faire d'efforts qu'elle ait jamais rencontrée, de l'accompagner aux toilettes pour s'occuper de son visage. Elle ne ferait pas autant d'histoires que Hailey.

— Nous n'avons pas la même couleur de peau, dit Charlotte en fouillant dans son énorme sac en faux cuir. Mais nous avons les mêmes yeux.

La peau de Charlotte était dorée comparée à la peau claire de Mad, mais elles avaient toutes deux les yeux marron.

— Essayons mon eye-liner. Regarde en haut.

Mad obéit en se souvenant de la première fois qu'elle avait essayé de se maquiller pour Park et à quel point elle avait été ridicule.

— Je ne porte pas de maquillage, d'habitude.

— Sans déconner, dit Charlotte.

Mad rit.

Charlotte écarta l'eye-liner de ses yeux.

— Ne bouge pas, sinon je vais te crever un œil.

Mad redevint sérieuse en espérant ne pas paraître idiote quand tout serait terminé.

Charlotte finit.

— Pas mal.

Mad se tourna vers le miroir : l'eye-liner marron donnait l'impression que ses yeux étaient sombres et sexy.

— Alors, tu n'en as mis qu'en bas ?

— Pour la forme de tes yeux, oui.

— Ah.

Elle se sentait stupide de ne rien connaître au maquillage. Elle se regarda encore, se demandant si Park allait le remarquer. S'il allait être froid et distant, s'il la rangeait toujours dans la case de la petite idiote impertinente. Elle n'était plus l'adolescente insolente qu'elle avait été, désormais elle était une adulte insolente. *Vie de merde.*

Charlotte interrompit ses pensées.

— On dirait que tu paniques. Tu ressembles à un chevreuil pris dans les phares d'une voiture.

— Merci.

Charlotte fouilla à nouveau dans son sac.

— Était-il ton premier petit-ami ? Celui qui t'a échappé ? Que représentait-il pour toi ?

Le fait qu'elle ne regardait pas Mad directement facilita l'aveu.

— Il était tout. Et puis il est parti.

Charlotte ouvrit un rouge à lèvres rouge profond.

— Ouais. C'est leur genre. Garde les lèvres l'une contre l'autre, détendues.

Elle appliqua de la couleur sur les lèvres de Mad.

— Qu'en penses-tu ?

Mad se regarda dans le miroir.

— C'est bizarre.

Charlotte lui tendit une serviette en papier.

— Étale-le. Comme ça.

Elle fit la démonstration en faisant semblant de toucher la serviette.

Mad l'imita.

Charlotte rangea le rouge à lèvres et dévisagea Mad de la tête aux pieds.

— Tu es bien comme ça. Tu es certaine de vouloir y aller en bermuda et en bottes d'armée ?

— Je ne veux pas porter de robe.

— Tu as un jean moulant ?

— Oui.

— Alors, mets-le. Ce short donne l'impression que tu es énorme et je sais que tu es très mince.

— Bref, marmonna Mad en se dirigeant vers la porte.

Charlotte la suivit.

— De rien.

Mad se tourna dans le couloir devant les toilettes.

— Je suis désolée. Merci. C'est juste que je suis à cran. Je veux la jouer cool, mais je vais certainement dire n'importe quoi.

— Contente-toi de rester toi-même.

— Ouais, comme si ça allait fonctionner, maugréa Mad.

Elle savait traîner avec les garçons, échanger des insultes, faire des poignées de mains élaborées. Ce qu'elle ne savait pas faire, c'était flirter. Quand elle désirait un type, elle l'affirmait simplement, généralement après un match de basket, de softball, ou un très bon combat au dojo. Parker Shaw était bien au-delà du simple désir. Du moins, il l'avait été. Bon sang, peut-être que lorsqu'elle aurait réussi à se rapprocher de lui, elle ne serait même pas attirée par le militaire guindé et propre sur lui qu'il était devenu. Peut-être paniquait-elle pour rien.

Charlotte lui donna un coup d'épaule.

— J'ai entièrement confiance en toi.

La gorge de Mad se serra. Elles retournèrent au bar et les femmes commentèrent son maquillage.

— La ferme, pétasses. Je suis toujours la même.

Mal à l'aise, nerveuse et dans une situation qui la dépassait.

— Eh bien, tu es une très jolie pétasse maintenant, dit Hailey.

Mad rougit et elle s'assit rapidement à sa place au bar. Charlotte commanda la tournée suivante et après sa troisième tequila, Mad lâcha :

— Je ne suis pas vierge.

Elles ne furent pas surprises.

— Tu as vingt-six ans, fit remarquer Hailey.

Le club de lecture l'avait emmenée dîner pour son anniversaire la semaine précédente. Elle n'arrivait pas à croire à quel point les femmes pouvaient être gentilles entre elles quand elles étaient amies. Les garçons ne payaient jamais la note du dîner.

— Je n'ai pas attendu Park et maintenant c'est trop tard, confia Mad en en venant aux faits.

— Ma chérie, personne n'attend dix ans, dit Charlotte d'un ton compatissant.

— Fait chier, dit Mad en frappant du poing sur le bar.

Lorsque Hailey la déposa chez elle, bien après l'heure de début de la fête pour une entrée remarquée, Mad avait le vent en poupe grâce aux encouragements de ses amies et une bonne dose de confiance en elle alcoolisée. Tout ce qu'il lui manquait maintenant, c'était de mettre un jean pour le look canon recommandé par Charlotte.

— Attention, Park, me voilà, marmonna-t-elle en se dirigeant en titubant vers la porte pour sa grande entrée 'tadaa !'.

Chapitre Trois

Parker Shaw s'installa sur le canapé marron confortable – son ancien lit – avec une bière et il observa sa famille adoptive, tous les Campbell rassemblés autour de lui.

— Bon sang, ce que c'est bon d'être rentré.

— C'est bon de t'avoir à la maison, dit Joe Campbell en lui donnant une tape sur l'épaule.

L'homme plus âgé était ce que Park avait de plus proche d'un père.

— Je vais chercher la nourriture. Josh, donne-moi un coup de main.

— Ta vilaine tête nous a manqué, dit Josh en posant la main sur le visage de Park et en le poussant en arrière.

— Ouais, ouais, dit Park.

Ils se rendirent à la cuisine. Il n'y avait que lui, Ty, Alex et la petite d'Alex, Vivian, qui n'arrêtait pas de monter les escaliers et de redescendre sur les fesses. Elle faisait courir Alex, qui s'assurait qu'elle ne tombe pas la tête la première. Elle était montée par-dessus la barrière de sécurité si souvent qu'Alex avait fini par la retirer pour sa sécurité.

— Ça fait plaisir de te voir, dit Ty en frappant le côté de sa jambe.

Ty lui avait déjà fait son gros câlin typique à l'aéroport, un câlin qui incluait de nombreuses tapes enthousiastes dans le dos.

— Toi aussi.

Petit à petit, il commença à se détendre après sa longue

journée de voyage depuis la base de l'Air Force en Allemagne jusqu'à Eastman, dans le Connecticut. Au fur et à mesure que chaque membre de sa famille entrait, il sentait le vide dans son cœur se remplir un peu plus. Sa famille lui avait manqué. Mais il avait eu besoin de faire ses preuves, d'être l'homme que Joe avait élevé. Joe avait accueilli Park quand il avait dix ans, lui proposant même d'être son père adoptif, mais la mère de Park n'avait pas voulu signer les papiers. Et le pire, c'était que Joe était déjà un père célibataire de six enfants. Pour cela, Joe garderait toujours le titre honoraire de papa.

— Où sont tous les autres ? demanda-t-il à Ty.

Mais ce qu'il voulait vraiment savoir, c'était où était Mad. Il ne l'avait vue que quelques fois au cours des dix dernières années et il avait fait attention à garder ses distances. C'était la seule façon de faciliter les adieux pour elle. Ty lui avait dit qu'elle n'avait pas bien vécu son départ la première fois, cherchant la bagarre et causant des problèmes à l'école. Il ne voulait pas perturber sa vie, il voulait qu'elle soit heureuse.

— C'est trop dur pour elle, avait dit Ty lorsque Park était rentré pour la première fois à Noël. Elle s'inquiète pour toi et puis elle se met en colère et se déchaîne d'une façon qui finit par la blesser. Garde tes distances et cela l'aidera à rester sur la bonne voie.

Park déglutit. Mad avait toujours été très spéciale pour lui. La petite qu'il n'avait pas eue dans sa propre famille perturbée. La petite sœur qui avait vécu.

Ty lui avait donné une tape dans le dos.

— Juste le temps que tu rentres à la maison pour de bon. Sinon ça la perturbe trop.

Park avait accepté à contrecœur. Il la protégeait à tout prix.

Maintenant, Ty lui donnait des nouvelles de tout le monde.

— Jake est dans le Maine avec Claire. Nous le verrons

le week-end prochain au mariage.

Park grogna. Jake était le plus vieux Campbell et il était sur le point d'épouser la star du cinéma Claire Jordan lors d'un mariage privé le soir du réveillon dans son chalet du Maine. Il lui tardait d'entendre cette histoire, comment Jake avait réussi à conquérir la femme la plus sexy au monde.

Ty poursuivit.

— Zach est dans le no man's land, complètement déconnecté, alors il ne sera pas là ce soir, ni au mariage. Comme d'habitude. Ethan, Ben, Marcus et Logan devraient arriver d'une minute à l'autre.

Ty réfléchit un instant et regarda autour de lui.

— Où est Mad ? Elle était là tout à l'heure.

Il regarda le plafond et tonna :

— Mad, t'es là-haut ?

Pas de réponse.

— Elle a fait tout ça, dit Ty en indiquant les guirlandes accrochées tout autour de la pièce.

— Vraiment ? demanda Park, surpris.

Il n'imaginait pas Mad décorer quoi que ce soit.

— Elle a ce club de lecture avec des amies femmes maintenant, dit Ty en ricanant. Elles lisent des livres cochons. Elles ont dû l'aider. Je ne crois pas qu'elle serait aussi douée par elle-même. Tu connais Mad.

Park inclina la tête. Oui, il connaissait Mad. Autrefois, en tout cas. Maintenant qu'il était rentré pour de bon, il voulait refaire partie de sa vie. Il fut pris de nervosité.

— Tu veux aller tirer quelques paniers ?

Ty lui jeta un regard en coin.

— Il gèle.

D'accord, c'était la mi-décembre, mais la bière ne calmait pas l'agitation de son estomac, les picotements de ses jambes qui lui donnaient envie de courir comme un fou juste pour évacuer l'énergie supplémentaire.

— Ty, appela Alex, peux-tu la surveiller une minute ?

Je dois passer un coup de fil.

— Je m'en occupe, proposa Park.

Il avait l'habitude de veiller sur la petite Mad. Cette fille lui avait donné des crises cardiaques de façon régulière, jouant dans les escaliers, se penchant sur la rambarde, glissant le long de la rampe. Il s'approcha des escaliers où Vivian faisait le difficile trajet jusqu'au sommet, les marches étant particulièrement hautes pour ses petites jambes. Il la souleva et elle poussa un cri de joie. Elle était si légère, ce qui le rendait nerveux, comme si elle était fragile.

— Que penserais-tu d'un voyage en ascenseur ? demanda-t-il en la posant au creux de son bras comme si elle était assise sur une chaise.

— Youpi ! piailla-t-elle.

Il fit un bruit d'ascenseur en la faisant monter les marches.

— Encore ! s'exclama-t-elle lorsqu'ils atteignirent le sommet.

Il se tourna et refit l'ascenseur en descendant.

— Qui a faim ? appela Josh en posant un plateau d'amuse-bouches sur la table basse.

— Moi ! brailla Vivian.

Il la posa devant la nourriture. Elle tendit une main grande ouverte, mais Josh l'arrêta.

— Que veux-tu ? demanda Josh en s'accroupissant à côté d'elle. Montre et je te le poserai sur l'assiette.

Park se servit des bruschettas, des feuilletés aux saucisses et des coquilles Saint-Jacques enveloppées dans du bacon.

— Il y en a plus, dit Josh en posant quelques feuilletés aux saucisses sur l'assiette de Vivian. Papa réchauffe des ailes de poulet, des boulettes de viande et du pain de viande. J'ai pris tout ce que tu préfères.

Josh se redressa et fit un grand sourire à Park avant d'ajouter :

— De la viande.

— Fabuleux.

La porte d'entrée s'ouvrit et les autres entrèrent tous à la fois. Park posa son assiette avec un sourire si grand qu'il lui donna presque les larmes aux yeux à la vue de ses frères. Logan Campbell, le frère qui n'avait qu'un an de plus que Park et ses frères de sang, les garçons qui comme lui venaient de familles à problèmes et qui s'étaient rencontrés grâce à la ligue athlétique de la police.

— Où étais-tu tout ce temps ? aboya Park en tapant Logan dans le dos.

— Où j'étais ? rétorqua Logan. Où étais-tu, *toi* ?

Ethan Case lui fit un salut avec un petit sourire.

— Il servait notre pays. Nous te remercions pour ton service.

Park frappa Ethan dans le ventre et toucha du muscle solide.

— Bon sang, t'as fait de la muscu.

— C'est inclus dans le boulot, dit Ethan.

C'était un flic comme Joe, qui les avait tous pris sous son aile.

Il salua Ben et Marcus avec des poignées de main et des embrassades similaires, les larmes aux yeux. Il ne s'était pas rendu compte à quel point tout le monde lui avait manqué.

Ils restèrent tous plantés là à se regarder. Les visages si familiers et pourtant différents. Même en deux ans, depuis la dernière fois qu'il les avait vus, ils avaient changé. Leurs visages étaient marqués d'années d'expérience, cependant il restait une part de lui qui les connaissait profondément, comme seul le pouvait un ami de toute une vie.

Il s'écarta de leur chemin.

— Entrez, il y a plein de choses à manger.

— Waouh, ils ont mis le paquet pour toi, dit Ethan en voyant les décorations et toute la nourriture sur la table.

Son père entra.

— Hé, les garçons, venez dans la cuisine. Il y a bien trop de nourriture sur la table basse.

Ils se rassemblèrent dans la cuisine où Alex était déjà

assis avec Vivian. La petite fille était assise dans une chaise haute pour son repas, dont elle jetait la moitié par terre quand son père ne regardait pas. Un chien ferait vraiment le ménage là-dedans. Il prit part aux souvenirs, aux taquineries et aux plaisanteries, mais une part de lui restait attentive au bruit de la porte d'entrée. Où était Mad ? Pourquoi mettait-elle aussi longtemps ? Allait-elle bien ?

Une heure plus tard, ils sortirent de la cuisine, s'éparpillant dans le salon, bières en main. Quelqu'un alluma la télé sur une chaîne où il était question de sport hors saison. Son esprit était bloqué sur Mad. Comment pouvait-elle rater sa fête de retour à la maison ? Cela n'avait-il donc aucune importance qu'il soit rentré définitivement ? Il passait sans cesse de la colère qu'elle ne prenne pas la peine de venir à une terrible peur primale que quelque chose l'en ait empêché. Qu'elle était blessée ou morte. Comme sa petite sœur. Morte et disparue et il n'avait rien pu faire.

Il était sur le point de prendre sur lui et de lui envoyer un texto lorsque la porte d'entrée s'ouvrit brusquement. Mad. Il faillit chanceler de soulagement en la voyant en un seul morceau. Il n'avait pas besoin d'aller la sauver d'un arbre trop haut ou d'une bagarre qu'elle avait déclenchée, mais qu'elle ne pouvait pas gagner ou n'importe quelle autre situation terrible dans laquelle elle se mettait.

Elle était exactement comme il s'en souvenait, son corps menu nageant dans un T-shirt, un bermuda et des bottes de travail noires. Sauf que ses cheveux étaient teints en rouge et ébouriffés de façon nonchalante. La dernière fois, ils étaient violet et coupés très courts.

Il posa sa bière, sur le point de traverser la pièce pour la prendre dans ses bras, lorsqu'elle posa les mains sur ses hanches et les observa tous.

— Tadaa ! Ma grande entrée !

Elle fronça les sourcils et marmonna :

— Il me faut mon jean.

Puis elle marcha d'un pas lourd jusqu'aux escaliers.

— Mad, tu es ivre ? demanda Josh.

— Park est ici, ajouta Ty.

Park marcha jusqu'aux escaliers, qu'elle avait déjà à moitié grimpés.

— Hé, petite.

Elle se tourna brusquement, des éclairs dans ses yeux marron.

— Le train de la virginité a quitté la gare !

Il ne fut pas surpris par cette remarque étrange. Elle était manifestement ivre et disait n'importe quoi. Il allait lui faire boire du café.

— Dis-moi que tu n'es pas rentrée en conduisant.

Elle leva le menton.

— On m'a déposée.

— Viens-là.

— Il me faut mon jean, insista-t-elle.

Il n'arrivait pas à la déchiffrer. Ses yeux disaient qu'elle était contente de le voir, le reste semblait énervé, ou peut-être était-elle simplement terriblement soûle.

— J'ai besoin de mon câlin de retour.

Il en avait plus besoin d'elle que de n'importe lequel de ses frères. Il avait besoin de la sentir entière, en bonne santé, en vie.

Elle leva les yeux au ciel, marmonna quelque chose qui ressemblait à *petit crétin*, ce qui ne semblait pas avoir de sens non plus, puis elle descendit les marches en titubant. Elle se plaça devant lui avec un air belligérant.

Il l'enveloppa dans ses bras, embrassa le haut de sa tête et ébouriffa ses cheveux. Elle lui jeta un regard noir et s'aplatit rapidement les cheveux, qui rebiquaient toujours d'un côté.

— C'est bon de te voir, mini. Va chercher ton jean et puis nous irons te rendre sobre avant que tu dises quelque chose de vraiment stupide.

— Mini ? aboya-t-elle.

Il sourit, se souvenant comme elle s'énervait pour les choses les plus étranges. On aurait pu croire qu'elle se vexait parce qu'il affirmait qu'elle disait des choses stupides en étant ivre, mais non.

— Pardon, je voulais dire Mad.

Elle tourna les talons et monta à l'étage. Il poussa un soupir et rejoignit ses frères. Il était enfin vraiment à la maison.

CHAPITRE QUATRE

Le lendemain matin, Mad descendit en traînant les pieds, vêtue de son vieux T-shirt miteux et d'un jogging, avec une légère gueule de bois, espérant ne pas croiser Park. Il avait toujours été du matin. Pas elle. Elle avait juste assez mal à la tête pour lui rappeler à quel point elle avait été bête de boire avant la fête. Elle n'était presque jamais ivre. Elle avait dû faire une sacrée impression la nuit précédente.

Quand elle s'approcha de la cuisine, l'odeur du café fraîchement préparé lui parvint. Son cœur accéléra. Cela devait être Park. Son père dormait encore, il avait l'habitude de dormir tard après avoir travaillé de nuit en tant que garde de la sécurité. Il était à la retraite, mais il travaillait toujours à mi-temps pour gagner un peu plus d'argent. Tous les autres grands frères avaient leurs propres appartements maintenant.

Et puis elle le vit. Park était appuyé contre le plan de travail, une tasse de café fumante dans la main. Le rayon de soleil passant par la fenêtre de la cuisine l'éclairait de profil. Toujours aussi beau qu'avant, même plus maintenant qu'il était plus vieux. Elle s'était clairement raconté des histoires en pensant que l'attirance aurait disparu. Elle prit un instant pour apprécier la vue de ses cheveux bruns courts, de ses pommettes saillantes, de sa mâchoire carrée avec sa barbe de quelques jours, de la courbe sexy de ses lèvres, et de la grâce naturelle d'un homme bien dans sa peau.

Elle entra dans la cuisine.

— Bonjour, dit-il. Café ?

— Oui.

Il lui versa une tasse et la lui tendit.

— Merci, dit-elle.

Le café était noir, sans rien d'ajouté. Parfait. Elle but une petite gorgée.

— Tu l'as trafiqué juste comme il fallait.

Il sourit.

— Je n'ai rien fait. Je me suis dit qu'il t'en faudrait dès que tu te levais. Je n'ai pas pu t'en faire boire hier soir.

Elle avait passé le reste de la fête à manger et à échanger des insultes avec les garçons. Ce qu'elle n'avait pas fait, c'était montrer à Park qu'elle était une femme sexy et attirante. Non pas que cela avait une importance. Park l'avait à peine regardée, trop occupé à rire bêtement avec les autres. Comme au bon vieux temps.

Va-t'en, débile.

Casse-toi, la naine.

La ferme, minus.

Viens là, petite, t'es dans mon équipe. Le type de ses rêves. Pas étonnant qu'elle le vénère.

Elle retint un grognement. Elle paraissait sans doute aussi mal en point qu'elle l'était, ce qui était nul après les efforts qu'elle avait faits le soir précédent avec le stupide rouge à lèvres de Charlotte et sa ridicule tentative de paraître sexy en jean. Au moins elle s'était brossé les dents.

Park lui jeta un regard en coin.

— Comment va ta tête ?

Elle se déplaça lentement vers la table ronde en chêne de la cuisine et elle s'assit.

— Bien.

Il ouvrit un placard, sortit de l'Advil et le posa devant elle. Après tout ce temps, il se souvenait que le père de Mad gardait des médicaments contre les maux de tête dans un placard de la cuisine. Il lui attrapa un verre d'eau également. Elle avala quelques comprimés.

— Tu bois souvent ? demanda-t-il nonchalamment en attrapant le pain et en mettant quatre tranches dans le grille-pain.

— Non, avoua-t-elle.

Elle savait que c'était un sujet compliqué pour lui à cause de ses parents merdiques. Et au cas où il penserait que c'était à cause de lui, elle ajouta :

— Je faisais la fête avec mes amies pour célébrer la fin du semestre.

Il lui restait encore une semaine d'examens terminaux à traverser, ce qui signifiait qu'elle n'allait plus boire.

— Tu es encore à l'école ? demanda-t-il. Je croyais que tu avais obtenu ton diplôme en mai dernier.

— C'est le cas. Maintenant je suis à UConn avec une majeure en marketing.

L'Université du Connecticut – Uconn – se trouvait à moins d'une heure de trajet d'Eastman.

Il la fixa longuement.

— C'est pour cela que je n'ai pas autant gardé le contact, lâcha-t-elle. Entre le travail et l'école…

— Aucun souci.

Quelques minutes plus tard, il la rejoignit à table avec les toasts beurrés entassés sur une assiette. Il en prit un pour lui-même et lui fit signe de se servir.

Ils mangèrent leur petit-déjeuner en silence. Personne dans cette maison ne parlait beaucoup pendant le petit-déjeuner. Quand elle eut fini son café, sa tête allait beaucoup mieux. Suffisamment pour qu'elle sonde Park.

— On dirait que nous allons être colocataires, dit-elle en le regardant de près. On est assez serrés ici. Nos chambres sont l'une en face de l'autre.

Son père était retourné dans la grande chambre à coucher une fois que tous ses frères avaient déménagé.

Il s'immobilisa.

— Tu vis ici ? Je pensais que tu avais juste dormi là parce que tu n'étais pas en état de conduire.

— Je suis revenue à la maison afin d'économiser des sous pour la fac.

Il lui jeta un regard sévère.

— C'est super que tu vises la licence. Mais j'avais espéré que tu le fasses juste après le lycée. Que s'est-il passé ?

C'est toi qui s'est passé.

Elle leva une épaule.

Elle avait été tellement dévastée quand il était parti, sans goût à rien et angoissée, s'inquiétant pour Park pendant qu'il entrait et sortait de zones de guerre, restant près des avions qui étaient souvent les premiers arrivés sur place. Il était chef d'équipage de vol, un mécano d'élite à qui l'on confiait des engins très sophistiqués. Les pilotes avaient besoin qu'il reste près d'eux afin de maintenir les avions en parfait état de vol. Son angoisse s'était transformée en colère qui se déclenchait partout. Elle avait provoqué beaucoup de bagarres, avait eu des ennuis à l'école et avait généralement été une adolescente perturbatrice. Elle ne pouvait pas rejeter toute la faute sur Park. Elle avait toujours été un peu téméraire, encore plus au cours de sa puberté agitée quand ses frères avaient quitté la maison et qu'elle s'était retrouvée trop souvent toute seule avec trop d'énergie. Au cours d'une de ces visites à la maison, Ty l'avait fait entrer dans son dojo lorsqu'elle était en terminale. Elle était devenue forte et concentrée, mais pas pour suivre la voie facile. Non, elle se rendait les choses difficiles, se testait, travaillant en tant que serveuse dans une partie louche de New York, louant un appartement minable qui se faisait fréquemment cambrioler. Elle avait eu besoin de prouver qu'elle pouvait vivre par elle-même après avoir reçu le traitement des frères trop protecteurs toute sa vie.

Ce n'était que récemment, depuis un ou deux ans, qu'elle avait fini par se lasser de cette vie, par sentir qu'elle était coincée dans une routine. Josh l'avait aidée, la ramenant à la maison, lui trouvant un boulot dans la ville beaucoup plus sûre de Clover Park. Il l'avait même aidée à rassembler les papiers pour qu'elle commence la fac.

— Mad, que t'est-il arrivé ?

— J'ai simplement pris un chemin différent, c'est tout, dit-elle en traçant un petit cercle sur la table.

— Eh bien, tu t'en sors très bien maintenant. Je suis fier de toi.

Elle souffla.

— Quoi ?

Elle se leva.

— Arrête d'agir comme mon père.

— Ce n'est pas le cas. Je suis ton frère.

Il leva la main pour faire 'tope-la'. Comme si elle était un des garçons. Ils disaient toujours qu'ils étaient frères, qu'ils aient un lien familial ou pas.

Elle fit la grimace et le laissa en plan.

— Aucun de mes frères ne disent des conneries pareilles.

— Ils le devraient.

Mad avait la gorge serrée. C'était vraiment complètement nul d'être encore amoureuse d'un homme qui ne ressentait absolument rien pour elle. Sauf cette stupide amitié. Personne n'était jamais arrivé à la cheville de Park. Et ce n'était pas non plus à cause du sexe, puisqu'ils n'avaient jamais rien échangé de plus qu'un baiser. C'était juste un homme fondamentalement bon. Malgré tout ce qui lui était arrivé, il avait cherché au fond de lui et il avait trouvé une force intérieure qui imprégnait tout ce qu'il faisait de gentillesse. Il avait toujours été si bon avec elle. Pourquoi ne pouvait-il pas voir qu'elle était adulte maintenant ? Prête pour autre chose ?

— Merci pour le petit-déjeuner, dit-elle avant de monter à l'étage pour se doucher.

Les émotions qui tournaient en elle se transformèrent rapidement en colère. Franchement, que fallait-il qu'elle fasse pour se débarrasser de son image de pote ? Se mettre toute nue ?

Elle s'arrêta net. C'était une manœuvre risquée, mais qu'avait-elle à perdre ? Elle serait nue dans la douche. Peut-être allait-elle faire tomber le savon ou bien ne plus avoir de shampooing ou alors avoir besoin d'une serviette. Quelque chose pour le faire venir. La douche avait une porte en verre dépoli qui la montrerait sous un jour flatteur. Elle était presque sûre qu'il ne pourrait pas voir clairement son tatouage à travers la vitre. Même s'il le voyait un jour, cela signifiait qu'il était assez proche pour pouvoir la toucher et à ce moment-là, il n'y aurait pas de paroles.

Dès qu'elle entra dans la salle de bains, elle attrapa les deux serviettes qui y étaient accrochées, la sienne et celle de son père, et elle les jeta dans le panier à linge. Elle allait réclamer une serviette. Elle prit une longue douche en se détendant et en laissant toutes ses tensions se dissiper. Puis elle se lava, lava ses cheveux et se rasa même les jambes. Oui, Park allait tout voir, et avec un peu de chance, tout toucher aussi. Elle ne s'inquiétait pas de réveiller son père au bout du couloir. Il dormait avec une machine de thérapie sonore, la porte fermée, dans la chambre la plus éloignée de la salle de bains, et il ne se lèverait pas avant le début de l'après-midi.

Elle coupa l'eau et elle passa la tête par la porte de la douche.

— Park ! J'ai besoin d'aide !

Elle ne fut pas surprise de l'entendre se précipiter en haut des marches quelques instants plus tard. Il avait toujours été son héros. Il l'avait toujours sauvée quand elle était dépassée. Elle ferma la porte de la douche et attendit le moment magique où les yeux de Park s'ouvriraient sur sa féminité.

Il parla à travers la porte de la salle de bains.

— Que se passe-t-il ? Tu t'es blessée ?

— Non. J'ai oublié ma serviette. Tu peux m'en attraper une ?

— Mad ! Je pensais que c'était sérieux. Attrape ta

propre serviette.

— Dans le placard du couloir.

— Je sais où sont les serviettes, dit-il d'une voix qui s'éloignait déjà pour aller en chercher une.

La porte de la salle de bains s'ouvrit et elle retint sa respiration, puis elle se renfrogna.

Il avait la main sur les yeux en tendant la serviette.

— Tiens.

Elle ouvrit un petit peu la porte de la douche et elle tendit la main.

— Je n'arrive pas à l'attraper, dit-elle en ne faisant aucun effort.

Il s'avança un peu plus près, toujours avec les yeux couverts.

— Prends-la, ordonna-t-il en l'agitant autour de lui.

Elle tendit la main, l'attrapa et la fit tout de suite tomber.

— Oups. Je l'ai fait tomber.

Elle baissa la voix en parlant de ce qu'elle espérait être un ton sexy et attirant.

— Tout est tellement *mouillé* et *glissant* ici. Peux-tu l'attraper ?

Il était obligé d'ouvrir les yeux pour trouver la serviette. Il allait la voir maintenant. *Allez, allez.*

Il tourna le dos vers elle, s'accroupit et tendit le bras derrière lui pour attraper la serviette.

Vraiment ?

Il se releva et il se tourna, les yeux fermés.

— C'est ta dernière chance, après tu te débrouilles. Attrape.

Il la jeta en cloche par-dessus la porte de la douche et elle atterrit sur sa tête.

— À plus tard.

— À plus, marmonna-t-elle en enlevant la serviette de sa tête et en se séchant.

Vie de merde.

Elle ajusta la serviette assez haut pour couvrir le tatouage sur son cœur, descendit dans le couloir et rejoignit vite Park. Il fit une étrange danse en levant les bras pour l'éviter. Elle aurait sans doute pu laisser tomber la serviette et il aurait juste dit : 'tu as fait tomber ta serviette' avant de la lui rendre.

Elle fulmina en continuant jusqu'à sa chambre.

Elle était vraiment adulte maintenant, pas une adulte en devenir de quinze ans comme elle l'avait été. Bon sang. Elle s'habilla rapidement.

Mad ne savait pas ce qui l'avait poussée à conduire jusqu'à l'appartement de Hailey alors qu'elle aurait dû être cloîtrée dans sa chambre à étudier ses partiels, mais la voici. Elle appuya sur la sonnette de l'appartement de sous-sol de Hailey et elle attendit. Elle savait que Hailey prenait normalement des rendez-vous dans le manoir de Ludbury House les dimanches, mais c'était une semaine avant Noël et elle avait fermé boutique pour les vacances.

Hailey ouvrit la porte et afficha un sourire étincelant avec des yeux bleu clair éclatants. Elle portait un pull rose pelucheux avec un pantalon rose, et elle semblait parfaitement maquillée, même pour un dimanche chez elle.

— Je savais que j'aurais de tes nouvelles aujourd'hui. Entre et raconte-moi tout.

Mad entra dans le petit espace chaleureux rempli de toutes sortes d'affaires de fille : un canapé fleuri, de petites tables en bois, des lampes avec de petites franges sur les abat-jours, des livres de romances et des magazines de mariage exposés sur ses étagères et sur la table basse. Hailey était une romantique décomplexée. Comme devait l'être toute organisatrice de mariages.

Mad se laissa tomber sur le canapé très moelleux et poussa un soupir.

— Rien à raconter. Park me considère toujours comme un des garçons.

Hailey fit de la place sur la table basse devant Mad et

elle y déposa un sous-verre.

— As-tu porté ton jean noir moulant comme Charlotte te l'a suggéré ?

Les femmes avaient toutes discuté de sa tenue au bar, en sachant le peu qu'elle avait dans son placard.

— Oui ! aboya-t-elle.

— Limonade, thé ou eau ? demanda Hailey.

— Tu n'as pas besoin de m'offrir quelque chose. Je ne sais même pas pourquoi je suis ici. Je devrais être en train d'étudier. J'ai un examen final de statistiques demain.

— Du thé, alors, dit Hailey en se dirigeant vers la cuisine.

Son appartement était assez beau. Il y avait un salon ouvert sur une petite zone faisant office de salle à manger et cuisine, une chambre et une minuscule salle de bains. C'était le niveau le plus bas d'une maison coloniale appartenant à une femme d'affaires célibataire qui était rarement chez elle.

Mad la suivit dans la cuisine.

Hailey posa une bouilloire sur le feu.

— Alors, qu'est-ce qui te fait penser qu'il te considère comme un des garçons ?

— Il m'a appelée petite et minus. Je suis sûre que j'aurais entendu naine s'il avait fait plus attention à moi que mes frères.

— Mais c'est mignon.

— Non, il m'a mise dans la catégorie des amis. Crois-moi, je le sais lorsque je me trouve dans la 'friend zone' avec un type.

Elle avait trop honte pour dire que Park avait eu zéro réaction en la voyant vêtue seulement d'une serviette.

Hailey lui jeta un regard compatissant.

— Je suppose que tu es bien placée pour le savoir puisque tu as tant d'amis masculins. Vraiment, je suis terriblement désolée.

Mad se sentit encore plus mal. Hailey était une

romantique pure et dure. Même elle savait qu'il n'y avait plus aucun espoir.

— Mais ne t'inquiète pas ! chantonna Hailey en reprenant son attitude habituelle de détermination joyeuse. Je m'occupe de toi. Ceci n'est pas un problème.

— En quoi n'est-ce pas un problème ?

Hailey dévoila une assiette de cookies aux pépites de chocolat fraîchement sortis du four et Mad faillit se mettre à pleurer. Il s'agissait de ses préférés, ils étaient absolument délicieux et elle savait que Hailey les avait faits spécialement pour elle, en sachant qu'elle aurait besoin de parler aujourd'hui après avoir été si nerveuse au sujet de Park la veille au soir. Elle était tellement attentionnée.

— Cookie ? demanda Hailey.

Mad pinça fortement les lèvres. *Je ne vais pas pleurer, je ne vais pas pleurer. Je suis forte. Je suis dure. Je suis féroce.*

Hailey posa trois gâteaux sur une petite assiette devant Mad, puis elle se tourna vers le placard pour attraper des tasses de thé, faisant semblant de ne pas remarquer que Mad était au bord des larmes.

— Qui a besoin d'hommes, de toute façon, grogna Mad.

— Amen, ma sœur, dit Hailey en tendant le bras pour attraper les sachets de thé.

Le sujet commença à plaire à Mad.

— Je veux dire, pourquoi faire de gros efforts quand tout ce qui les intéresse de toute façon, ce sont les gros seins ?

— Tu prêches une convaincue, dit Hailey.

Mad ne put s'empêcher de rire parce que Hailey avait en fait de gros seins. Mais elle avait tellement plus d'intérêt que sa seule apparence. Elle était si douée pour l'art subtil de la conversation, du flirt, d'à peu près tout dans le domaine des situations sociales. Elle savait même atteindre Mad quand elle était comme maintenant, énervée et frustrée. Elle souhaita qu'une partie du don de Hailey avec les gens déteigne sur elle.

Hailey sourit et s'appuya contre le plan de travail.

— Il me tarde de le rencontrer au mariage.

Tout le monde allait se rendre dans le Maine le week-end suivant pour le mariage de son grand frère Jake à une membre honoraire du club de lecture, l'actrice Claire Jordan. Claire était assez terre-à-terre une fois que l'on apprenait à la connaître. Jake avait planifié le mariage afin que Park puisse être présent.

— Pourquoi veux-tu tellement le rencontrer ? demanda Mad.

Hailey secoua la tête et sourit.

— T'es bête ! Bien sûr que je veux rencontrer le type qui te met dans tous tes états. Il doit vraiment être quelque chose.

Pas quelque chose, il était *tout*.

Mad fourra un biscuit dans sa bouche afin de s'empêcher de déverser ses pensées follement amoureuses et pathétiques. Elle fut traversée d'un plaisir pur à la première bouchée du gâteau : le mélange parfait de bonheur sucré et de chocolat. Il fallait que Josh obtienne la recette. Son frère était un gourmet et il avait l'intention d'ouvrir un jour son propre bar avec de la très bonne nourriture. Ceci devait vraiment figurer au menu des desserts. Bien sûr, Hailey préférait mourir que de partager ses recettes avec Josh.

— C'est délicieux, putain, dit Mad en attrapant un autre gâteau. Ne donne jamais la recette à Josh. Il ne le mérite pas.

— Pourquoi le ferais-je ? dit Hailey en se raidissant comme elle le faisait toujours lorsque le sujet de Josh était abordé. Il peut manger un Bhut Jolokia pour tout ce que ça me fait.

C'était un piment extrêmement fort que Josh avait un jour glissé dans le hors-d'œuvre de Hailey chez Garner's. Hailey avait fait semblant que c'était délicieux. Le nez rouge, les yeux larmoyants, elle avait demandé la recette —

en toussant beaucoup – pour le préparer à la maison. Elle était super habile. Mad avait failli exploser en essayant de ne pas rire. Josh avait ri de bon cœur.

Hailey attrapa un cookie.

— Je vais peut-être mettre quelque chose dans un gâteau et le lui offrir.

Elle mordit un morceau et sourit, du chocolat collé sur ses dents blanches.

— Comme un insecte.

Mad rit, trouvant la beauté parfaite de Hailey plus facile à supporter quand il y avait des défauts occasionnels.

— Fais-le. Je lui dirai à quel point ils sont bons et puis nous le regarderons faire semblant de vraiment aimer manger des insectes.

Hailey agita son index dans les airs, sa façon de dire *bonne idée* sans être assez impolie pour parler la bouche pleine. Elle finit de mâcher et elle avala.

— Puis-je faire une suggestion ?

Les cheveux de Mad se dressèrent dans sa nuque. Elle savait qu'elle n'allait pas aimer ce qui allait sortir de la bouche de Hailey. Elle ouvrit la sienne pour dire non lorsque Hailey fourra un autre gâteau dans la bouche de Mad en souriant.

Mad se mit à mâcher, trop pleine de bonheur chocolaté pour protester.

Hailey fit un sourire adorable.

— Faisons un relooking pour le mariage afin que tu puisses frapper un grand coup pour le maquillage, la coiffure, la robe et les talons, et tout et tout. Pas de demi-mesure du genre rouge à lèvres et jean moulant. Nous voulons que tu sois magnifique. Une femme à qui Parker ne pourra pas arracher son regard.

— Nous ? demanda-t-elle la bouche pleine.

Hailey s'essuya délicatement les coins de la bouche avec une serviette.

— Oui, moi et les dames du club de lecture. C'est ton

tour pour le happy end.

La bouilloire siffla et la fit sursauter. *Son tour ?* Leur club de lecture se nommait le Club de Lecture Happy End parce que c'était un groupe de lecture de romances. Elle pensait que cela faisait référence aux fins heureuses dans les livres. Hailey pensait-elle vraiment que cela faisait référence aux 'happy end' des membres ? Leur membre la plus récente, Claire Jordan, avait bien eu une fin heureuse en tombant amoureuse de Jake, le frère de Mad. Hailey avait organisé un rendez-vous à l'aveugle grâce auquel ils s'étaient rencontrés. Hailey avait-elle ce genre de pouvoir ?

— Tu ne peux pas simplement obliger les fins heureuses à se produire, fit remarquer Mad tout en espérant ardemment avoir tort.

Elle voulait que Hailey fasse des miracles.

— Raconte ça à Claire, répliqua Hailey en versant de l'eau chaude dans leurs tasses.

— J'ai porté du maquillage hier soir. Et mon jean moulant. Park n'a pas été impressionné. Ce matin il m'a vue en serviette, pratiquement nue et mouillée de la douche. Et tu sais ce que j'ai obtenu ? Rien. Il n'a même pas essayé de jeter un coup d'œil à mes seins.

Hailey posa les sachets de thé dans les tasses et se tourna.

— Si tu me fais confiance, laisse-moi faire mes tours de magie, je te promets que ce sera un week-end qui changera ta vie. Nous te mettrons une robe de dévergondée. Tu pourras porter les Jimmy Choos que Claire t'a données. Tous les types te désireront. Et puis nous te lancerons sur Park. Il ne comprendra pas ce qui lui arrive.

— Presque tous les types là-bas seront mes frères.

Hailey fit un bruit désapprobateur.

— Non, il y a Park, Frank, et le frère de Claire, Rich.

Frank était le garde du corps de Claire, un ancien des forces spéciales de l'armée. La tête rasée, des muscles énormes et d'accord, oui, Frank était canon, mais il était très professionnel quand il travaillait. L'homme ne souriait même jamais. Mad s'imaginait provoquer un peu trop ce type stoïque et puis il finirait par craquer. *Blam*. Mad embrassant le parquet, les mains menottées dans le dos.

Mad ricana.

— Maintenant tu vas chercher trop loin.

— Quoi ? Frank est canon. Je suis certaine que le frère de Claire sera mignon.

Hailey porta leurs tasses dans le salon.

— Apporte les gâteaux.

Mad saisit le plateau et une poignée de serviettes sur la table de la salle à manger et elle la rejoignit sur le canapé. Son ventre dansait avec une agitation étrange.

— Oublie ça. Aucune quantité de maquillage ou de vêtements provocants ne changera le fait que Park me considère simplement comme une crétine insolente. Et puis, tu sais que je déteste les robes. Elles sont inconfortables et je me sens toujours toute raide et bizarre quand je les porte.

— S'il te plaît, supplia Hailey. Laisse-moi faire mon truc. Je sais que cela fonctionnera. Au minimum, cela te donnera confiance en toi.

Mad attrapa un biscuit.

— J'ai totalement confiance en moi. Je peux casser la figure à n'importe qui. Personne n'ose me chercher.

Elle enfonça le cookie entier dans sa bouche avant de mâcher.

Hailey but délicatement son thé par petites gorgées.

— Personne ne remet ta force en question. T'ai-je déjà mal conseillée ?

Mad repensa à la toute première fois qu'elle avait rencontré Hailey, se rendant à son club de lecture pour célibataires après avoir perdu un mauvais pari contre Josh. Elle avait cru que c'était la pire idée jamais trouvée de se rendre à un groupe de lecture. Elle ne lisait même pas grand-chose à l'époque, mais Hailey l'avait accueillie malgré l'attitude *'j'aimerais être n'importe où plutôt qu'ici'* de Mad, et elle avait fini par la convaincre par une combinaison de sélections de romances érotiques très sexy et de sa croyance ferme dans le fait qu'elles pouvaient être amies. Hailey avait même essayé d'en apprendre plus sur le sport pour Mad, participant au match de basket du samedi et jouant terriblement mal devant tous les garçons. Mad ne s'était encore jamais intégrée dans un groupe de femmes de toute sa vie. Hailey avait rendu cela possible.

— Très bien, aboya Mad. Je porterai les chaussures de pétasse, mais je mettrai quand même mon tailleur-pantalon au mariage.

Elle n'était même pas témoin. Il n'y avait que Josh et Hailey, les deux responsables de la rencontre de Jake et Claire. Hailey parce qu'elle avait organisé le rendez-vous à l'aveugle et Josh parce qu'il avait échangé sa place avec son jumeau et que Jake s'était rendu au rendez-vous avec Claire pour lui.

— Les cheveux ? demanda Hailey.

Elle passa la main dans ses cheveux indisciplinés. Ils avaient poussé après une coupe très courte et ils étaient affreux.

— D'accord, mais ils restent rouges.

Hailey lui donna doucement un coup de coude dans les côtes.

— Maquillage ?

— Si ça te fait plaisir, soupira Mad en levant les yeux au ciel.

Elle cacha un sourire en buvant bruyamment son thé, sentant naître un secret espoir. Elle était nulle pour tous ces machins de filles. Et Hailey était presque une experte. Elle avait fait tout le parcours des concours de beauté quand elle était adolescente et elle en avait gagné plusieurs.

— Gracieuse comme toujours, Mad, dit Hailey. Tu embrasseras mes pieds de reconnaissance quand le week-end sera terminé.

— T'aimerais bien !

— Ça va être tellement amusant ! s'exclama Hailey.

Son sourire disparut soudain.

— Ce sera bien pour moi de me concentrer sur toi. Je suis un peu angoissée par le mariage.

— Pourquoi ?

Ce n'était pas comme si Hailey l'organisait. Il lui suffisait de s'y rendre.

— Je devrais dire que je suis anxieuse de partir pour le mariage. Il y a eu des cambriolages en ville et Ludbury House n'a pas de système de sécurité.

— Vraiment ? demanda-t-elle, surprise.

Le taux de criminalité à Clover Park était très bas.

— La police va-t-elle garder un œil dessus pour toi ?

Hailey serra les mains sur ses genoux.

— Oui. Ils font régulièrement des rondes en centre-ville et ils surveillent la situation de près. C'est juste que je m'inquiète. Ludbury House est la pierre angulaire de mon entreprise : la cérémonie, la réception, même mon bureau : tout est là-bas.

Ludbury House était un manoir historique qui appartenait à la ville de Clover Park. Le bâtiment en bois blanc de deux étages et demi était imposant avec ses colonnes blanches et une terrasse couverte tout autour. L'intérieur était encore plus impressionnant, avec des chandeliers en cristal, un escalier majestueux et des meubles antiques originaux appartenant à la maison.

— Ne t'inquiète pas, dit Mad d'un ton rassurant. Chef O'Hare gérera fermement la situation. Il te suffit de te concentrer sur mon relooking.

Hailey reprit ainsi joyeusement son rôle d'aide. Mad ne s'inquiétait pas du tout. La police locale était excellente.

Lorsque Mad partit, elle était partagée entre l'espoir et la nervosité à cause du relooking. Car si tous les meilleurs efforts de Hailey échouaient, Mad allait devoir faire face à la réalité : Parker Shaw ne serait jamais à elle.

Chapitre Cinq

Park était debout au petit matin, comme d'habitude, et il se dirigea vers la salle de sport du complexe hôtelier. Ty et lui étaient arrivés la nuit précédente dans le beau complexe du Maine où les invités de Jake et Claire pouvaient séjourner tous frais payés. En fait, Jake et Claire étaient si riches grâce à leurs emplois respectifs – Jake était PDG d'une multinationale dans les technologies et Claire était une star de cinéma avec sa propre entreprise de production – qu'une station balnéaire complète avait été réservée juste pour le mariage. L'équipe d'employés était au complet, bien que la plupart des chambres étaient vides. Claire avait besoin d'intimité pour son mariage. La cérémonie allait avoir lieu le lendemain, jour du réveillon de Noël. Ce serait dans son chalet, dont il avait entendu dire qu'il était énorme, et la réception aurait lieu dans la salle de bal du complexe.

Il tira la porte en verre d'une salle de musculation bien fournie avec des poids, des machines elliptiques, des tapis de course et des vélos stationnaires. Les nouvelles du matin beuglaient de plusieurs télés murales face aux tapis de course, mais tout ce qu'il vit, c'était une petite femme qui courait sur un tapis vêtue d'une brassière couvrant à peine plus qu'un soutien-gorge et d'un mini short, la peau brillante de sueur. Mad. Il détourna rapidement les yeux, s'avança vers le petit comptoir derrière lequel se tenait un type en T-shirt d'employé de l'hôtel et il s'enregistra.

Il se détendit le cou en envisageant ses possibilités.

N'importe quel équipement allait la mettre dans sa ligne de vision. Combien de types la voyaient s'entraîner de cette façon ?

Mets-toi au travail, se dit-il. *Ce n'est que Mad*. Cela ne devait pas le décourager de sa course matinale habituelle. Il allait la saluer, régler le tapis de course sur difficile et regarder la télé.

Il s'avança, aussi nonchalamment que possible, comme s'il n'avait aucun souci avec le fait de s'entraîner à côté de Mad presque nue. Il monta sur le tapis à côté d'elle.

— Salut, petite.

Elle tourna brusquement la tête vers lui.

— Salut, p'tit con.

Elle ne rompit pas sa course, c'était une coureuse parfaite.

— P'tit con ? demanda-t-il en appuyant sur le bouton de l'échauffement.

Il se mit à courir lentement.

— Qu'est-ce que ça veut dire ?

— Qu'est-ce que tu crois ?

Rien de bon. Il se tourna vers la télé et il fit son échauffement, mais il ne put pas se concentrer sur le journal. Il n'arrêtait pas d'apercevoir la peau lisse qui bougeait en foulées athlétiques parfaites à côté de lui.

Et que pouvait-elle bien faire ici ? Elle n'avait jamais été matinale. Il augmenta un peu la vitesse et lui jeta un coup d'œil. Elle avait les cheveux qui pointaient à l'arrière comme si elle venait de se lever sans se coiffer et il eut un désir très étrange d'attraper cette masse de cheveux dans sa main.

— Que fais-tu debout si tôt ? demanda-t-il d'un ton dur parce qu'elle perturbait sa concentration.

— Je n'arrivais pas à dormir, dit-elle, pas même hors d'haleine.

Il grogna et il fixa le regard sur la télé, se sentant bêtement irrité. Ils s'entraînaient tout le temps avec d'autres personnes, des hommes et des femmes. Il avait juste besoin de travailler plus dur. Il augmenta la vitesse du tapis.

Elle augmenta sa vitesse.

Il lui jeta un coup d'œil. Elle leva un sourcil défiant.

Il l'augmenta encore.

Elle augmenta la sienne.

Ils se mirent à courir à fond vers nulle part. Il avait le cœur battant, respirait fort, se sentit pleinement rechargé, éveillé et en vie.

Elle ralentit enfin en riant.

— Dommage, souffla-t-elle en haletant. Il fait trop froid dehors pour une vraie course.

Il ralentit un peu, courant toujours assez vite.

— Tu penses pouvoir me battre ? Mes jambes sont plus longues.

Il faisait un mètre quatre-vingt par rapport à la taille toute minuscule de Mad. Elle avait toujours voulu faire la course avec les garçons et elle n'avait jamais gagné. Ce n'était pas vraiment de sa faute. Il lui fallait deux fois plus d'énergie à cause du désavantage de sa taille.

— Je pourrais te battre et n'importe lequel des garçons, répliqua-t-elle en faisant une course lente de récupération. Maintenant que vous êtes tous vieux et fatigués, et que je suis encore jeune.

Elle ralentit jusqu'à marcher et sourit.

— C'est enfin payant d'être la plus jeune. J'ai eu vingt-six ans la semaine dernière et je ne suis même pas à mon sommet.

— Joyeux anniversaire en retard, murmura-t-il lorsqu'il se rendit compte que les vingt-six ans de Mad n'étaient pas très différents de ses vingt-huit ans à lui.

Dans sa tête elle était toujours beaucoup plus jeune. Ils avaient deux ans et demi de différence. Parfois, en grandissant, comme quand il avait dix ans et elle sept pendant la moitié de l'année, il avait joué au chef, la traitant comme une petite fille. Il avait fait cela à chaque fois qu'il était passé au plus grand nombre jusqu'à ce qu'elle ait quinze ans et que les choses deviennent bizarres.

— Tu n'as pas raté mon anniversaire, dit-elle. Tu m'as envoyé un texto.

— Ouais, marmonna-t-il.

— Quoi ?

Il ralentit son tapis, un peu perturbé.

— Je n'arrive pas à croire que tu aies vingt-six ans maintenant.

Elle arrêta son tapis et s'essuya le visage avec une serviette, la jetant ensuite sur son épaule.

— Je suis assez grande pour beaucoup de choses qui n'étaient pas légales pour moi quand tu es parti.

Il la regarda brusquement.

— Qu'est-ce que ça veut dire ?

Il ne voulait pas qu'elle touche aux drogues. Non pas qu'elles étaient légales. Il tolérait à peine qu'elle touche l'alcool. Son histoire familiale le rendait terriblement agité à cette pensée.

Elle sourit et il revit la petite Mad à qui il manquait des dents qui lui souriait en haut des escaliers juste avant de passer une jambe sur la rambarde et de glisser vers le bas. Il avait passé la moitié de sa vie à être terrifié pour sa sécurité.

— T'aimerais bien le savoir, hein ?

Il voulut l'interroger et ajouter une leçon de morale, mais elle partit, balançant ses hanches de façon entêtée jusqu'à la machine à poids dans le coin de la pièce. Il l'apercevait de sa vision périphérique. Il se concentra sur son entraînement, courant juste un peu plus dur à chaque fois qu'il se surprenait à la regarder se muscler : ses bras, ses abdos, ses jambes, tout était lisse, musclé et fort.

Cela aurait dû le rassurer. Elle allait bien. Elle était en bonne santé, forte, résiliente.

Il courut plus vite.

Il termina enfin et descendit du tapis de course. Il se tourna et trouva Mad debout derrière lui, à l'attendre, la peau brillante de bonne santé. Il se concentra sur ses yeux marron qui étaient pleins d'espièglerie, comme dans son souvenir.

— Tu veux aller déjeuner après que nous soyons passés à la douche ? demanda-t-elle.

Il se souvint alors de Mad dans la douche la semaine précédente, demandant une serviette puis ne portant rien d'autre que la serviette dans le couloir. Il occulta rapidement ce souvenir. Il avait été soulagé de ne pas beaucoup la voir à la maison après cela, car elle passait presque tout son temps à l'université à étudier et à passer les examens terminaux.

— Avec toi ? demanda-t-il d'une voix rauque.

Elle regarda autour d'elle dans la salle de sport qui était vide hormis le type qui travaillait là, derrière son comptoir.

— Qui d'autre ?

Il se sentait vraiment bizarre, un peu déphasé. Il avait dû trop forcer.

Elle agita une main devant son visage.

— Ça va ?

Il secoua la tête.

— Oui, donne-moi vingt minutes.

— T'es quoi, une fille ? Dix minutes.

Elle se dirigea vers les vestiaires pour femmes sur la droite.

Il partit d'un rire. Elle continuait à le provoquer. Il se tourna et il se rendit dans les vestiaires pour hommes. Tu vois, Mad n'a pas changé tant que ça, se rassura-t-il.

Lorsqu'il sortit dans le couloir devant la salle de sport, Mad se trouvait déjà là à l'attendre. Ses cheveux étaient encore mouillés de la douche et tirés en arrière, attirant l'attention sur les traits délicats de son visage : ses yeux marron très doux, la courbe de sa joue, sa bouche avec la lèvre inférieure si pulpeuse. Elle avait une odeur citronnée, vive et fraîche. Elle portait un T-shirt déchiré noir qui exposait ses clavicules délicates, un bermuda et des boots. Le contraste entre sa féminité et son côté garçon manqué lui rappela tellement la fille dont il se souvenait : Mad à quinze ans qui commençait à présenter les signes d'une beauté terrible, d'un corps aux courbes parfaites cachées sous des vêtements amples de garçon. Il avait essayé de ne pas le remarquer à cette époque-là. Il aurait souhaité ne pas le remarquer maintenant.

— Allez viens, dit-elle. Le restaurant de l'hôtel se trouve juste de l'autre côté.

Il la suivit en lui jetant des coups d'œil discrets, essayant de réconcilier son souvenir d'elle avec la femme qu'elle était aujourd'hui.

— Tu n'as pas beaucoup changé.

Elle pinça les lèvres.

— Pff, merci.

— Je veux dire, tu faisais à peu près cette taille à quinze ans.

Elle grimaça.

— Je faisais cette taille à douze ans. Je n'ai pas poussé d'un centimètre depuis.

Non, elle n'avait pas grandi, mais elle avait pris des courbes. *N'y pense pas.*

— Tu portes toujours des vêtements de sport aussi révélateurs ? lâcha-t-il.

Elle le dévisagea.

— Tous les gens sérieux dans leur entraînement portent les vêtements appropriés. Des habits trop amples pourraient rester coincés dans les machines.

— On aurait dit que tu ne portais que…

Il fit un geste en direction de la zone générale de sa poitrine.

— … un, euh, tu sais, un, euh, haut de bikini ou quelque chose.

— Un soutien-gorge ? demanda-t-elle d'une voix bien trop forte. C'est ça que tu n'arrives pas à dire ? Un soutien-gorge ?

— Chut.

Son cou était brûlant, tout comme les pointes de ses oreilles. Mad adorait embêter les gens. Et plus elle arrivait à les mettre mal à l'aise, mieux c'était. Il ne pouvait pas lui faire savoir qu'elle l'avait eu.

— Oui, un soutien-gorge.

Elle lui donna un coup de coude.

— Essaie de faire les courses du côté des vêtements fitness pour femmes. Il n'y a que des brassières et des T-shirts courts. Les affaires pour hommes sont bien trop grandes pour moi.

Il garda la bouche fermée. Il n'aurait pas dû soulever le sujet. Quelle importance si elle portait des vêtements révélateurs dans la salle de sport ? C'était sans doute le cas de beaucoup de femmes. Ce n'était pas parce qu'il la remarquait qu'elle *essayait* d'attirer davantage l'attention sur elle.

Ils arrivèrent au restaurant et la serveuse leur fit signe de s'asseoir où ils voulaient. Ils étaient les premiers clients. Mad choisit une table pour deux près de la fenêtre avec une vue sur l'océan. Le ciel était gris : l'eau était bleu-gris. Le Maine en hiver. Cela donnait envie de s'asseoir devant un feu crépitant.

Il s'assit en face d'elle.

— Tu ne veux pas te sécher les cheveux ? Il gèle.

Elle passa les mains dans les cheveux, les dressant en pointes sur sa tête. Il se demanda si ces pointes étaient douces.

— Je n'avais pas de sèche-cheveux.

Il fit un signe à la serveuse et leur commanda du café. Ensuite il retira son sweat gris et le lui tendit.

— Enfile-le.

Il portait un T-shirt dessous.

Elle croisa les bras.

— Ça va. En plus, tu auras froid sans ça.

Il agita son sweat devant elle.

— J'ai froid rien que de te regarder.

— Alors, ne me regarde pas.

— Enfile ce fichu pull.

— Non.

Il le posa sur le bord de la table et il croisa les bras. Elle observa ses biceps.

— Alors nous aurons froid tous les deux.

Elle leva le menton avant de répliquer :

— Je n'ai pas froid du tout.

Il poussa un soupir exaspéré et posa le pull sur le dos de sa chaise.

— Tellement horriblement têtue.

— Tellement horriblement protecteur, rétorqua-t-elle. Je n'ai pas besoin d'un protecteur. Je pourrais te casser la figure.

Ses yeux marron brillèrent de défi. Elle était toujours aussi culottée et fougueuse, comme dans ses souvenirs. Il se détendit un peu, se sentant plus à l'aise maintenant qu'ils étaient tous deux entièrement vêtus et qu'ils se taquinaient comme au bon vieux temps.

— Tu crois ? dit-il en riant. J'ai trente kilos de muscles de plus que toi.

— Il te suffit de dire le mot, dit-elle avec un sourire effrayant. Il me tarde de te voir brouter…

Il sursauta. *Elle ne voulait quand même pas sous-entendre une cochonnerie, si ?*

Le café arriva. Heureusement. Il but une gorgée sans ajouter de sucre ni de crème.

— Adorable comme toujours, Mad.

Elle but également son café, le buvant amer et fort comme lui.

— Je n'ai pas été élevée pour être adorable et jolie.

— Non, effectivement.

Elle avait été élevée dans une maisonnée de mâles qu'elle imitait, faisant de son mieux pour s'intégrer parmi eux.

Elle lui jeta un regard noir.

— Ne boude pas, la naine. Ce n'est pas très important d'être adorable.

Son visage s'éclaircit.

— Alors, qu'as-tu prévu maintenant que tu es à la maison ? As-tu quelques idées de travail ?

Il se réchauffa les mains sur sa tasse.

— Rien de bien défini. Après les vacances, je poserai ma candidature chez diverses compagnies aériennes, peut-être Boeing à Seattle. Quelqu'un doit avoir besoin d'un mécano.

— Alors tu repars ?

— Je sais pas. On verra. Il me reste des économies, alors je peux m'en sortir pendant quelques mois.

— Ah.

— Quoi ?

Elle secoua la tête et des touffes de cheveux rouges bondirent, séchant déjà un peu.

— Je suppose avoir cru que lorsque tu rentrais à la maison, tu resterais à la maison pour de bon.

— Faut que je travaille.

— Oui, je sais.

Pourquoi semblait-elle si morose ? Avant qu'il puisse poser la question, la serveuse revint prendre leurs commandes. Ils choisirent tous les deux des omelettes. Il lui demanda des nouvelles de la fac et elle lui parla de sa majeure en marketing et publicité et à quel point ses cours étaient intéressants. Il était enthousiaste de voir qu'elle allait obtenir un diplôme. Elle avait toujours été très vive.

— Alors, pourquoi as-tu mis si longtemps avant d'aller à la fac ? demanda-t-il lorsque la nourriture arriva. Pourquoi as-tu travaillé au bar ?

Elle plongea sur sa nourriture.

— Ça payait le loyer.

— Je ne comprends toujours pas pourquoi tu as attendu. Tu avais les notes qu'il fallait. Tu aurais pu être déjà bien avancée dans ta carrière à présent.

Elle posa bruyamment sa fourchette.

— J'en ai vraiment marre de ta façon de me parler avec mépris.

Il fut surpris.

— Je ne te parle pas avec mépris.

— Si. Comme si tu pensais que j'étais encore une enfant. Comme quand tu es parti.

— Je sais que tu n'es pas une enfant.

Il fourra de l'omelette dans sa bouche. Il savait qu'elle avait grandi, il avait très clairement vu cela, merci beaucoup. Il mâcha férocement. Mais elle était toujours sous sa protection. Maintenant qu'il était à la maison, il s'était facilement glissé dans son ancien rôle.

— Alors que suis-je pour toi ? demanda-t-elle.

Il la regarda, surprit le défi étincelant dans ses yeux et se remit à manger.

— Tu es Mad, la même qu'avant.

— Je ne suis pas la même, dit-elle d'une voix tendue.

Il poussa un soupir.

— Pourquoi tu t'énerves comme ça ?

Elle poignarda son omelette avec la fourchette et elle coupa un morceau.

— Je ne suis pas énervée.

— Bref.

Ils finirent leur repas en silence. Il ne savait pas du tout quel était le problème de Mad. La note arriva et il sortit son porte-monnaie et posa quelques billets sur la table.

— Merci, dit-elle doucement.

Il rangea son porte-monnaie dans la poche de son jean.

— Aucun problème. Prête à partir ?

— Park, je dois te dire quelque chose.

Son estomac se noua, il imaginait déjà les pires scénarios. Quels que soient ses problèmes, il allait les régler.

Elle se pencha au-dessus de la table.

— Quoi ?

Elle se mordit la lèvre.

— Vas-y, dis-le, l'encouragea-t-il. Je m'en occuperai.

Elle secoua lentement la tête.

— Rien.

— Allez, c'est quelque chose.

Elle se leva brusquement.

— On devrait y aller.

Il se leva, inquiet et blessé qu'elle ne veuille pas venir vers lui quand elle avait un problème. Elle le faisait toujours autrefois. Il était parti trop longtemps.

Ils marchèrent vers la sortie.

— Mad, je suis à la maison maintenant. Quel que soit ton problème…

— Je n'ai pas de problème. Oublie que j'ai dit quoi que ce soit. Vraiment. J'ai trop traîné avec les filles.

Elle agita une main dans les airs.

— Ce sont des histoires de filles. 'Partage et réconfort'.

Il fronça les sourcils, perturbé, ne sachant pas vraiment le rapport entre les histoires de filles et son problème.

— Tu es sûre ?

— Oui.

Lorsqu'ils arrivèrent dans le couloir, il se pencha vers elle et ébouriffa ses cheveux.

— Si tu changes d'avis, tu sais où me trouver.

Elle aplatit ses cheveux et plissa le front.

— À ce soir, grogna-t-elle avant de partir dans la direction opposée au pas de course.

— À plus, minus.

Elle se tourna, ouvrit la bouche et la referma, puis elle tourna les talons sans un mot. Bon sang, ce qu'elle était lunatique. Adorable un instant, acerbe l'instant d'après. Qu'était-il arrivé à la fille qui le considérait comme son héros ?

CHAPITRE SIX

Mad était folle de rage le temps du trajet jusqu'au chalet de Claire en limousine. Elle s'y rendait avec ses amies pour la fête de décoration du sapin qui allait avoir lieu plus tard dans la journée. Elle avait envie de mettre un grand coup sur la tête de Park pour lui remettre les idées en place. Même ses frères plus âgés, les jumeaux Jake et Josh, ne la traitaient pas de comme Park, comme si elle était une petite idiote. Sérieusement, il pouvait prendre exemple sur Josh, qui l'avait aidée à s'installer dans son nouveau travail et à la fac. Il la laissait tranquille, ne demandant que de temps en temps comment elle allait. Elle savait qu'elle pouvait lui demander son aide si nécessaire, mais devinez quoi, c'était inutile ! Parce qu'elle s'en sortait très bien !

— C'est du cachemire ? demanda Charlotte en touchant la manche du pull blanc à col en V de Mad.

— Oui, répondit-elle. Hailey l'a trouvé aux fripes, mais il la grattait. Je ne sais pas pourquoi. Il est tellement doux.

— Je suppose que je suis juste super sensible, intervint Hailey, assise en face d'elle. C'est joli avec ton jean noir et tes boots.

Les autres femmes acquiescèrent.

— Merci, marmonna Mad.

Peu importe qu'elle soit vêtue comme une sorte de copie de Hailey. Park ne l'avait même pas regardée dans ses minuscules vêtements de sport.

Elles descendirent de voiture. Cet endroit portait mal

son nom de chalet. C'était une immense maison à deux étages avec six chambres et un garage pouvant accueillir trois voitures. Seuls Claire, Jake, la famille de Claire et son garde du corps logeaient là pendant la fête. Mad regarda autour d'elle, apercevant des caméras de sécurité placées discrètement de part et d'autre du porche. Il y en avait sûrement d'autres qu'elle ne pouvait pas voir. Elles étaient également passées devant quelques panneaux de propriété privée sur les arbres.

Hailey sonna à la porte. Un homme en costume leur ouvrit et les escorta à l'intérieur avant de prendre leurs manteaux.

Elle entra dans la pièce principale haute de deux étages avec une gigantesque cheminée en pierre, un grand sapin de Noël avec des lumières blanches dans le coin et plusieurs canapés et fauteuils en cuir bordeaux disposés devant le feu crépitant.

— Vous êtes là ! s'exclama Claire Jordan, la future mariée et star de cinéma internationale en se précipitant vers elles.

Ses cheveux étaient redevenus blonds, relevés en un chignon sophistiqué et sa peau parfaite rayonnait. Elle portait une robe rouge à mancherons avec des roses et de la dentelle noire qui laissait paraître la peau en dessous. Son garde du corps, Frank, se tenait près de là, le dos tourné vers le mur, le visage de marbre.

Hailey atteignit Claire la première et l'embrassa chaleureusement.

Claire fit la bise à Hailey avec un grand sourire.

— Je suis tellement contente que vous ayez toutes pu venir !

Elles l'avaient vue quelques semaines avant seulement pour l'avant-première du film de Claire, *Désir Féroce*. Elles avaient toutes été invitées sur le tapis rouge parce qu'elles étaient des amies de Claire et parce qu'elles avaient toutes joué des rôles de figurantes dans la scène de fête d'entreprise.

Claire prit Mad dans ses bras, puis elle lui serra les mains.

— Maintenant, nous serons vraiment sœurs ! À la même heure demain soir.

Mad sentit une boule dans sa gorge à laquelle elle ne s'attendait pas. Elle n'avait jamais envisagé les choses sous cet angle.

— J'ai toujours voulu avoir une sœur.

— Moi aussi ! dit Claire avec son sourire hollywoodien parfait.

Si Claire n'avait pas été aussi terre-à-terre, Mad aurait trouvé son apparence parfaite irritante. Claire avait réussi à plaire à Jake, même déguisée en fille normale sans maquillage, avec une perruque rousse, des lentilles de contact vertes sur ses yeux noisette, et pas de vêtements glamour du tout. C'était une beauté sans défauts et naturelle, mais lorsqu'elle se mettait sur son trente-et-un, elle était magnifique. Les caméras l'adoraient.

Jake s'avança vers elles en pantalon gris et chemise bleue légère. Ses épais cheveux bruns étaient fraîchement coupés pour le mariage. Il sourit à Mad, des plis se formant aux coins de ses yeux marron foncé.

— Comment trouves-tu l'hôtel ? demanda-t-il en passant un bras autour de ses épaules et en ébouriffant ses cheveux.

Elle remit ses cheveux en place. Bon sang, aucun de ses frères ne tenait compte du fait qu'il fallait du temps pour se coiffer. Elle avait laissé Hailey lui mettre de l'anti-frisottis.

— Arrête avec les cheveux. J'ai pas neuf ans.

— Je ne peux pas m'en empêcher, répondit Jake en lui faisant une clé de cou et en frottant ses articulations sur sa tête. Tu es aussi mignonne qu'un petit chihuahua.

Elle était capable de le renverser sur le dos en un instant, mais elle ne voulait pas endommager le futur marié. À la place, elle le frappa dans les reins, et il relâcha sa prise en soufflant 'ouille'. Il se frotta les flancs.

— Ho, hé, intervint Claire en levant la main. Il faut que je le conduise à l'autel demain. Vous pourrez vous casser la figure le lendemain du mariage.

— Le cadeau de Noël parfait, répondit Mad.

Claire alla saluer ses autres amies. Mad s'avança plus loin dans la pièce. Son père la présenta aux parents de Claire et à son frère. Des gens gentils. Quelques instants plus tard, elle trouva ses frères dans la salle à manger, avalant des hors-d'œuvre froids. Une arche à sa gauche menait à un grand salon avec des panneaux de bois, plusieurs chaises et quelques canapés aux motifs bleu foncé disposés autour de la cheminée. Elle jeta un coup d'œil dans l'immense cuisine à sa droite et elle vit des employés préparer de la nourriture chaude. Ty se poussa alors et son regard tomba sur Park qui était terriblement canon dans une veste en cuir noir sur une chemise bleue. Il croisa son regard avant de vite se retourner vers Ty.

Elle était terriblement nerveuse. Elle n'arrivait pas à croire qu'elle avait presque avoué être amoureuse de lui pendant le petit-déjeuner. Ces séances d'aveux avec ses amies lui avaient presque fait tout lâcher. Même elle savait qu'il était impossible de commencer par le mot en A. Le fait qu'il s'était immédiatement transformé en mode protecteur vengeur lui indiquait qu'elle avait encore un long chemin à parcourir depuis la petite crétine jusqu'à la petite amie sexy potentielle. Malheureusement, la patience n'était pas son fort.

Elle alla se placer à côté de Josh dans le coin de la pièce. C'était le plus décontracté de ses frères, ce qui en faisait le plus agréable pour traîner.

— Salut, dit-elle.

— Salut toi-même, dit Josh en prenant une crevette et en la trempant dans la sauce cocktail.

Josh était la version décontractée de son frère jumeau, Jake. Il avait laissé ses épais cheveux bruns pousser assez pour boucler un peu au creux de sa nuque, sa mâchoire était presque toujours couverte d'une barbe de trois jours et contrairement au style élégant de Jake, Josh aimait les chemises en flanelle, les T-shirts usés et les jeans déchirés. Ce soir il s'était mieux vêtu que d'habitude, avec une chemise blanche et un jean noir.

— Comment se sont passés tes examens terminaux ? demanda Josh.

— Bien, je crois.

Elle attrapa une petite assiette et elle empila des légumes dessus.

Il s'arrêta de manger, la regardant droit dans les yeux.

— Tu as bien étudié ?

— Oui, j'ai étudié, dit-elle d'un ton agacé. Je paie la moitié des frais d'inscription, je ne vais pas m'amuser à laisser tomber.

Josh ne dit rien et continua à manger, mais elle savait qu'elle avait tort de se défouler sur lui à cause de son irritation contre Park.

— Pardon, dit-elle. Je suis encore un peu tendue après une semaine d'examens. Tu sais que j'apprécie ta contribution.

Josh avait payé la part des frais d'inscription qu'elle ne pouvait pas avancer. Son père n'avait pas les moyens après avoir aidé tous ses grands frères. Parfois, être la plus jeune signifiait que l'on devait se contenter des restes. Josh avait pris sur ses économies, repoussant à plus tard son propre rêve d'ouvrir un bar afin de l'aider. Elle ne le lui avait même pas demandé. Ils s'étaient assis ensemble, ils avaient calculé ce dont elle avait besoin pour obtenir son diplôme de licence, il avait vu ce qu'il lui manquait et simplement dit qu'il s'en chargerait et qu'il n'accepterait pas de refus. Elle avait argumenté que Jake avait plus d'argent et qu'elle lui poserait la question, mais Josh s'était énervé, n'appréciant pas de passer après son jumeau fortuné, alors elle avait fermé sa bouche.

— J'attends une campagne marketing complète pour mon bar, dit Josh en pointant une crevette vers elle. Ce n'est pas gratuit.

— Pas de souci, dit-elle. Tu seras mon premier client. Dès que je serai diplômée, tu créeras ton bar et je m'en occuperai.

— J'ai fait une offre d'achat de Garner's, dit Josh.

— C'est vrai ?

— Oui. Clive a dit qu'il allait réfléchir. Il hésite à prendre sa retraite.

Clive Garner, le propriétaire du bar, avait soixante-treize années fringantes. Heather, sa femme et copropriétaire, avait soixante-cinq ans et voulait qu'ils prennent leur retraite afin de voyager. Le couple avait promu Josh au poste de gérant au mois de mai, lorsqu'ils avaient décidé de faire moins d'heures.

Josh but une gorgée d'eau avant de poursuivre.

— Je crois que c'est moins cher de reprendre Garner's que de construire un nouveau lieu.

— Waouh. Je ne savais pas que tu avais assez économisé pour faire l'offre de rachat.

— Je vis de façon assez frugale.

Il prit une autre crevette, la mâcha et l'avala.

— Si j'économise encore, je pourrais me permettre de l'agrandir. D'ajouter une salle à l'arrière avec une piste de danse, des juke-box, quelques billards.

— Cool.

Il sourit.

— Oui, on verra. Il ne prend d'offre de personne d'autre. C'est soit moi, soit il s'y accroche un peu plus longtemps.

Elle inclina la tête. Elle imaginait très bien Josh reprendre Garner's et le faire sien. Il y travaillait depuis huit ans maintenant.

— Changeras-tu le nom ?

Il hocha la tête avec un petit sourire.

— Ce sera quoi ?

— Tu verras.

— Pourquoi est-ce un secret ? demanda-t-elle.

— Laisse tomber.

C'est donc ce qu'elle fit, en mâchant une tranche de poivron jaune. Elle savait qu'il ne donnerait pas plus d'informations. Malgré sa personnalité décontractée, il avait le cœur et l'esprit d'un guerrier féroce. Il n'y avait pas d'autres mots pour le décrire. Il avait été parachutiste dans l'armée, sautant des avions et s'engageant au combat à mains nues contre les ennemis. Il avait choisi cette unité d'après son tempérament et son côté physique, calme et calculateur, réservé et fort. Oui, il était facile à vivre, avec ses sourires charmants et ses manières de gentleman, mais on ne pouvait pas le presser.

Ils mangèrent un instant en silence, entourés par le bruit de leurs frères riant et parlant. Alex tenait sa fille Viv dans les bras et elle se débattait pour descendre. Il la posa à terre et elle courut à la cuisine. Alex la suivit.

— Est-ce qu'il t'arrive de penser au mariage ? demanda Mad à Josh.

Elle savait que Jake et lui avaient un lien très étroit de vrais jumeaux. Elle était curieuse de savoir si maintenant que Jake se mariait, Josh allait vouloir se caser, lui aussi.

— Non, dit-il.

— Pourquoi pas ?

— Je suppose que j'aime vivre seul, ne rien devoir à personne.

— Oui, je comprends.

Elle regarda Park, s'attardant sur sa mâchoire rasée de près. Maintenant qu'elle vivait avec Park, c'était extrêmement irritant.

— Je vois très bien comment on pourrait se lasser très, très vite.

Hailey apparut à côté de Mad.

— Bonjour ! dit-elle joyeusement avant de chuchoter à

l'oreille de Mad : Où est Park ?

— Avec Ty, dit-elle aussi doucement que possible, ne souhaitant pas que Josh l'entende.

Mais elle n'avait pas besoin de s'inquiéter. Les yeux de Josh étaient rivés sur Hailey et un sourire pervers s'étala lentement sur ses lèvres.

— Où est mon 'bonjour' ? demanda Josh en imitant le ton guilleret de Hailey.

— Il semble avoir disparu, dit Hailey sèchement, en même temps que mon argent.

Mad retint un sourire. Hailey et Josh avaient eu un étrange arrangement pour lequel il l'accompagnait à des mariages en échange d'argent. Quand Hailey avait tout arrêté, elle avait exigé qu'il rende cet argent. Josh l'avait déposé dans une boîte à chaussures dans son armoire, mais il attendait qu'elle vienne chez lui et qu'elle le prenne lui-même, ce qui outrait Hailey.

— Je t'ai dit où il se trouve, princesse, dit Josh d'une voix traînante. Il te suffit de venir le chercher.

Cette dernière phrase ressemblait à une invitation au flirt que même Mad ne put manquer.

Hailey devint écarlate et pointa un doigt en direction de Josh.

— Les poules auront des dents avant que je fasse un pas dans ta tanière du péché !

Josh jeta la tête en arrière en riant.

Ses autres frères regardèrent dans leur direction, curieux.

— Viens par ici, ma belle, dit Ty à Hailey. Je te traiterai mieux que ce vaurien.

Ses frères se mirent à rire.

Mad ricana. C'était un des nombreux vieux mots dont Hailey traitait Josh. Vaurien, goujat et bête faisaient partie de son top trois. Lui, il l'appelait princesse. Toujours. Sans doute parce qu'elle était si gracieuse à cause de son expérience dans les concours de beauté.

Hailey attrapa Mad par le coude et elle la traîna jusqu'à Ty et Park.

— Salut, je m'appelle Hailey, dit-elle à Park.

Celui-ci observa longuement Hailey pendant que Mad essayait de disparaître dans le papier peint. La beauté de Hailey avait cet effet sur les hommes.

— Parker Shaw, ravi de te rencontrer.

Hailey jeta un bras autour des épaules de Mad.

— J'ai aidé Mad à préparer ta fête de retour à la maison. L'as-tu reconnue quand tu es rentré ? Les gens changent beaucoup au cours des années.

Mad se sentit rougir. Hailey n'était pas du tout discrète.

Le regard de Park atterrit sur elle.

— Mad n'a pas du tout changé.

Son cœur se brisa en petits éclats fragiles lorsque le dernier espoir qu'il lui restait mourut. Elle était si dévastée qu'elle ne put pas parler, pas bouger, qu'elle ne put rien faire d'autre que de rester debout comme une idiote.

— Bien sûr qu'elle a changé, dit Hailey en défendant immédiatement son honneur. Tu ne peux pas me dire qu'elle ressemble à une fille de quinze ans.

Mad écarta le bras de Hailey. Si ça continuait, Hailey allait montrer les seins de Mad.

— C'est la même andouille insolente, dit Ty derrière sa bouteille de bière.

Mad finit par reprendre ses esprits et elle aboya contre Ty :

— Pourquoi n'irais-tu pas te jeter par la fenêtre ?

— Tu vois ? dit Ty, sans paraître vexé.

Il était cascadeur et il se jetait régulièrement par les fenêtres.

Les yeux de Park étaient à moitié fermés, ce qui la rendait folle, car elle ne pouvait pas déchiffrer son regard de cette façon.

— Mad est peut-être insolente, dit Hailey en se jetant à son secours, mais elle est aussi intelligente et drôle et…

Mad s'agita, honteuse que Hailey ne trouve plus d'adjectifs positifs. Ty et Park n'avaient rien de bon à ajouter, eux non plus. Ils attendirent simplement que Hailey trouve quelque chose.

— Une grande athlète ! dit enfin Hailey d'un ton triomphant.

Mad se détourna en faisant semblant d'avoir quelque chose dans l'œil. C'était gentil de la part de Hailey de le mentionner.

— Park, tu devrais peut-être apprendre à la connaître à nouveau maintenant qu'elle est une adulte et membre active, suggéra Hailey avec autant de subtilité que d'habitude.

— Membre de quoi ? demanda Ty avec un sourire dans la voix.

Mad se tourna et elle vit que les deux hommes semblaient très amusés par Hailey.

— Ne le dis pas, l'avertit Mad.

Bien sûr, Hailey continua fièrement :

— Une membre active du Club de Lecture Happy End, annonça-t-elle joyeusement en sortant une carte de son portefeuille.

La carte avait des putains de cœurs roses au-dessus du nom du club. Au-dessous, il était écrit : 'Rejoignez le club et obtenez votre happy end !'

La carte que Mad avait reçue de la part de Hailey était cachée au fond de son tiroir à sous-vêtements, avec une boîte de préservatifs qu'elle avait achetés en espérant un événement qui devenait rapidement une impossibilité.

Ty prit la carte et la fit tourner entre ses doigts.

— Je vais peut-être m'inscrire. J'aime les happy ends, ajouta-t-il en se penchant tout près de Hailey avec un regard lubrique.

— J'adorerais t'aider à trouver ton happy end ! s'exclama Hailey sans remarquer l'avance de Ty.

Ses frères éclatèrent de rire, sauf Josh qui tourna les

talons et quitta la pièce.

Ty attrapa Hailey par le coude.

— Ah bon ? Explique-moi ça, dit-il en l'entraînant ailleurs.

Hailey continua à bavarder gaiement. Elle était une organisatrice de mariages/entremetteuse si concentrée, si décidée à construire des fondations solides à son entreprise, qu'elle ne prenait jamais le temps de trouver l'amour pour elle. Elle avait expliqué qu'elle le ferait quand le moment serait venu. Ty allait finir par payer pour sa plaisanterie quand Hailey essaierait de lui trouver quelqu'un.

Il ne resta plus qu'elle et Park. Elle déglutit, soudain nerveuse. Ce qui était vraiment bête. Elle se balançait d'un pied sur l'autre, sur le point de fuir, lorsqu'il se mit à parler.

— Comment l'as-tu rencontrée ?

Elle secoua la tête.

— C'est une longue histoire.

— Elle est une sorte d'anti-Mad.

Elle grinça des dents. Comme si elle ne savait pas quel point Hailey était belle.

— Merci, c'est sympa.

Il leva un sourcil.

— Je voulais juste dire, tu sais, elle est toute maquillée, et… et pas toi.

Elle partit brusquement, car elle savait exactement ce qu'il voulait dire. Hailey était magnifique et Mad était ordinaire.

Park l'attrapa par l'arrière du col.

— Hé, ce n'est pas une mauvaise chose.

Elle se retourna pour lui faire face, la mâchoire serrée.

— Bref.

— Pourquoi es-tu si irritable avec moi ?

— Qu'est-ce que tu crois ?

— Je ne sais pas. Tu as tes règles ?

— Exactement, aboya-t-elle.

Les hommes blâmaient toujours les règles. Une femme

ne pouvait surtout pas avoir des sentiments légitimes qui devaient être entendus. Si seulement elle avait su trouver les bons mots.

Il fronça les sourcils.

— Je croyais que tu serais contente de me voir, mais pour une raison ou pour une autre, tout ce que je fais t'énerve.

Il recula avant d'ajouter :

— Je vais te laisser tranquille.

Elle était sur le point de hurler *'ne t'en va pas, espèce d'idiot'*, lorsque quelqu'un fit sonner une clochette et les appela tous dans le grand salon pour décorer le sapin. Elle s'y rendit à grands pas, rejoignant ses amies. Hailey était en train de présenter Ty à l'adorable et très arrangeante Lauren, que Ty dominerait totalement.

— Ravi de te rencontrer, Lauren, dit Ty avec un sourire très sûr de lui. Toi aussi, tu aimes les happy ends ?

Lauren devint écarlate et fit passer ses longs cheveux châtains derrière ses oreilles.

— Bien sûr, comme nous toutes. Aimes-tu les romances ?

Ty se pencha plus près d'elle.

— Parfois. Ça dépend de la fille.

— Oh !

Lauren agita la main dans les airs.

— Je ne voulais pas dire dans la vraie vie, je voulais dire dans les livres.

Elle jeta un regard suppliant en direction de Hailey, qui ne se rendit compte de rien, car elle observait la pièce, cherchant sans doute un autre couple à former.

— Prenez tous une boîtes de décorations, annonça Claire. Accrochez-les où vous voulez sur l'arbre. Ensuite, j'ai des guirlandes et Jake s'occupera de l'étoile parce que c'est l'étoile de ma vie.

Les femmes soupirèrent en chœur, sauf Mad qui fit semblant de vomir en enfonçant un doigt dans sa gorge.

Jake passa un bras autour de la taille de Claire, l'attira contre lui et embrassa sa tempe.

— C'est toi, mon étoile.

— Elle est l'étoile de tout le monde ! répliqua Ty et tout le monde rit, car c'était vrai.

Elle était l'élite d'Hollywood, une star avec tout un choix de projets, toujours sous le feu des projecteurs.

Tout le monde commença à décorer. Mad venait de commencer sa deuxième boîte d'ornements, des boules en or et argent, lorsque Hailey chuchota :

— Accroche-les en hauteur. Ton pull montera et révélera ta taille fine. Il va le remarquer.

Mad ne remit pas en question les conseils experts de son amie. Elle se contenta de les suivre, car elle était terriblement désespérée et elle foirait tout. Elle retourna vers le sapin avec des ornements, prenant soin de se positionner à un endroit où Park la verrait bien, et elle étira les bras jusqu'à ce que son pull remonte suffisamment pour montrer de la peau. Elle avait effectivement une jolie taille : ses abdos quotidiens servaient à quelque chose. Son regard allait peut-être s'y attarder et descendre plus bas. Cela lui donnerait peut-être des idées.

Elle le fit deux fois, s'étirant pour chaque ornement, et elle osa un regard en arrière vers l'endroit où il se tenait, mais il avait les yeux rivés sur ses foutues boots. Elle baissa la tête pour s'assurer qu'il n'y avait pas un morceau de papier toilette coincé dessous. Non. Elle en était donc là. Elle montrait sa taille et son cul, et Park examinait ses chaussures pour aucune raison particulière.

Elle retint un soupir et retourna vers la boîte d'ornements pour dire à Hailey que cela n'avait pas fonctionné.

— Oh si, ça a marché, dit-elle. Il t'a remarquée. Recommence.

— C'est pas vrai. Il regardait mes chaussures.

— Fais-moi confiance.

Elle lui faisait effectivement confiance, alors, en se sentant très bête, elle répéta son cinéma avec deux autres ornements, s'étirant cette fois vers la droite en faisant un geste encore plus exagéré. Elle jeta un coup d'œil par-dessus son épaule et elle vit Park s'approcher d'elle. Son cœur se mit à battre follement. Cela marchait ! Il l'avait remarquée ! Il allait faire quelque chose !

— On dirait que tu as besoin d'aide pour les branches les plus hautes, minus, dit-il en tendant la main pour l'ornement suivant.

Abattue, elle le lui tendit.

— Merci, marmonna-t-elle.

Elle aperçut Hailey qui levait le pouce. Mad secoua la tête.

À la fin de la soirée, Mad remonta dans la limousine, remplie de bonne nourriture, entourée par ses amies proches, et se sentant totalement désespérée.

Hailey s'assit à côté d'elle dans la limousine et elle lui donna un coup d'épaule.

— Mon offre tient toujours.

— Quelle offre ? demanda Charlotte en étirant ses longues jambes. Tu vas lui trouver un amoureux ?

Hailey sautilla d'enthousiasme.

— Nous allons relooker Mad pour le mariage de demain et Park ne comprendra pas ce qui lui arrive.

Ally et Carrie poussèrent des cris. Lauren la regarda avec curiosité.

Mad s'enfonça dans son siège.

— Je ne vois vraiment pas l'intérêt.

Elle avait cru que cela allait fonctionner au début, mais à présent que Park n'avait pas du tout fait attention à elle lorsqu'elle était en serviette, en vêtements de sport révélateurs et en pull remontant, elle avait de sérieux doutes.

Charlotte se pencha en avant et appuya sur la jambe de Mad.

— Hé, dit-elle d'un ton rassurant avec un regard

chaleureux. Tu te souviens de l'avant-première de Claire ? Tu étais super chic et même Blake Grenier t'avait draguée à la fête qui a suivi.

Il était la star de *Désir Féroce*, le film de Claire.

Le visage de Mad s'illumina et elle se redressa.

— C'est vrai, n'est-ce pas ?

Non pas qu'elle avait voulu fréquenter Blake alors qu'il avait été horrible avec Claire, mais il avait ignoré le top model qui l'accompagnait pour flirter avec elle. Bon sang, si elle pouvait attirer le regard de l'homme le plus sexy, elle avait peut-être une chance.

— Mais tu dois porter une robe provocante, dit Hailey, pas de tailleur-pantalon.

Mad fronça les sourcils.

— Je me montrerais toute nue si je pensais que cela peut fonctionner, mais cet homme n'a même pas écarquillé les yeux quand il m'a vue avec juste une serviette.

— Hein, quoi ? demanda Charlotte.

Mad la mit rapidement au courant.

Charlotte gloussa en disant :

— Tope-là. C'est bien joué.

— Ça ressemblait à un oui pour le relooking, dit Hailey avec un sourire.

Mad éclata de rire.

— D'accord, oui, fais tes machins de fille sur moi. Et si cela ne fonctionne pas, j'en ai fini avec le SPM. Ça me rend très irritable.

— Tu souffres du Syndrome Prémenstruel ? demanda Charlotte. Évite la nourriture salée.

Elle était très calée dans les affaires de santé grâce à son travail d'entraîneuse personnelle.

— Je voulais dire Shaw, Parker Michael, précisa Mad.

Les femmes éclatèrent de rire. Elle aussi. Elle avait presque oublié à quel point ses initiales étaient drôles.

— Je suis tout simplement certaine que ça va fonctionner ! s'exclama Hailey. Il nous suffit de lui ouvrir les yeux et de te montrer sous un autre jour.

Elle regarda Mad d'un air sérieux.

— Et tu dois arrêter de lui aboyer dessus. Peu importe ta frustration. Toute cette mauvaise humeur lui rappelle que tu étais une boudeuse insolente. Nous voulons quelqu'un d'élégant, de sophistiqué, de cultivé.

— Je crois que tu veux une fille différente, maugréa Mad.

— Pense à Elizabeth Bennet, lui conseilla Hailey. Park est déjà le parfait Monsieur Darcy sombre et taciturne.

C'était leur plus récente lecture de groupe, un classique pour les vacances, *Orgueil et préjugés*. Mad devait admettre que Monsieur Darcy lui paraissait plus intéressant que ce qu'elle avait cru pour un type décrit cent ans plus tôt. Tellement pensif et romantique.

Mad s'agita un peu, enthousiaste et angoissée. Au moins, une petite étincelle d'espoir était revenue.

Chapitre Sept

— Éloigne-moi cette chose de là ! aboya Mad lorsque l'engin métallique de Hailey faillit l'aveugler. Tu as dit que tu allais faire ressortir mes yeux, pas sortir mes yeux de mes orbites !

Elle fit tomber le maudit objet des mains de Hailey. Celle-ci poussa un grand soupir.

— Je t'avais dit de ne pas bouger. Tu as des yeux magnifiques. Le recourbe-cils va simplement les accentuer.

Elle récupéra la chose malveillante.

Mad se pencha en arrière.

— C'est sûr, il va le remarquer s'il me manque un œil.

Hailey souffla.

— Ne fais pas le bébé, bon sang. Nous avons beaucoup d'autres choses à faire et ce serait bien si tu coopérais.

Elles se trouvaient dans une grande suite de deux chambres à l'hôtel, se préparant pour le mariage.

— Il y en a d'autres ? demanda Mad, incrédule.

Elle avait déjà passé un temps hallucinant à attendre pendant qu'on lui coiffait les cheveux et qu'on lui faisait un brushing. D'accord, elle devait admettre que la coiffeuse que Claire avait engagée faisait des miracles. Il n'y avait pas grand-chose que l'on pouvait faire avec les cheveux de Mad qui n'étaient pas vraiment courts et pas vraiment longs. Mais à présent elle avait de jolies ondulations qui se superposaient en douceur. Même ses cheveux teints en rouge étaient passés de choquants à doux. Peut-être devait-elle revenir à sa couleur brune naturelle. Non. Elle le ferait cela si elle devait passer un entretien d'embauche. Elle aimait les couleurs vives. Peut-être essaierait-elle le bleu la prochaine fois. Ou le gris.

— Quelle robe provocante préfères-tu ? demanda Ally qui semblait bien trop enthousiaste au sujet des deux robes qu'elle montrait.

Il s'agissait de robes appartenant à Hailey, qui en avait amené au moins une douzaine avec elle. Il y en avait une rose avec un décolleté plongeant et une fente le long d'une jambe. C'était cool avec la fente et tout, mais le rose lui donnait la nausée. L'autre robe était noire, sans manches et courte. C'était facile.

Elle se leva et posa la robe contre elle en s'assurant qu'elle monte assez haut pour cacher son tatouage. Elle n'était pas gênée d'avoir un tatouage, mais elle n'était simplement pas prête à ce que Park le voie. Pas avant que les choses soient différentes entre eux. Une fois que son cœur ne serait plus vulnérable et exposé à tous les vents.

— Parfait ! s'exclama Hailey. Elle me va comme un gant. Il me tarde de te voir la porter.

Elle se tourna vers Ally.

— Peux-tu aller chercher le châle en dentelle noire ?

Mad fronça les sourcils.

— Quel est l'intérêt de couvrir une robe provocante ?

— Les hommes ont besoin d'imaginer ce qu'il y a dessous, expliqua Hailey. C'est beaucoup plus sexy de se couvrir. Le châle tombera sans cesse de ton épaule et il mourra d'envie de te l'enlever.

La logique lui échappait. Les hommes ne regardaient pas les pages centrales avec des mannequins habillés. Bref. Porter une serviette n'avait pas fonctionné. Un mur de douche en verre dépoli n'avait pas fonctionné. Hailey avait peut-être raison. Les pages centrales étaient cachées au milieu de nombreuses pages d'articles bidon.

Hailey poussa Mad sur la chaise devant la coiffeuse.

— Tiens-toi tranquille et lève les yeux. Je vais mettre le mascara. On laisse tomber le recourbe-cils.

— Très bien, dit Mad, secrètement ravie que Hailey prenne le relais.

Lorsqu'elle eut terminé, Mad se regarda dans le miroir. Ses yeux semblaient plus grands et d'un marron plus sombre.

Elle croisa les yeux bleus de Hailey dans le miroir.

— Que dois-je faire une fois qu'il me verra complètement relookée ? demanda-t-elle à voix basse.

Elle ne voulait pas que toutes les femmes donnent leur avis. Elle avait déjà assez honte de devoir poser la question.

Hailey se pencha, la tête tout près de celle de Mad, et elle lui sourit dans le miroir.

— Facile. Tu danses avec lui.

Mad retint un grognement.

— Je ne sais pas danser. Et nous n'avons pas le temps pour des leçons. Argh. Ça ne fonctionnera jamais.

Hailey se redressa.

— Tout le monde sait danser les slows. Il te suffit de passer tes bras autour de son cou. Il fera le reste.

Mad fixa la table.

— Et s'il ne veut pas danser ?

— Passe tes bras autour de son cou de toute façon. Tu verras bien ce qu'il se passe.

Mad se tourna vers Hailey, souhaitant orienter la conversation dans une autre direction que sa propre maladresse.

— As-tu trouvé quelqu'un d'autre pour se joindre à ta danse avec Josh ?

Hailey était censée danser avec Josh pour la danse des mariés et témoins, et elle avait déjà informé celui-ci qu'elle ne voyait aucun souci à ce qu'ils invitent d'autres personnes à les rejoindre. Elle espérait sans doute fuir dès qu'un autre couple arriverait sur la piste de danse. Josh avait répondu avec sérieux : 'Je ne pourrais jamais décevoir la mariée'.

Selon Hailey, ce n'était vraiment pas une réponse.

Hailey se raidit.

— Non.

Mad gloussa.

Hailey lui jeta un regard noir.

— Je sais que tu penses que c'est drôle que ton frère me rende folle. Mais pour moi, eh bien, il est bestial ! Je peux à peine supporter d'être dans la même pièce que lui. Sais-tu que cela fait six mois qu'il lui manque au moins un ingrédient de ma boisson préférée ? Je ne peux plus avoir un mojito correct.

Mad haussa une épaule.

— Va dans un autre bar.

Hailey jeta ses longs cheveux blond vénitien par-dessus son épaule.

— Pourquoi devrais-je quitter le bar de ma ville juste parce qu'il est un manager trop incompétent pour obtenir les ingrédients adaptés ?

Sa voix devint un peu enthousiaste au mot manager, comme si elle était secrètement heureuse de la promotion de Josh. Ces deux-là étaient tarés.

— Tu sais qu'il le fait exprès, n'est-ce pas ? demanda Mad.

— Bien sûr que je le sais ! Parce que c'est un goujat. Depuis qu'il lui manque un ingrédient, j'explique sa maladie fâcheuse à tout le monde.

Elle leva deux doigts qu'elle fit retomber lentement.

— Nous sommes au courant ! s'exclama Charlotte en riant.

Tout le monde le savait.

Hailey rayonna.

— L'important, c'est qu'il ne le sache pas.

Mais attends un peu qu'il le découvre, pensa Mad. Elle se frotta mentalement les mains, imaginant déjà ce que pourrait être la vengeance sournoise de Josh.

Les femmes finirent de se préparer, toutes maquillées,

les cheveux coiffés et laqués, les robes élégantes en place. Hailey portait une robe en satin rouge profond aux épaules dénudées qui moulait ses formes, Charlotte était magnifique dans une robe asymétrique jaune vif qui exposait une épaule et qui était assez courte pour mettre en valeur ses longues jambes et Ally, Carrie et Lauren portaient toutes des versions de la petite robe noire. Elle se dit qu'elle ne sortirait pas trop du lot dans sa petite robe noire.

Mad s'habilla la dernière, repoussant la sensation gênante de porter une robe jusqu'à la toute dernière minute. Elle tourna le dos vers les femmes, retira son bermuda et son T-shirt à manches longues et enfila la robe. Elle lui allait parfaitement. Elle n'était pas complètement moulante comme elle l'aurait été sur Hailey qui avait plus de formes, mais elle lui allait bien. Mad remonta le haut en s'assurant que ses seins le tiennent en place et que son tatouage était couvert. Voilà.

Elle traversa la pièce jusqu'au miroir de plain-pied installé là spécialement pour elles. Il fallait enlever le soutien-gorge. Elle le retira et le jeta sur sa pile de vêtements sur le sol. Elle se tourna vers ses amies qui la regardaient toutes.

— Quoi ?

— Ne le prends pas mal, commença Charlotte.

— Parce que les shorty sont très mignons, dit Lauren.

— Si tu aimes ce genre de culotte, ajouta Ally, et il y en a qui les aiment.

Elle hocha la tête avec enthousiasme, faisant rebondir sa frange blonde.

Mad fronça les sourcils.

— Il faut l'enlever, dit Hailey.

Mad passa une main sur sa hanche.

— Qu'est-ce qui ne va pas avec le shorty ?

— Les lignes, dit Hailey. Cela gâche la forme de la robe. Ça fait des marques comme un caleçon de garçon.

— C'est une culotte pour filles, protesta Mad.

— J'ai vu de jolis lots de soutif-shorty dans ce style, dit Ally.

Les femmes se dépêchèrent toutes d'acquiescer.

Hailey secoua la tête.

— Mais pas dans cette robe.

— Mais c'est la seule sorte que j'ai ! s'exclama Mad.

Et elle n'avait pas l'intention de porter le string préféré de Hailey. C'était bizarre de se prêter des sous-vêtements.

Hailey la regarda, dans l'expectative.

— Et je n'ai pas le temps de passer dans un magasin, ajouta Mad sans conviction lorsqu'elle se rendit compte quelle était la solution. Mais cette robe est tellement courte, chuchota-t-elle en tirant sur le bas, comme si cela allait l'allonger. Elle dépassait ses fesses d'environ huit centimètres.

— Garde simplement les jambes croisées quand tu t'assois, dit Hailey.

Charlotte ricana.

— Et si quelqu'un joue 'New York, New York' à la réception, ne nous rejoins pas pour les battements de jambes.

Elles éclatèrent de rire.

Hailey sourit.

— Ce sera une belle surprise pour Park, plus tard.

La confiance de Hailey dans la capacité de Mad à mettre le grappin sur Park l'encouragea beaucoup. Elle retira son shorty et elle posa ses pieds dans les Jimmy Choos, dont les talons compensés n'étaient pas trop hauts pour elle. C'était un cadeau de Claire, qui leur avait donné à toutes le droit de choisir ce qu'elles voulaient dans sa garde-robe la nuit où elle leur avait dit au revoir après avoir terminé le tournage dans le Connecticut l'année précédente.

Les femmes applaudirent avec de grands sourires.

Mad rougit terriblement.

— S'il vous plaît, calmez-vous !

Elle attrapa le châle en dentelle noire avant d'ajouter :

— On s'arrache.

Personne ne bougea.

— S'arracher ? demanda Hailey.

Mad fit un geste de la main.

— Mon père déteint sur moi depuis que je suis revenue vivre à la maison. Allons-y.

Elles quittèrent la suite, descendirent toutes apprêtées dans l'ascenseur, sentant le parfum floral luxueux que Claire leur avait laissé. Elles se dirigèrent vers la limousine qui attendait. Le mariage allait avoir lieu dans la grande salle du chalet de Claire, devant la cheminée. La réception se tiendrait ici à l'hôtel, où une immense salle de bal avait été décorée de végétation de Noël pour l'occasion. Ce serait facile de monter à l'étage jusqu'à la chambre de Park ou la sienne pour ce qu'elle espérait voir arriver ensuite.

Ses amies bavardèrent avec enthousiasme au cours du trajet, apparemment parfaitement à l'aise et heureuses d'avoir l'occasion de se vêtir pour un événement formel, mais pour Mad, ce n'était qu'un moyen d'arriver à ses fins. Elle voulait éblouir Park. *Ceci est la Mad dont tu ignorais l'existence. Ceci t'intéresse ? Viens me chercher !*

~ ~ ~

Mad suivit ses amies jusqu'à une rangée de chaises à coussins au deuxième rang. Hailey prit sa place au fond avec la mariée. Jake et Josh se tenaient déjà à l'avant, près de la cheminée, magnifiques dans leurs smokings noirs. Elle le sut immédiatement lorsque Park arriva, car il était avec Ty, qui était bruyant et chahuteur comme toujours. Park et lui étaient proches, mais Park était réservé et silencieux. Tout se passait en profondeur chez lui, alors que Ty disait toujours tout ce qui lui passait par la tête.

Elle fut ravie d'être assise au bord de l'allée afin de voir Claire s'approcher une fois que la musique démarra. Elle était certaine qu'elle serait magnifique dans sa robe de mariée.

Quelqu'un tira sur ses cheveux et elle se tourna, irritée. Ses frères tripotaient sans cesse ses cheveux. Comme si elle était leur petit animal domestique.

— Hé, la naine, dit Ty avec un grand sourire, debout dans l'allée derrière elle. J'ai entendu dire que le Père Noël était tombé du toit et qu'il s'était cassé le cou, alors ne t'attends pas à recevoir des cadeaux cette année.

Park lui donna un coup de coude et secoua la tête. Il portait un costume bleu marine et il se tenait bien droit, les épaules en arrière comme s'il était dans son uniforme officiel de l'Air Force. Magnifique. Elle sentit son pouls battre dans ses oreilles. Avait-il remarqué quelque chose de différent chez elle ?

— Ha-ha, rétorqua-t-elle.

Ty la taquinait toujours quand elle était petite, lui disant que le Père Noël avait eu un accident qui l'empêchait de venir à Noël. Elle se fâchait et criait contre lui, se précipitant vers son père pour qu'il la rassure. Tocard.

— Bonjour, Mesdames, dit Ty en s'adressant à ses amies. Park leva une main pour les saluer.

— Salut, les garçons, dirent-elles en chœur.

Park et Ty s'installèrent derrière elle. Elle regarda droit devant, un peu déçue que les yeux de Park ne descendent pas plus loin que son visage. Avait-il remarqué que ses yeux étaient accentués par du mascara ? Qu'elle portait du blush et du rouge à lèvres rose et tout le reste de ce que Hailey avait bien pu lui mettre ? C'était tout un mélange de potions. Elle jura silencieusement. Elle allait vraiment être énervée si elle avait fait tous ces efforts et qu'il ne remarquait rien du tout. Elle essaya de ne pas gigoter en entendant Ty derrière elle, parlant du dernier film dans lequel il avait fait une scène de course poursuite en voiture, sautant sur le toit d'une voiture en mouvement sur laquelle il avait couru. Elle ne s'inquiétait pas pour lui. Il était bien entraîné et agile comme un chat. Puis elle l'entendit dire :

— Si tu ne trouves pas de travail avec les compagnies aériennes, tu pourrais venir à Los Angeles. Je peux te trouver du travail de cascadeur.

Elle se raidit. *Non.* Park n'était pas fait pour le travail de cascadeur. Il était lent et méthodique, pas agile et rapide. En outre, elle venait de le récupérer dans le Connecticut. Il ne pouvait pas partir déjà.

— Peut-être, répondit Park. Je te tiendrai au courant.

— C'est amusant, ajouta Ty, et c'est bien.

Elle se retourna.

— Il ne sait pas comment faire des cascades.

— Je l'entraînerai, répliqua Ty. Mêle-toi de tes oignons. C'est une conversation privée.

Park la regarda, semblant remarquer pour la première fois qu'elle était maquillée. Son regard passa de ses yeux à son nez le long de sa joue, de ses cheveux, de retour vers sa bouche puis son cou. Elle retint sa respiration. Il finit par la regarder dans les yeux.

— Tu n'es pas comme d'habitude.

Elle attendit le compliment.

Il n'y en eut aucun.

Juste un clignement de paupières lent de la part de Park avant qu'il se retourne vers Ty.

Elle eut l'impression qu'un poing avait entouré son cœur avant de serrer. Elle se retourna rapidement vers l'avant. Elle inspira profondément, cherchant son calme. Elle ne voulait pas aboyer contre lui. Elle voulait… grr ! Quel idiot ! Elle avait envie de le secouer ! Tout ce travail pour un clignement de paupières ! Elle avait du mal à se concentrer sur ce que Charlotte disait au sujet de la dernière technique de musculation avec une balançoire, même si elle adorait normalement parler fitness et musculation. Elle tira sur l'ourlet de sa robe. D'accord, une minute, il n'avait pas encore vu l'effet qu'elle avait debout dans sa robe. C'était à la réception qu'aurait lieu le miracle. Elle glissa ses doigts gelés sous ses jambes.

Les sièges se remplirent et lorsque la musique démarra, tout le monde se retourna pour voir Hailey avancer dans l'allée, ressemblant à une princesse magnifique, souriant comme si elle appréciait d'être au centre de l'attention. Et puis Claire arriva dans une superbe robe bouffante comme elles en avaient toutes vu dans *Autant en emporte le vent*, une ancienne sélection du club de lecture. Elles avaient regardé le film après avoir lu le livre. Le père de Claire l'accompagna jusqu'à l'autel. Elle savait que la robe était faite sur mesure pour Claire par un couturier célèbre. Claire portait un voile sur le visage, mais Mad parvint à distinguer son visage, souriant et confiant. Jake la fixa longuement, les yeux pleins d'amour. Mad sentit une boule inattendue dans sa gorge.

Le maître de cérémonie était un habitant de la région, un juge qui avait été bien payé pour ne pas parler du mariage. Il les guida dans leurs vœux et lorsque Jake dit les siens, des larmes silencieuses coulèrent sur les joues de Claire. Et pour une quelconque raison stupide, également sur les joues de Mad. Elle renifla et elle s'essuya avec précaution sous les yeux, en espérant ne pas avoir gâché son maquillage.

Josh regarda Hailey qui se tenait à côté de Claire. Hailey fixait Josh avec une expression amicale plaquée sur le visage, comme si elle savait qu'il y aurait des photos.

Lorsque Claire exprima ses vœux, à travers les larmes que Jake essuya doucement du pouce, Mad craqua, laissant échapper un petit sanglot avant que d'autres larmes coulent sur son visage. C'était simplement la première fois qu'elle se trouvait à un mariage avec deux personnes qu'elle aimait et ressentir l'amour entre eux était écrasant.

Un mouchoir blanc s'agita à côté de son épaule.

— Merci, dit-elle en se retournant et en voyant qu'il venait de Park.

Il pinça les lèvres, l'air inquiet. Elle savait qu'il n'aimait pas qu'elle pleure. Cela lui arrivait rarement. Mais quand elle était petite et qu'elle craquait de temps en temps, Park était toujours là pour elle, la réconfortant silencieusement avec un mouchoir ou un regard compatissant. Une fois, il avait rassemblé son argent de poche, une collection de centimes, et lui avait acheté une barre chocolatée.

Elle se demanda un instant pourquoi Park portait un mouchoir blanc, se dit qu'il faisait sans doute partie du costume, et s'essuya soigneusement sous les yeux où elle pensait qu'il devait y avoir du mascara étalé. Il n'y eut aucune trace sur le mouchoir. Hailey lui sourit. Elle cligna plusieurs fois des yeux et lui rendit le sourire. Hailey la soutenait grâce à son maquillage waterproof.

Elle renifla et elle serra le mouchoir dans sa main. Park la soutenait toujours, lui aussi. Comment pouvait-elle ne pas l'aimer ?

La cérémonie se termina sous les applaudissements lorsque Jake et Claire s'embrassèrent pour la première fois en tant que mari et femme. Ses amies crièrent et sifflèrent. Elle sentit la menace d'un autre sanglot et elle regarda le plafond. Des larmes débordèrent néanmoins sur ses joues. Une main chaude se posa sur son épaule et la serra brièvement. Elle sut sans regarder que c'était Park. Ty était plus du genre à lui donner une tape dans le dos.

Claire et Jake coururent le long de la petite allée, main dans la main, les visages rayonnants.

Elle se leva et elle les regarda partir en essuyant encore ses larmes. Elle croisa le regard compatissant de Park.

— Je vais bien. Merci pour le mouchoir.

— C'était celui de ton père. Il me l'a donné pour que je te le fasse passer.

— Ah.

Son père s'était déjà éloigné dans l'allée.

— Je suppose que c'est lui que je remercierai, dans ce cas.

Elle se sentait idiote d'avoir interprété tant de choses à partir des gestes de Park. Il fallait qu'elle arrête de se souvenir de lui comme il était dans le passé et qu'elle le voie pour ce qu'il était maintenant. C'était normal, puisque c'était aussi ce qu'elle voulait qu'il fasse.

Hailey et Josh marchèrent ensemble dans l'allée. Il y avait un fort contraste entre l'apparence éclatante et rayonnante de Hailey et le style sombre et sérieux de Josh. Josh l'escorta avec beaucoup de galanterie, lui proposant son bras. Leur père avait insisté sur la galanterie auprès de tous ses frères. Certains avaient mieux appris que d'autres. Hailey donnait l'impression de marcher devant les juges dans un concours de beauté, digne et posée, un sourire collé sur son visage.

Tout le monde se rejoignit dans le salon où des tables rondes étaient couvertes de verres de champagne pour tout le monde. Ils portèrent un toast et burent du champagne pendant une heure en attendant les limousines qui les conduiraient à la réception.

Hailey apparut à ses côtés.

— Je t'ai vue pleurer au mariage, espèce de sentimentale.

Mad ajusta plus fermement le châle en dentelle autour de ses épaules.

— C'était Claire. Dès qu'elle s'est mise à pleurer, j'ai commencé à faire pareil. C'est contagieux.

— Lauren et Carrie ont pleuré aussi, dit Hailey.

Mad leur jeta un coup d'œil. Elles étaient heureuses et buvaient du champagne à présent.

— Je me sens un peu mieux.

— Mais Park t'a aidée, dit Hailey avec un sourire.

— C'était un mouchoir de mon père. Il n'était que le messager.

— Ne t'inquiète pas, répondit Hailey avec fermeté. La nuit est encore jeune. Je n'ai pas encore échoué.

Elle fronça les sourcils en demandant :

— Qui suis-je ?

Mad leva les yeux au ciel et psalmodia :

— L'Accro à l'amour.

C'était écrit sur ses cartes de visite d'organisatrice de mariages.

— Et qu'est-ce que je fais ?

— Tu fais naître l'amour, marmonna Mad, ravie que Park se trouve de l'autre côté de la pièce avec Ty.

— Correct !

Mad attrapa une flûte de champagne et se mit à boire en regardant Park. Il tenait un verre de champagne plein et il ne buvait pas. Il lui arrivait de boire une bière avec les garçons, mais il était rarement ivre. Sauf le soir de son départ. Que se serait-il passé s'il n'avait pas été ivre cette nuit-là ? Sa vie aurait-elle été différente si elle avait eu la possibilité d'être avec lui ? D'exprimer ce qu'elle ressentait vraiment pour lui ? Sa vie à lui aurait-elle été différente ? Probablement pas. Il aurait quand même été coincé dans son service à l'Air Force.

Il surprit son regard à l'autre bout de la pièce et il se détourna.

— Il n'arrête pas de te jeter des coups d'œil discrets, dit Hailey.

— N'importe quoi, il ne me regarde que parce que je le regarde.

— Qu'en penses-tu, Char ? appela Hailey en tirant Charlotte près d'elles, à portée de voix.

Les yeux marron de Charlotte étincelèrent dans l'anticipation de quelque chose d'amusant.

— Hein ? À quel sujet ?

— Est-ce que Park regarde cette fille canon ? dit Hailey en inclinant la tête vers Mad.

Mad ricana et lutta pour ne pas rougir.

Charlotte fit tout un cinéma en regardant la pièce avant de donner son avis, penchant la tête afin que ses longs cheveux bruns couvrent partiellement son visage.

— Oui.

— Quoi ! s'exclama Mad en jetant encore un regard à Park.

Il regardait Ty.

— Arrêtez de plaisanter avec ça. Il ne me regarde pas.

Charlotte enleva ses cheveux de devant son visage.

— Vas-y.

Mad n'était pas prête à agir avec Ty pour témoin.

Hailey mit fin à la chose.

— Non. Nous devons le séparer du troupeau. Elle ne peut pas flirter avec ses frères pour témoins. Particulièrement Ty. Il risque de lui faire une clé de cou ou quelque chose. Bon sang. Tes frères n'arrêtent pas de toucher tes cheveux. Dis-leur d'arrêter. Il a fallu des heures pour obtenir ce look.

— Sans rire, dit Mad. Tu crois qu'ils s'en soucient ?

— Il te faut un casque avec des piquants, dit Charlotte.

— Oui, très attirant, dit Hailey avec un sarcasme rare qui les fit rire.

— Le groupe du Club de Lecture Happy End ! appela le chauffeur.

— C'est nous ! chanta Hailey en leur faisant signe de la suivre.

Elles s'entassèrent dans la limousine où elles firent tourner une autre bouteille de champagne fournie par Claire, sans se préoccuper des verres en plastique. Mad regarda ses amies : Hailey, Charlotte, Lauren, Carrie et Ally, et elle se surprit à sourire bêtement.

— D'accord, annonça Mad en buvant une longue gorgée de champagne. Vous l'avez entendu ici en avant-première. Je vais aller sur la piste de danse pour un slow avec Park. Première étape de la séduction.

Les femmes l'applaudirent.

Mad rit, puis elle hoqueta.

— J'ai besoin que vous soyez toutes là avec moi afin de ne pas me faire remarquer. Je n'ai encore jamais dansé.

— Comment ça, tu n'as jamais dansé ? demanda Charlotte de l'autre côté de la limousine. Jamais ? Même pas au bal du lycée ?

— J'étais déguisée en Dark Vador au bal du lycée, dit Mad avec sérieux.

Les femmes la fixèrent avant d'éclater de rire.

— Je me souviens que tu l'as déjà dit, acquiesça Hailey en prenant la bouteille de champagne des mains de Mad. Mais tu as enlevé le costume un moment, non ?

Mad ricana.

— Tu plaisantes ? Les garçons ont adoré. Nous avons tous fait des combats de sabre laser.

— Je parie que les filles étaient ravies que leurs compagnons pour la soirée traînent avec Dark Vador au lieu d'être avec elles, dit Charlotte d'un air pince-sans-rire.

Mad n'avait jamais pensé à cela. Elle s'était simplement sentie misérable parce que personne ne l'avait invitée au bal, alors elle y était allée seule de l'unique façon qui lui permettait d'être à l'aise : couverte de noir de la tête aux pieds.

— Quoi qu'il en soit, dit Mad, personne n'a voulu danser avec le côté obscur.

— Oh, Mad, dirent ses amies presque avec le même ton compatissant.

— Je sais, répondit-elle. C'est pathétique, hein ? C'est pour ça que j'ai besoin de vous tout autour de moi. Essayez de m'entourer plus ou moins afin que personne ne remarque ma façon nulle de danser.

— Tu ne seras pas nulle, affirma Hailey. Tu mettras simplement tes bras autour de son cou et tu te laisseras guider.

— Et s'il ne le fait pas ? demanda Mad.

Hailey leva les yeux au ciel.

— Alors vous resterez debout dans les bras l'un de l'autre. Ce n'est pas si terrible, si ?

Mad fit un grand sourire.

— Ça semble merveilleux.

— C'est la première étape, dit Hailey. La deuxième, c'est le flirt et la fuite.

— Le quoi ? demanda Mad.

— Tu vas le toucher autant que possible, expliqua Hailey. Son bras, son épaule, sa main, et lui poser des questions.

— Ça ne va pas être trop évident ? demanda Mad.

Hailey posa la main sur le bras de Mad.

— Que veux-tu dire ?

Elle jeta un regard appuyé vers sa main sur le bras de Mad.

— D'accord, j'ai compris. Poser beaucoup de questions bêtes et toucher son bras.

— Pas des questions bêtes, dit Charlotte. Parle, c'est tout.

— Pour dire quoi ? demanda Mad.

Charlotte agita la main dans les airs.

— Joli mariage, par exemple. Super musique. Tout ce qui te vient à l'esprit.

Hailey hocha la tête.

— Et ensuite, tu reviens vers nous et tu lui laisses un peu de temps afin de lui manquer. Ça, c'est la fuite.

Mad voulut reprendre la bouteille de champagne de Hailey, mais celle-ci la passa à Charlotte. Mad poussa un soupir.

— Je n'avais aucune idée que ces histoires de séduction étaient aussi compliquées.

— Que fais-tu normalement ? demanda Charlotte en buvant une gorgée de champagne.

— Franchement ?

Mad ricana lorsque les femmes se penchèrent toutes vers elle.

— Je dis simplement au type, en général après un match de softball ou un entraînement d'art martial, que j'aimerais transpirer avec lui sous les draps.

Lauren poussa un petit cri. Ally et Carrie l'observèrent, incrédules.

— Ça marche aussi, dit Charlotte en haussant les

épaules.

— Que fais-tu après ? demanda Hailey.

Mad haussa une épaule.

— Je dis 'merci, cela ne se reproduira pas', et je pars.

Les femmes la regardaient avec de grands yeux. Comme si c'était bizarre.

— Mais Park est différent. Il est spécial, vous comprenez ?

Les femmes hochèrent la tête avec sérieux.

Hailey lui serra la main.

— Nous le savons. Tu vas très bien t'en sortir.

Elle tapota un ongle rose contre ses lèvres roses.

— Maintenant, avec qui devriez-vous toutes danser ?

Elle observa ses amies et Mad sut qu'elle pensait à sa stratégie sur le long terme pour tous les couples futurs qu'elle voulait créer. Que vous le vouliez ou non, l'amour arrive ! Ou au moins une nuit de sexe. Mad se serait contentée de n'importe laquelle des deux possibilités au point où elle en était. Il lui fallait simplement sortir Park de ses pensées afin de pouvoir arrêter d'être obsédée par lui. Si cela menait à autre chose, c'était très bien. Sinon, elle allait survivre, et elle serait plus forte parce qu'elle aurait eu le courage d'essayer.

Contente de son nouveau point de vue philosophique, il lui tardait d'être à la réception.

CHAPITRE HUIT

Park était avec Ty près du bar ouvert à la réception du mariage, attendant une boisson, regardant tous deux le groupe de femmes qui parlaient et riaient de l'autre côté de la pièce, rassemblées comme le faisaient les femmes. Elles étaient toutes très belles, mais particulièrement Mad. Il n'arrivait pas à regarder ailleurs. Elle avait les cheveux lisses et doux comme dans son souvenir lorsqu'elle était plus jeune. Son visage était animé, rayonnant, et ce corps. Il l'avait vue dans ses vêtements de sport, connaissait ses courbes menues, mais cette robe, c'était quelque chose. Moulante, mettant en valeur les bons endroits. Elle portait un vêtement en dentelle noire qui n'arrêtait pas de glisser de ses épaules douces et elle le remontait sans cesse. Cela le rendait dingue. Il voulait lui arracher cette chose. Il voulait poser ses mains autour de sa taille minuscule et les faire glisser sur la courbe de ses hanches.

Il se tourna, l'estomac noué. Les Campbell étaient sa famille. La seule famille qu'il avait jamais eue. Il devait la vie à Joe Campbell, qui l'avait pris sous son aile en accueillant Park dans sa maisonnée déjà bien remplie. Monsieur Campbell avait proposé de l'adopter, mais la mère de Park n'avait pas voulu signer les papiers. Elle avait touché le fond six mois après que Park ait été sauvé de l'enfer qu'était sa maison et elle avait fini par faire une cure de désintoxication pour son addiction à l'héroïne. Quand elle était ressortie, elle ne demanda jamais à le récupérer. Il ne voulut pas partir. Parfois, elle apparaissait à l'école ou bien lors d'un de ses matchs de baseball juste pour s'assurer qu'il était encore en vie. Ces visites le rendaient furieux. Les sentiments d'abandon et de honte le mettaient tellement en colère qu'il cherchait la bagarre, généralement avec quelqu'un de plus vieux et de plus fort afin de pouvoir vraiment se défouler. Monsieur Campbell dut mettre fin à ce comportement lors du douzième anniversaire de Park.

— Tu as douze ans maintenant, ce n'est pas rien, avait dit Monsieur Campbell en le faisant asseoir sur le canapé du salon après une petite fête d'anniversaire familiale qui avait submergé Park. Son anniversaire avec sa mère célibataire droguée avait toujours rappelé à sa mère qu'elle vieillissait et n'avait jamais rien évoqué de spécial pour lui. Monsieur Campbell avait envoyé les autres dehors, même si Park soupçonnait Mad de s'être cachée quelque part pour écouter la conversation. Cette idiote de neuf ans traînait toujours avec les grands.

Park s'assit bien droit sur le canapé.

— Oui, monsieur.

Monsieur Campbell se pencha en avant, les coudes sur les genoux, depuis sa place sur le fauteuil relax.

— Ceci est un moment de choix crucial pour la direction que va prendre ta vie. Vas-tu être un homme qui utilise ses poings quand il n'arrive pas à gérer sa vie ou bien un homme qui pense d'abord et qui agit ensuite d'une façon qui le mettra sur le bon chemin ?

Park ne répondit pas. C'était une réponse évidente avec une solution pas si facile.

Monsieur Campbell poursuivit.

— Je n'aime pas les bagarres auxquelles tu es mêlé. C'est un comportement autodestructeur et je veux que cela cesse.

Ses yeux marron amicaux cherchèrent le regard de Park.

— Mais tu dois le vouloir.

Park déglutit. Il n'avait jamais voulu décevoir Monsieur

Campbell. Il avait toujours l'impression de devoir faire attention au cas où ce dernier change d'avis à son sujet.

— Oui monsieur. Je vais essayer de faire mieux.

Monsieur Campbell l'examina longuement, l'évaluant en tant qu'homme, supposa Park. Park redressa les épaules en essayant d'être cet homme.

L'homme plus âgé parla doucement.

— Tu dois pardonner à ta mère. Elle est ce qu'elle est et tu ne peux pas changer cela. Ceci est ta famille maintenant. Et je ne parle pas seulement des Campbell. Je parle d'Ethan, Zach, Marcus, Ben, Nick. Nous sommes tous ta famille.

Il s'agissait des garçons avec lesquels ils traînaient à la ligue athlétique de la police. Ils étaient tout le temps à la maison.

Park hocha la tête.

— Ta mère sera toujours une partie de toi, mais elle n'a pas besoin d'être tout. Elle n'a pas besoin de te gouverner.

— Ouais ! intervint une petite voix aiguë.

Ils se tournèrent tous les deux et ils virent Mad qui les observait entre les barreaux de la balustrade en haut des escaliers, où elle avait dû tout écouter. Ses cheveux bruns étaient attachés en une queue de cheval tordue, ses grands yeux marron étaient immenses par rapport à son visage, comme un petit faon. Innocente. Fragile.

— Ta mère est pourrie !

Honnête.

— Madison Campbell, aboya monsieur Campbell, nous aurons une petite discussion dès que j'en aurai fini avec Park.

Mad se leva et elle se pencha par-dessus la balustrade, ce qui accéléra le pouls de Park. C'était une chute de plus de trois mètres. Il devait la maintenir en vie.

— Descend de la balustrade ! cria Park.

Elle se pencha encore davantage, faisant un grand sourire auquel il manquait les dents de devant. Intrépide comme toujours.

— Ma mère est pourrie aussi. Ne t'inquiète pas, Park, nous sommes là, nous.

Elle zozotait à cause des dents manquantes, ce qui lui rappela à quel point elle était petite. Elle leva un petit poing serré en signe de solidarité.

Il leva le poing à son tour.

Elle lança une jambe par-dessus la balustrade et son cœur s'arrêta avant de battre la chamade lorsqu'elle glissa à toute vitesse le long de la rambarde. Elle s'avança vers lui et posa son poing contre le sien.

— Va dehors avec tes frères, aboya monsieur Campbell. Tu vas avoir des problèmes, jeune fille.

Mad se dirigea nonchalamment vers la porte d'entrée, pleine de culot et de caractère.

— Manteau, ordonna monsieur Campbell.

Mad arracha son manteau rouge du crochet dans le placard de l'entrée et elle le porta dans ses bras pour sortir, ne prenant pas la peine de l'enfiler même si c'était le mois de février. Avant que la porte se referme derrière elle, ils l'entendirent crier à ses frères :

— Papa dit que vous devez me laisser jouer.

Park retint un sourire. Ses frères détestaient l'avoir dans leur équipe parce qu'elle était petite et lente par rapport à eux. Park était celui qui prenait soin de l'inclure. Il savait que c'était nul d'avoir l'impression d'être tout seul, à regarder les autres s'amuser.

Monsieur Campbell inspira profondément et se retourna vers Park.

— Comprends-tu ce que j'essaie de te dire ? Je veux que tu creuses profondément à la recherche de la force intérieure que tu as et que tu choisisses un autre chemin. Plus de bagarres.

— Oui, monsieur.

Il voulait être fort comme monsieur Campbell. Son propre père était faible, un alcoolique qui était parti lorsque la petite sœur de Park était morte.

Monsieur Campbell sourit, des rides de rire apparaissant autour de ses yeux.

— Quand vas-tu m'appeler papa ? Cela fait deux ans que tu vis ici. Je t'ai dit que tu étais l'un d'entre nous.

— Oui, monsieur, papa.

Monsieur Campbell, son père honoraire, se leva, tendit la main et aida Park à se lever. Son père le serra dans ses bras. Park pouvait compter sur les doigts d'une seule main le nombre de fois où il avait reçu des câlins. Il se sentait entouré de force et d'amour. La plupart de ses câlins précédents avaient été du genre rapide avec le très physique Ty Campbell, qui le serrait dans ses bras et lui tapait dans le dos pour avoir marqué un but ou tiré un panier. Ceci était différent. Important.

Son père s'écarta et ébouriffa les cheveux de Park.

— Bon, va tirer quelques paniers dehors pendant que je discute avec Mademoiselle Impertinente.

— Il y a beaucoup de jolies filles à cette fête, commenta Ty en tirant Park de ses souvenirs.

— Je suppose, marmonna Park.

— Les mariages sont un très bon endroit pour draguer, dit Ty. Elles se sentent toutes romantiques et seules. Et puis tu fonds sur elles.

Park ricana.

— Ah oui ? Et sur laquelle penses-tu fondre ?

— J'aime bien le look de celle qui porte la robe jaune.

Park se déplaça en l'observant discrètement sous ses paupières à demi fermées.

— Elle est pas mal.

— Pas mal ? Il faut que t'ailles chez l'ophtalmo. Je crois que c'est une entraîneuse personnelle. Ou bien peut-être a-t-elle simplement une entraîneuse personnelle. Peu importe. Regarde ses jambes.

— Regarde son visage, dit Park. Son visage semble dire 'je ne supporte pas les crétins'.

Ty lui donna un coup à l'épaule.

— Regarde le maître, mon ami.

Leurs boissons arrivèrent, deux bières très fraîches, et ils marchèrent jusqu'à l'endroit où ses frères félicitaient Jake et Claire, qui venaient d'arriver après les photos. Hailey s'éloigna du groupe et se dirigea vers sa clique du club de lecture.

— Hailey, appela Ty.

Elle s'arrêta et elle tourna sur ses talons.

— Oui ?

— Qui est la fille dans la robe jaune ?

Elle regarda ses amies avant de se diriger vers Ty.

— Charlotte. Tu veux que je te présente ?

Ty dévisagea à nouveau Charlotte des pieds à la tête.

— Non. J'étais juste curieux.

Elle inclina la tête.

— Tu es sûr ?

— Tout le monde n'apprécie pas une organisatrice de mariages entremetteuse, princesse, dit Josh d'une voix traînante en apparaissant à côté de Hailey.

Il lui fit un sourire espiègle comme s'il lui tardait de l'embêter.

Hailey souffla.

— Je suis une facilitatrice de happy ends. Ce mariage en est la preuve !

Josh la lorgna.

— Oh, je n'ai *aucun* problème avec le happy end.

Hailey devint écarlate.

— Ce n'est pas ce genre de happy end.

Josh se pencha tout près, mais ils pouvaient toujours l'entendre très clairement.

— Ce serait peut-être mieux. Tu aurais peut-être plus d'hommes intéressés par ton club de lecture de célibataires au lieu de toutes ces femmes.

Hailey agita la main dans les airs.

— Je n'ai aucun problème pour intéresser les hommes.

Josh éclata de rire. Ty et Park échangèrent un regard

amusé. Ces deux-là étaient trop drôles.

— Bien sûûûr, dit Josh en hochant lentement la tête. C'est pour ça que tu devais me payer pour t'accompagner aux mariages.

Hailey jeta les mains en l'air.

— C'était le travail ! Pas un rendez-vous galant !

Josh eut un sourire en coin.

— La ferme !

Hailey partit en trombe.

Ty poussa l'épaule de Josh.

— Pourquoi ne baisez-vous pas une bonne fois pour toutes ?

— Je t'emmerde, dit Josh avec nonchalance, son regard suivant le derrière arrondi de Hailey.

— Elle a payé pour que tu l'accompagnes à des mariages ? demanda Park.

Il ne comprenait pas pourquoi. Cette femme avait le type de beauté que l'on ne voyait normalement que dans les films ou à la télé.

— Oui, dit Ty. Payer Joshy faisait partie de son plan d'affaires. Cela s'est bien terminé, comme tu le vois.

Park secoua la tête. Josh ricana.

Leur père s'approcha, les rides dures de son visage se transformant facilement en un sourire.

— C'était un mariage magnifique, n'est-ce pas ?

Son père, alors qu'il était célibataire depuis tant d'années, était toujours un romantique. Sa femme l'avait quitté quand Mad n'avait qu'un an, pourtant il parlait encore d'elle avec affection. Il avait même gardé leurs photos de mariage sur le mur de la chambre. Park pensait que cela l'empêchait d'avancer. Mais son père semblait content, heureux d'être le père de tant de personnes, alors ils n'en parlaient jamais.

— Ouais, dit Ty. Jake a de la chance. Ça aurait pu être Josh s'ils n'avaient pas fait leur échange de jumeaux à ce rendez-vous à l'aveugle.

Josh secoua la tête.

— Non. Claire a eu le bon jumeau. Je détesterais que tous ces journalistes me tournent autour et les paparazzi avec leurs caméras.

Il frissonna.

— Je n'en ai vu aucun au mariage, dit Park.

— C'est parce que Claire a maintenu le secret et que ce n'est qu'un petit groupe, dit son père. Son garde du corps a organisé la sécurité pour la réception. Ils sont postés à l'extérieur de la pièce et tout autour du complexe. Même s'il y a une fuite quelque part, elle sera contenue.

Park comprenait que cela puisse devenir lassant. Toujours se sentir observé.

Peu de temps après, ils s'approchèrent tous des tables rondes pour un repas assis. Les femmes du club de lecture étaient assises ensemble. Les frères étaient assis à une autre table, certains étant également assis avec la famille de Claire et des amis de Jake. C'était une pièce plutôt grande pour si peu de monde, mais la vue était spectaculaire. La salle de bal se trouvait sur une falaise avec des baies vitrées du sol au plafond qui surplombaient l'océan Atlantique.

Après un repas de filet mignon et de homard, un groupe joua une balade lente et les jeunes mariés furent appelés sur la piste de danse.

Park regarda Claire et Jake si heureux et amoureux. Leurs corps collés, les yeux dans les yeux. C'était la première fois que Park était au mariage de quelqu'un qui lui était proche et comme à la cérémonie, il eut le cœur serré. Il savait que ce n'était pas que lui. Même Mad avait versé des larmes à la cérémonie. Il lui aurait fait un câlin s'ils avaient été assis à la même rangée. Il souffrait de la voir pleurer sans proposer de réconfort. Il avait fait ce qu'il avait pu.

Le meneur du groupe de musique parla dans le micro d'une voix suave :

— La danse suivante est pour les témoins.

Jake et Claire partirent s'asseoir à la table d'honneur

pour regarder. Josh fit signe à Hailey avec l'index et elle marcha vers lui, la tête haute. Josh lui proposa son bras et elle le prit, marchant avec lui jusqu'au milieu de la piste de danse. Une fois là, Josh lui prit la main, posant l'autre dans son dos, laissant beaucoup d'espace entre eux quand il les guida dans une valse lente. Il fut étonné de voir Josh danser de cette façon. Le couple flottait presque sur la piste de danse, étonnamment synchrone malgré toute l'hostilité entre eux.

— Demande à Charlotte de danser sur la chanson suivante, dit Ty à Park.

Park inclina la tête.

— Pourquoi ? Je croyais qu'elle te plaisait.

— C'est le cas. Je vais demander à Hailey de danser avec moi.

— Quoi ? Pourquoi ?

— Fais-le, c'est tout.

— Je ne veux pas danser.

— Tu es obligé, dit Ty. Il y a une tonne de femmes ici. Tu dois faire ta part.

— Il y a d'autres hommes ici, dit-il en faisant un geste vers la table. De toute façon, il y a plus d'hommes que de femmes.

— Je croyais que tu serais mon coéquipier, dit Ty.

— Demande à Alex.

Ty et Alex avaient passé beaucoup de temps ensemble à draguer les filles quand ils étaient ados.

— Il est trop occupé avec Viv.

Park jeta un coup d'œil vers l'endroit où Alex portait Viv qui pleurait hors de la salle de bal.

— Elle est fatiguée, expliqua Ty. Elle a raté sa sieste de l'après-midi.

— Va-t-il revenir ?

— Sûrement. Il va la porter un peu et quand elle sera endormie, il la ramènera. Elle dormira sûrement malgré le bruit. Elle y est habituée.

— Pas de baby-sitter ?

Ty bougea pour observer Charlotte.

— La baby-sitter a démissionné quand Viv est devenue un peu trop fatigante. Elle va bien. Il y a plein de famille autour pour aider Alex.

Mais Park ne vit personne qui l'aidait. Juste Alex tout seul.

Lorsque la chanson suivante commença, tout le monde fut invité à rejoindre les témoins. Un par un, ses frères se levèrent afin de demander à une femme de danser. Park resta assis et sortit son téléphone portable pour prendre des photos.

Quelqu'un le tapota sur l'épaule. Il se tourna, le cœur battant un peu plus fort en voyant Mad de près dans sa robe noire moulante. Le châle en dentelle noire tombait d'une épaule, exposant sa peau douce. Son regard erra de son épaule à sa clavicule délicate, puis plus bas jusqu'au renflement doux de… il s'arrêta et il déglutit. La ligne sombre d'un tatouage apparaissait au-dessus de la robe, à l'endroit de son cœur. Il voulut en tracer le contour, voulut le voir en entier.

— Hé, SPM, dit-elle.

C'était le vieux surnom qu'elle lui donnait quand il était mal luné et taciturne.

— Tu as un tatouage, dit-il, incapable d'y arracher son regard.

Elle baissa la tête et elle fit remonter l'avant de sa robe pour le recouvrir. Puis elle ajusta son châle en dentelle sur ses deux épaules. Il eut envie de lui arracher la chose, voulut désespérément faire descendre cette robe. Il avait besoin de voir…

— Tu vas rester assis là toute la soirée ? demanda-t-elle.

Il se leva automatiquement, coincé entre la surprise devant sa beauté stupéfiante et la méfiance. C'était comme si une sirène annonçant le danger au loin essayait de pénétrer son cerveau embrumé. La voir depuis l'autre bout de la pièce, c'était une chose. De plus près, c'en était une autre. Elle sentait les fleurs. Mad n'avait jamais une odeur de fleurs.

— T'as qu'à prendre une photo, ça dure plus longtemps, aboya-t-elle.

Il la visa avec son téléphone et ce fut précisément ce qu'il fit. Elle faisait un peu la moue. Il caressa sa lèvre inférieure avec le pouce avant de se rendre compte de ce qu'il faisait. Le rugissement des battements de son cœur tambourinait dans ses oreilles. Il appuya son pouce au milieu de sa lèvre. C'était si doux. Elle écarta les lèvres.

Il parla d'une voix rauque :

— Tu as l'air si différente.

Les yeux marron sombre de Mad s'adoucirent.

Il laissa tomber sa main.

— Merci, dit-elle doucement avant de retirer son châle et de le poser sur le dossier de sa chaise.

Les courbes de son petit corps dans cette robe noire moulante, exposées à ses yeux et à ses mains, mirent tout son corps en alerte. La sirène du danger sonna bruyamment et clairement dans son esprit. Elle était trop près de lui.

Il lui donna un coup de coude en créant un peu d'espace entre eux.

— Qu'est-ce que ces femmes ont bien pu te faire ?

Il se dit que ses amies devaient avoir un rapport avec sa nouvelle apparence. Il ne l'avait jamais vue ainsi, toute maquillée et sexy. Heureusement.

Elle sembla se vexer.

— Excuse-moi de porter une robe à un mariage.

Il n'avait pas voulu la blesser. Il était simplement bouleversé par sa transformation.

Elle croisa les bras, ce qui fit remonter sa poitrine. Il risqua un autre regard vers son tatouage, mais il ne put pas le voir. Il se força à regarder le visage de Mad.

Il vit sa lèvre se courber de façon hargneuse.

— Puisque nous sommes tous les deux bien habillés, on

devrait danser ou quelque chose.

— Je ne sais pas danser, dit-il.

Mais ce qu'il voulait dire c'était *je ne peux pas danser avec toi*.

Il ne pouvait pas la tenir près de lui, ne pouvait pas sentir ses courbes menues appuyer contre lui. Le fait qu'elle était la fille Campbell interdite s'estompa rapidement dans son esprit tandis que tout en lui l'encourageait à toucher, à goûter, à posséder. Son cœur battait au rythme du message *danger, danger, danger*.

— Je m'en fous, dit-elle en attrapant sa main et en l'attirant vers la piste de danse. Je ne vais pas danser avec mes frères.

— Demande au frère de Claire, dit-il d'un ton peu convaincant, en campant sur ses positions au bord de la piste de danse.

— Tu es plus bête que tu en as l'air, dit-elle en passant les bras autour de son cou et en s'appuyant contre lui.

Il posa automatiquement les mains sur sa taille fine, écartant les doigts pour la toucher davantage. La pièce s'effaça autour d'eux, la musique était distante, il n'y avait rien d'autre que l'odeur sucrée des fleurs, sa chaleur. Il avait la tête qui nageait dans un étrange cocktail de désir et de danger.

Elle se balança contre lui et il se rendit compte qu'il devait bouger. Il se balança un peu avec elle, et elle parvint d'une façon ou d'une autre à se rapprocher encore de lui. Chaque partie de lui était consciente de sa présence. Ses seins appuyaient contre son torse, son ventre contre son entrejambe douloureuse, le haut de ses cuisses contre les siennes. Sa main trouva la peau satinée de son dos nu.

— Hé, la naine ! dit Ty près de là en dansant avec Hailey.

— Salut vous deux ! dit Hailey avec un grand sourire.

Park leva le menton pour les saluer et essaya de mettre un peu d'espace entre Mad et lui, mais elle le tenait bien et c'était impossible.

— Salut, dit Mad en les dirigeant loin de Ty et Hailey.

Park essaya de ne pas se concentrer sur Mad dans ses bras. Il étira le cou, regardant autour de lui à la recherche de la fille à la robe jaune. Elle dansait avec Ethan. *Super, ton plan, Ty.* Ethan était doué avec les femmes et il pouvait facilement décider de la draguer.

Mad se leva sur la pointe des pieds, frottant contre lui et obtenant toute son attention. Puis elle chuchota à son oreille d'une voix semblable à un ronronnement sexy :

— Tu es canon dans ce costume.

Il déglutit, car il sut maintenant sans le moindre doute que l'attraction était réciproque. Elle l'avait désiré autrefois, quand elle était trop jeune, et il avait espéré qu'à son retour, elle serait passée à autre chose. Il était trop endommagé par la vie.

— Merci, parvint-il à articuler.

Elle se frotta contre lui une seconde fois en reposant les pieds sur le sol. Sa verge pulsait de désir, son cerveau lui hurlait de s'écarter. *Danger. Hors limites. Pas elle.*

Elle le regarda dans les yeux, un petit sourire sur les lèvres comme si elle avait remarqué l'effet qu'elle lui faisait.

— C'était comme le salon de beauté des horreurs avec mes amies avant le mariage.

— Des horreurs ?

— Tu ne veux pas savoir ce que font les femmes derrière des portes closes.

Ses seins frôlèrent son torse quand elle se balança à droite et lui à gauche. Portait-elle un soutien-gorge ? *Ne regarde pas.*

Elle continua.

— Mais j'espère que ça en valait la peine.

Elle se balança à gauche et lui à droite, frottant encore une fois ses seins contre lui. Il se mit à prendre le contrôle, une main dans le creux de son dos, prenant soin de la faire se balancer *avec* lui afin d'éviter tout frottement.

— Il faut souffrir pour être belle, du moins c'est ce que dit Hailey. Je ne suis pas sûre de la croire.

Il la regarda dans les yeux, voulut lui dire à quel point elle était belle. Sexy à en faire tomber la mâchoire. Mais c'était Mad. Sa petite demi-portion qu'il devait protéger à tout prix. Même si cela impliquait de la protéger contre lui-même.

Elle ne ressemblait plus du tout à sa demi-portion.

Elle était canon et douce dans ses bras. Il dut se rappeler qu'elle ne pouvait jamais être à lui. Elle méritait tellement plus que ce qu'il pouvait lui donner. Il n'était simplement pas constitué de cette façon.

— Tu n'as pas besoin de le dire, annonça-t-elle comme si elle pouvait lire dans ses pensées.

— Dire quoi ? demanda-t-il avec méfiance.

Elle lui jeta un regard entendu.

— Que tu aimes la robe.

Elle avait clairement senti la preuve pendant leur danse et il ne voyait aucune raison de le nier à présent.

Il se pencha à son oreille et il chuchota :

— J'ai failli avaler ma langue quand je t'ai vue.

Elle s'écarta pour le regarder, les yeux écarquillés.

Il la regarda dans les yeux, la laissa voir que c'était vrai, sachant pourtant qu'il fallait que ceci s'arrête sur la piste de danse. Il ne sut pas combien de temps s'écoula, alors qu'ils étaient tous deux debout, à se regarder. Il se rendit soudain compte que les gens quittaient la piste de danse. La chanson était terminée.

Il s'écarta.

— Merci pour cette danse, petite.

Puis il se tourna et il se dirigea tout droit vers la porte, traversa le long vestibule de l'hôtel et sortit, ayant terriblement besoin de prendre l'air frais de l'hiver.

CHAPITRE NEUF

Mad marcha aussi vite qu'elle le put avec ses gros talons afin de rejoindre ses amies dès l'instant où Park l'avait laissée toute seule sur la piste de danse comme une idiote.

Hailey lui donna un coup de coude.

— Alors, comment ça s'est passé ?

— Il est presque parti en courant dès que la chanson s'est terminée, dit Mad d'un air renfrogné.

— Il te tenait tout contre lui, dit Hailey.

— Non. C'est moi qui me collais contre lui.

— A-t-il dit quelque chose d'agréable sur ton nouveau look ? demanda Charlotte.

Les femmes se penchèrent vers elle, impatientes d'entendre les détails.

Mad soupira.

— Il a bien dit qu'il avait failli avaler sa langue en me voyant.

Les femmes poussèrent des exclamations excitées à cette nouvelle.

— C'est super ! piailla Ally.

— Un très bon signe, dit Carrie.

— Retournes-y, tigresse, ajouta Hailey.

— Il est parti.

— Il reviendra, intervint Charlotte. Il est encore tôt.

— Continue et reste gentille, conseilla Hailey. Et pour l'amour du ciel, arrête de recourber ta lèvre.

— Gentille, gentille, gentille, marmonna Mad. Peut-être devrions-nous envoyer Lauren.

— Où est-elle, d'ailleurs ? demanda Hailey en regardant autour d'elle. Oooh, elle est avec ta nièce.

Mad regarda Lauren assise sur un fauteuil avec Viv recroquevillée sur ses genoux, profondément endormie, la tête appuyée contre l'épaule de Lauren. Elle se demanda où était Alex.

— Lequel de tes frères est bon danseur ? demanda Charlotte. J'adore danser.

— Lentement ou vite ? voulut savoir Mad.

— Vite.

— Aucun d'entre eux.

— Lentement.

— Sans doute Jake ou Josh. Ils ne t'écraseront pas les orteils.

— Bonjour, beauté, susurra Ty en tendant la main à Ally. Voudrais-tu danser ?

Ally gloussa et prit sa main.

Mad resta avec ses amies à regarder la piste de danse. Lorsque Park revint, elle le sut immédiatement. Il trouva son père à l'autre bout de la pièce, qui contemplait l'océan. Son père se tourna et donna une tape sur l'épaule de Park. Ils avaient un lien étroit et elle en était ravie, Park en avait besoin. Elle décida qu'elle ne lui demanderait plus de danser. C'était à lui de demander. Mais il ne le fit pas. À la place, elle resta plantée là pendant que chanson après chanson, Ty vint demander à danser à chacune de ses amies. Chacune sauf Charlotte. En fait, il faisait tout ce qu'il pouvait pour regarder Charlotte avant de demander à quelqu'un d'autre de danser. Quel abruti.

Charlotte ignora ostensiblement Ty, se concentrant sur le fait de coacher Mad, pendant que Hailey acquiesçait avec enthousiasme.

— Faisons passer ton flirt au niveau suivant, dit Charlotte. Touche-toi et ça le fera penser au fait de te toucher.

— Je me touche moi-même ? demanda Mad.

Charlotte fit la démonstration en soulevant sa poitrine, en glissant ses mains sur ses hanches et en touchant son cou.

— Elle a raison, dit Hailey.

— Lève la tête vers lui, les hommes adorent ça.

— Je suis obligée de lever la tête pour le regarder, expliqua Mad. Il est plus grand que moi.

Elle se souvint que Park préférait toujours les jolies femmes menues. Elles semblaient toujours si délicates et féminines. Elle n'était pas certaine de pouvoir être un jour assez féminine pour lui.

— Vas-y maintenant, l'encouragea Hailey lorsqu'elle vit que Park était allé s'asseoir avec Josh.

— Non, pas maintenant, dit Mad. Josh va tout gâcher.

— Je vais distraire Josh, affirma Hailey en agitant les doigts vers lui.

Josh l'ignora.

— Laisse tomber. Je ne suis pas prête. J'ai besoin d'un autre verre.

— Plus de verres, dit Hailey. Ivre, tu n'auras pas l'air soignée.

— Je n'ai bu que deux verres de champagne, protesta Mad.

— Très bien, tu peux avoir un verre de vin et c'est tout. Elle partit.

Ty revint, regarda Mad et Charlotte tour à tour, et demanda à Mad de danser. Charlotte fulmina à ses côtés.

— Va te faire voir ! dit Mad.

Ty demandait exprès à chacune de ses amies de danser sauf Charlotte, ce qui signifiait qu'il voulait sans doute particulièrement danser avec Charlotte. Mad refusait de jouer à son petit jeu.

Ty regarda Charlotte, qui traversa la pièce pour demander à Josh de danser.

Et puis Charlotte dansa avec tous les hommes présents sauf Ty. Elle était une danseuse incroyable, sur les danses lentes comme les rapides. Mad but le vin blanc que Hailey lui avait apporté. Il n'y avait qu'elle et Ty désormais, et ils regardèrent Charlotte danser. Elle se demanda s'il allait enfin être à la hauteur. Charlotte avait cette façon confiante et très efficace de jeter ses longs cheveux bruns derrière ses épaules – si seulement Mad avait eu de longs cheveux – et un dandinement sensuel que Mad n'était pas sûre de pouvoir reproduire.

Enfin, Charlotte se tourna vers Ty et Mad. Elle prit de l'eau sur une table près de là et but longuement. Ty la regarda, dans l'expectative.

Charlotte sourit à Mad.

— Allez, il faut que tu viennes sur la piste avec moi.

— Peut-être, dit Mad.

— Tu as eu l'air de t'amuser, dit Ty d'un air renfrogné.

Charlotte fronça les sourcils au-dessus de ses yeux marron.

— Effectivement.

Elle finit son eau en une longue gorgée et elle posa le verre sur la table.

— Avec tous les hommes ici, dit Ty. Sauf un.

Charlotte tourna brusquement la tête.

— Et pourquoi donc ?

Elle croisa les bras avant de continuer.

— Pourquoi as-tu fait exprès de demander à tout le monde de danser sauf moi ?

Ty croisa les bras.

— Ce n'est pas vrai.

— Menteur, intervint Mad, mais ils ne semblèrent pas la remarquer au milieu de leur petite confrontation.

— Alors, danse avec moi maintenant, dit Charlotte.

Ty partit d'un éclat de rire.

— Tu me demandes de danser avec toi ?

— Ah, alors tu joues à te faire désirer, dit Charlotte en hochant la tête d'un air connaisseur. C'est ça, ton petit jeu.

Il sourit.

— Ça a fonctionné, n'est-ce pas ? Tu me demandes de danser avec toi.

Charlotte leva le menton.

— Je ne joue pas à ces petits jeux.

— Oh que si, ma jolie.

Ty lui prit la main.

— On y va ?

Charlotte retira sa main.

— Non merci, j'aime me faire désirer.

Elle se tourna et marcha vers Ethan, à qui elle demanda de danser. Il accepta, l'attirant tout de suite dans ses bras. Charlotte jeta un regard par-dessus l'épaule d'Ethan et fit un sourire satisfait en direction de Ty.

Ty grommela. Ses frères étaient des idiots et Mad était fatiguée d'être en leur compagnie. Elle s'approcha de Park, qui avait enfin terminé de parler avec Josh et qui revenait vers elle. Elle dandina légèrement ses hanches comme Charlotte et elle s'arrêta devant lui, levant la tête pour le regarder comme Charlotte le lui avait conseillé. Il la dévisagea.

— Tu as mal à la cheville ? Tu marchais un peu bizarrement.

Elle posa la main sur le bras de Park.

— Ma cheville va très bien. Ce n'est pas de ma faute si je bouge les hanches en marchant.

Elle posa les mains sur sa propre taille et les fit glisser le long de ses hanches. *Je me touche. C'est tellement sexy.*

Il suivit ses mains du regard avant de revenir à ses yeux.

— On n'aurait pas dit ta hanche… peu importe. Qu'est-ce que tu fais ?

— Pas grand-chose. Je suis debout à un mariage, je regarde les autres danser.

Elle se balança un peu au rythme de la musique, observant tous les autres qui dansaient le slow. Elle n'avait pas l'intention de lui demander encore une fois de danser.

— Mad ?

Gagné ! Elle se tourna et il lui jeta un regard invitant et sensuel.

— Oui ?

Le regard de Park se fixa sur sa poitrine. Elle baissa les yeux. C'était toujours couvert.

— Quel type de tatouage as-tu fait faire ?

— Tu veux voir ?

Il déglutit de façon visible.

— Tu sais que tu en as envie, dit-elle à voix basse en le défiant.

Il lui répondit d'une voix rauque :

— Dis-moi juste ce que c'est.

— Je préfère te le montrer.

— Ce n'est pas une bonne idée.

Mais son regard brûlant indiquait le contraire.

— Bien sûr que si, dit-elle d'un ton enjoué.

Comme si tout ceci n'était qu'un jeu. Comme si elle n'avait pas le cœur qui battait dans la gorge.

— Mad, dit-il doucement.

Il s'éclaircit la gorge et regarda la piste de danse.

— Tu es spéciale. Je ne te traiterais jamais de cette façon.

— Me traiter de quelle façon ?

Il la regarda dans les yeux, l'air de souffrir.

— Tu mérites mieux que moi.

— Que veux-tu dire ?

Il secoua lentement la tête.

— Un jour tu rencontreras un type super qui pourra te donner tout ce que tu mérites.

Elle posa la main sur son bras, ayant besoin de se faire comprendre.

— Je sais ce que je veux.

Il serra fortement la mâchoire.

— Je ne veux pas te faire de mal.

— Je ne vais pas me briser, dit-elle doucement.

Il la fixa si longuement qu'elle sentit son cœur se

gonfler d'espoir. Elle vit qu'il traitait l'information qu'il venait de recevoir, qu'il contemplait ce que cela signifiait. Qu'elle pouvait le manier.

Quelqu'un fit tinter un verre.

— Rassemblez-vous, nous allons couper le gâteau.

Park inclina la tête.

— Il vaut mieux aller chercher du gâteau avant que tes frères finissent tout.

Mad resta immobile un moment, partagée entre une déception écrasante et une irritation très motivante. Elle le regarda directement dans les yeux.

— Je ne vais pas te lâcher, Park.

~ ~ ~

Park se tenait à l'avant du cercle rassemblé autour de Claire et Jake qui coupaient le gâteau de mariage. Non pas que le gâteau l'intéressait. Il avait simplement besoin de s'éloigner de la sensualité de Mad qui faisait de son mieux pour l'attirer. Le photographe s'approcha lorsque Jake et Claire découpèrent le gâteau, leurs deux mains guidant le couteau. Il essaya de se concentrer, mais son esprit retournait sans cesse vers Mad.

Mad, collée contre lui dans cette robe noire moulante.

Mad avec de l'adoration dans les yeux, le croyant meilleur qu'il ne pouvait l'être.

Mad qui n'allait pas le lâcher.

Cela le frappa doublement, au cœur et à l'entrejambe, lorsque son cerveau traduisit un sens très différent. C'était une chose de nier sa propre attirance, mais presque un enfer de nier également la sienne. La tentation de franchir la limite luttait violemment contre son besoin de l'empêcher de souffrir.

Son regard erra du côté du cercle où se trouvait Mad avec ses amies. Il avait du mal à ne pas la remarquer. Il avait passé la plus grande partie de sa vie à s'assurer qu'elle allait bien. Même quand il était absent, il prenait de ses nouvelles, demandait de ses nouvelles à Josh également, car il passait le plus de temps avec elle. Il maintint une distance entre eux pendant le restant de la nuit. C'était la seule façon qu'il pouvait imaginer de ne pas la toucher. Dès que la réception fut terminée, il monta jusqu'à sa chambre.

Une fois qu'il y fut en sécurité, il enleva ses habits, ne gardant que son maillot de corps et son boxer avant de se laisser tomber sur le lit. Il éteignit la lumière et il jeta un bras sur ses yeux, comme si cela pouvait bannir Mad de son esprit. Son cerveau fut immédiatement submergé par la vision d'une Mad plus jeune. Le soir de sa fête de départ.

Ce soir-là, elle portait sa chemise en flanelle bleue avec un T-shirt déchiré très décolleté au-dessous.

Le soir où il s'était rendu compte pour la première fois que Mad allait lui attirer des ennuis.

Tout le monde avait dit au revoir et était parti se coucher. Il s'était installé sur le canapé, tournant et se retournant, ne parvenant pas à dormir, sachant qu'il était sur le point de quitter le seul endroit qui avait été un foyer pour lui. Il avait dix-huit ans et il était temps de prouver sa valeur en tant qu'homme. De faire la fierté de son père. Une heure s'était écoulée pendant qu'il regardait le plafond, lorsqu'il entendit ses pas descendant doucement l'escalier. Ses frères et son père marchaient d'un pas lourd.

Il ferma les yeux, faisant semblant de dormir.

— Park, chuchota-t-elle.

Il ne répondit pas. Pas l'intention de tenter le diable. Ne pas la remarquer. Ne pas la toucher.

Elle lui donna un coup de coude.

— Park.

Il l'ignora.

Elle s'assit sur le canapé à côté de lui et enfonça un doigt entre ses côtes.

— Park, c'est Mad. Réveille-toi.

Il grogna et il se retourna. Elle lui redonna un petit

coup. Il ouvrit les yeux.

— Quoi ?

Elle se pencha tout près. Si près. Son odeur sucrée familière était imprégnée d'autre chose, une chose qui se rapprochait dangereusement du domaine du sexy.

— Tu vas me manquer, chuchota-t-elle, ses lèvres à moins de quelques millimètres de lui.

Il ferma les yeux, se fermant à la tentation.

— Oh, la pièce tourne en rond. J'ai trop bu.

Il la sentit s'écarter.

— Combien de bières as-tu bues ? demanda-t-elle d'un ton suspicieux.

Il agita la main en faisant semblant d'être ivre. Il savait à quoi cela ressemblait, même si cela ne lui arrivait que rarement.

— Huit bières. Ty et moi avons fait la fête une dernière fois. Complètement bourréééé.

La lumière à côté du canapé s'alluma. Il plissa les paupières. Elle le regarda dans les yeux.

— Tes yeux n'ont pas l'air ivres.

— Pourtant je le suis, crois-moi.

Il éteignit la lumière et il se laissa tomber sur le côté.

— Va te coucher, minus.

Elle passa ses doigts chauds dans ses cheveux, créant un chemin qui le fit frissonner.

— Tes cheveux sont différents.

Ses doigts traînèrent jusqu'à son cou.

— Je ne suis plus une minus. Je suis une adulte.

Il savait ce qu'elle voulait dire. Il avait essayé de ne pas le remarquer. Elle était trop jeune et elle méritait mieux que lui.

Il roula sur le dos, couvrant ses yeux avec son bras.

— Laisse-moi dormir, dit-il d'une voix traînante. Sérieusement. Be-a-u-coup trop bu.

Il inspira profondément, faisant semblant de dormir du sommeil des ivrognes, en espérant qu'elle parte. En espérant qu'un jour elle l'oublierait et qu'il reviendrait pour la trouver avec un homme qui désirait avoir une famille. Un homme qui pouvait lui donner tout ce qu'elle méritait.

Il se déplaça, la poussant volontairement du canapé. Elle devait se tenir debout à côté du canapé, car il n'entendit pas ses pas s'éloigner et il sentait toujours son odeur.

Il entendit un mouvement et il retint sa respiration, espérant qu'elle partait, lorsque des lèvres douces frôlèrent les siennes, le faisant sursauter. Il ne bougea pas. Il était paralysé et pourtant enflammé. Elle recommença, ses lèvres caressant les siennes, puis se posant plus fermement contre lui. Il fut traversé d'une ferveur charnelle et il réagit instinctivement, l'embrassant à son tour, et puis encore, ayant besoin de la goûter. Il fit courir sa langue sur le bord de ses lèvres et dès l'instant où elle s'ouvrit à lui, sa langue plongea dans la bouche brûlante de Mad. Il leva une main, sur le point de l'attirer sur elle, lorsqu'elle gémit et qu'il fut brusquement ramené à la réalité. Il laissa tomber sa main, brisa le baiser et roula sur le côté en lui tournant le dos.

— Park, chuchota-t-elle d'un ton urgent. Je veux que tu sois mon premier.

Il faillit grogner, honoré par la foi qu'elle avait en lui et désirant ce qui ne pouvait jamais être à lui. Ty le tuerait. Son père le bannirait de la seule famille où il s'était senti chez lui. Il souhaita ardemment avoir rencontré Mad d'une autre façon. Ou ne jamais avoir été attiré par elle.

Il la sentit se pencher au-dessus de lui. Elle n'avait que quinze ans. Il fit semblant de dormir, alors même qu'une part de lui se rebellait, furieuse qu'il ne puisse plus jamais être son premier désormais. Elle trouverait quelqu'un d'autre pendant son absence. Un crétin qui ne la méritait pas.

Un long moment s'écoula et puis elle caressa ses cheveux.

— Reviens-nous en un seul morceau, d'accord ?

Park poussa un long soupir. Il savait qu'il avait fait le bon choix à l'époque. Quand il l'avait quittée, c'était une fille innocente. Ce qu'elle avait pu faire au cours des années intermédiaires ne le regardait pas. Et maintenant il devait admettre qu'elle était adulte, qu'elle n'était plus une petite fille innocente, mais une femme épanouie et sexy. Pourtant, cela ne signifiait toujours pas qu'elle était pour lui.

Il était trop agité pour dormir. Il cala les oreillers dans son dos, alluma la télévision et regarda bêtement un vieux film tandis que des visions de Mad continuaient à envahir son esprit. Mad en serviette. Mad faisant du sport en ne portant rien de plus qu'un soutien-gorge. Mad en robe sexy, ce tatouage jouant à cache-cache, l'appâtant. Ne pas penser à ça, se dit-il sévèrement. Limite à ne pas franchir. Et puis il la revoyait dans son esprit, élégante et tonique, un corps qui était fort et féminin, sexy, tellement sexy. Il passa une main sur son visage.

On frappa à sa porte.

Il s'assit brusquement tout droit dans son lit. Était-ce Mad ? Elle avait dit qu'elle n'allait pas le lâcher.

On frappa à nouveau, plus fort et avec plus d'urgence.

Il marcha jusqu'à la porte, alluma la lumière et regarda à travers le judas. Son cœur se mit à battre plus vite, alors même qu'il savait qu'il devait interrompre la situation ici et maintenant.

Il entrebâilla la porte.

— Mad, commença-t-il avant de s'arrêter, surpris lorsqu'il se rendit compte qu'elle ne portait rien d'autre qu'une chemise en flanelle bleue. La chemise de ses souvenirs en demi-teinte. Elle l'avait gardée toutes ces années.

Il eut soudain l'impression de pouvoir recommencer. De pouvoir changer l'issue de cette nuit très loin dans son passé comme il aurait aimé le faire si le timing avait été bon.

Elle poussa la porte et elle entra, ses yeux marron foncé ne le quittant pas. Il ouvrit la bouche et il la referma lorsqu'elle déboutonna lentement sa chemise en commençant par le haut. Il baissa les yeux, fasciné par chaque centimètre de peau exposée, sachant ce qu'elle lui montrait enfin. Et puis la chemise s'ouvrit et il le vit. Son cœur se mit à tambouriner dans ses oreilles, tout autour de lui s'estompa lorsque ses yeux se verrouillèrent sur un petit tatouage de faucon sur son cœur. Un cadeau qui le toucha au plus profond de son âme.

Il tendit la main au ralenti et posa sa paume sur le tatouage. Le cœur de Mad battait furieusement sous sa main.

Sa dernière once de contrôle se brisa.

CHAPITRE DIX

— Ton cœur bat à toute vitesse, lui dit Park d'une voix rauque en posant un bras autour de sa taille et en l'attirant contre lui.

Elle ne pouvait pas parler : c'était le moment qu'elle attendait depuis toute sa vie d'adulte. Park qui la touchait. Park qui la désirait.

Il traça le contour du tatouage en le regardant de près.

— Qu'est-ce que cela signifie pour toi ?

Il la regarda dans ses yeux noisette.

Elle avait la bouche sèche. Elle s'humecta les lèvres, attirant son regard.

— Cela signifie qu'il faut être fort, qu'il faut être féroce.

Et cela signifie que Park a volé mon cœur.

Il posa à nouveau la paume de sa main sur le cœur de Mad, couvrant le faucon.

— Je suis honoré.

Il posa son front contre le sien.

— Tellement honoré.

Elle ne pouvait pas parler à cause de la boule dans sa gorge. Il fit un pas en arrière et retira son maillot de corps avec les deux mains, de cette façon typiquement masculine. Puis il se tourna pour lui montrer son biceps gauche avec un tatouage de faucon assorti plus grand. Il l'avait fait faire quand il s'était enrôlé.

— Pour moi, cela signifie qu'il faut penser avant d'agir. Le faucon observe avant de plonger pour tuer.

Elle lui fit un petit sourire larmoyant et elle finit par tout avouer.

— Cela signifie également que Park a plongé dans ma vie et volé mon cœur.

Il fléchit les doigts, les mains sur les hanches.

— Mad, ceci…

Elle prit son visage entre les mains.

— Je suis grande. Je peux te manier.

— Je sais, dit-il d'une voix pleine d'émotion.

Il attrapa ses poignets, écartant ses mains de son visage en les faisant redescendre.

— Je ne veux pas te faire de mal. Je ne suis pas fait pour les relations.

Elle le regarda dans les yeux sans broncher. Elle avait toujours su qu'elle n'était pas assez femme pour un homme tel que Park. Il préférait les filles menues et féminines.

— Juste une fois, dit-elle. Personne n'a besoin de le savoir.

Il lâcha ses poignets, la cherchant du regard avant de fixer sa bouche, puis le faucon sur son cœur. Elle attendit sans respirer, ayant besoin qu'il fasse le pas suivant, souhaitant qu'il la touche. Enfin, sa grande main se posa à l'arrière de sa nuque en l'attirant vers lui, puis ses lèvres rencontrèrent les siennes avec la même électricité dont elle se souvenait. Elle passa les bras autour de son cou et elle appuya tout son corps contre celui de Park. Elle s'attendait à du sexe rapide, des mains précipitées puis des coups brusques contre le mur, comme c'était souvent le cas pour elle, mais Park la surprit. Sa main glissa vers le haut pour tenir l'arrière de sa tête et il l'embrassa profondément, tendrement, comme s'il la chérissait. Elle n'avait encore jamais été embrassée de cette façon de toute sa vie. Il ne la colla pas contre le mur, ne laissa même pas ses mains se balader, il la tint simplement d'une main sur la tête, l'autre bras autour de sa taille. Elle se sentit étourdie et ses membres devinrent lourds. Il l'embrassa comme s'il avait toute la nuit, encore et encore et encore, jusqu'à ce que ses lèvres soient gonflées, que tout son corps soit devenu un liquide brûlant.

Il frôla sa mâchoire de la bouche, posa ses lèvres sur l'endroit sensible sous son oreille. Il avait les deux mains posées sur la taille de Mad, avec douceur, et elle glissa ses mains sur les muscles plats de son dos. Elle avait besoin de le sentir davantage, de plus de chaleur, plus de peau contre peau.

Son souffle chaud toucha son oreille lorsqu'il chuchota :

— Mon Dieu, Mad, je te désire plus que ce qui est décent.

— Sois indécent, l'encouragea -t-elle.

Il poussa un long soupir.

— Pas avec toi.

— Si, j'ai l'habitude.

Il laissa tomber les mains sur les côtés.

— Je peux le supporter.

Elle glissa une main vers l'élastique de son boxer, ayant l'intention de le provoquer, lorsqu'il attrapa son poignet.

Il la regarda avec ses yeux noisette, et le conflit se voyait clairement : le désir et la retenue. Il la serra contre lui, parlant d'une voix rauque comme s'il avait couru sur une longue distance.

— Tu ne me verras plus jamais de la même façon.

Il la relâcha.

— J'ai besoin que tu t'écartes maintenant, tourne les talons, cours...

Elle attrapa sa tête et elle l'embrassa passionnément. Elle ne fuyait jamais les problèmes : elle allait au-devant des ennuis, elle les invitait. Le baiser devint urgent, ouvertement charnel, et elle s'embrasa. Il serra ses doigts dans ses cheveux et son autre main se posa au creux du dos de Mad, l'appuyant contre son corps dur, sa chaleur délicieuse. Il y avait une tension en lui sous toute cette chaleur qui indiquait qu'il se retenait, qu'il l'épargnait. Peut-être parce qu'il savait que ce n'était que pour une seule fois. Peut-être parce que c'était la première fois dont elle avait toujours rêvé. Leur première fois.

Il se déplaça jusque dans son cou, des baisers brûlants tombant en pluie le long de sa gorge jusqu'à sa clavicule, sa langue parcourant le creux entre ses clavicules. Elle voulait encore plus.

— Personne n'a besoin de le savoir, lui rappela-t-elle en posant les deux mains sur les fesses de Park. Fais ce que tu veux.

Il tripota ses fesses par-dessus la longue chemise, puis il glissa la main sous le vêtement, rencontrant sa peau nue. Il s'écarta suffisamment pour la regarder, le désir intense dans ses yeux promettant beaucoup plus de choses si seulement elle parvenait à briser sa retenue.

— Tu as oublié ta culotte.

— Ça n'allait pas avec la robe.

— Tu ne portes pas de robe.

Elle fit un pas en arrière, défit les derniers boutons de sa chemise et la laissa tomber sur le sol. Park resta immobile à l'observer. Elle espéra qu'il ne la trouvait pas trop garçon manqué. Tout chez elle était petit et ses hanches étaient étroites. Elle n'avait pas de belles courbes comme les hommes semblaient les aimer.

Elle se vexa lorsqu'il continua à la regarder sans la toucher.

— Je sais que je suis trop petite.

— Tu es parfaite, dit-il en la prenant dans ses bras.

Il l'embrassa longuement avant de s'écarter, ce qui la frustra terriblement, puis il posa une grande main sur le cœur de Mad. Tout en elle s'arrêta.

Il la regarda dans les yeux, avec désir et tendresse. Elle déglutit, n'étant pas habituée à autant d'émotions avec le sexe. Il se mit à parler et ses mots ressemblèrent à une promesse solennelle.

— Je vais faire en sorte que ce soit bon pour toi.

Son cœur se mit à tambouriner et pour une fois, elle n'eut pas de répartie spirituelle. Elle ne put rien faire d'autre que de le fixer bêtement. Il posa sa main sous son menton et se pencha lentement vers elle pour l'embrasser. Elle se laissa aller comme un petit soupir, une chute vertigineuse dans des baisers plus profonds qui la firent complètement fondre. Il prenait son temps, la savourant, semblait-il. Il se laissa tomber à genoux et posa une main autour d'un sein, faisant glisser sa langue sur le téton qui pointait. Elle cambra le dos, prise d'une envie terrible, et il suça profondément. Elle poussa un gémissement lorsque le désir la foudroya, la rendant toute faible.

— Park, chuchota-t-elle en caressant les cheveux doux qu'il avait en bas de la nuque.

Il porta la même attention à l'autre sein et elle en voulut désespérément plus. Il descendit sa bouche jusqu'à son ventre et déposa un baiser sur son sexe. Elle laissa échapper un soupir. Il caressa ses fesses en l'embrassant intimement, sa langue la poussant à s'ouvrir. Elle faillit perdre la tête à ce moment-là. C'était tellement… sensuel. Sa tête brune, sa bouche brûlante, ses mains posées fermement sur elle. Au bout de quelques minutes, elle se balança contre lui, submergée d'un plaisir qui la transforma en une boule de désir palpitante et douloureuse. Elle haleta, emmêla ses doigts dans les cheveux de Park, puis elle poussa un cri en parvenant au sommet de l'orgasme, secouée par cette libération. Elle laissa tomber sa tête en arrière et elle ferma les yeux.

Il se leva et il la souleva par la taille.

— Viens là, ma douce.

Elle fit passer ses bras et ses jambes autour de lui et elle mordilla son cou.

— Je ne suis pas douce.

— Tu as un goût très doux. Laisse-moi goûter encore pour m'en assurer.

Il la posa sur le lit, écarta ses jambes et goûta encore longuement. Elle gigota sous lui.

— Baise-moi, dit-elle en gémissant.

Il la lécha encore et elle souleva les hanches du matelas.

— Tellement douce.

— D'accord, je suis douce. Maintenant, baise-moi.

Il gloussa et enfouit son visage entre ses jambes. Elle poussa un cri et elle se débattit, ce qui ne fit que le rapprocher. Il fit passer les jambes de Mad au-dessus de ses épaules en la maintenant ouverte pour lui. Le plaisir fut sombre, intense, incandescent. L'orgasme arriva subitement, une sensation profonde qui irradiait de son centre alors que vague après vague de plaisir s'écrasait sur elle.

Elle jeta les bras sur les côtés en s'abandonnant complètement, se laissant fondre dans le matelas. Elle avait su qu'il serait doué. Il avait toujours été si bon avec elle. Elle l'entendit s'écarter et elle ouvrit les yeux. Elle le vit nu debout à côté de la table de nuit, sortant un préservatif de son portefeuille. C'était la première fois qu'elle le voyait entièrement nu et il était magnifique. Comme une sculpture, entièrement fait de creux et de lignes dures, des muscles bien définis depuis ses épaules larges jusqu'à son torse et son ventre plat. Et, le mieux : une bite épaisse.

— Bon sang, t'as un sacré paquet, dit-elle d'un ton admiratif.

— Merci.

Il desserra le sachet du préservatif et fit tomber son portefeuille de la table basse dans sa précipitation.

— J'aurais dû prendre une boîte de préservatifs pour la suite.

— Juste une fois, dit-il en la rejoignant sur le lit.

Elle ignora la souffrance qu'elle ressentit en l'entendant citer ses propres mots. Peu importe. Elle préférait mourir plutôt que de ne pas coucher avec lui.

Il s'installa entre ses jambes, prenant appui sur ses bras et la regardant d'en haut en se glissant lentement en elle, la remplissant. Elle poussa un soupir tremblotant. Il l'embrassa et il enleva les cheveux de son visage.

— Ça va ?

— Je t'ai dit que je n'allais pas me briser.

Elle souleva les hanches et il grogna.

— Fais en sorte que ce soit bon.

Il poussa encore, glissant lentement et profondément.

— Est-ce que je n'ai pas fait en sorte que ce soit bon jusque-là ?

— Ça pouvait aller, dit-elle en le provoquant. Mais je sais que tu y vas doucement avec moi…

Elle lui fit un sourire avant de continuer.

— Alors que je veux que tu sois *dur*.

Un éclat brilla dans les yeux de Park et il la regarda pendant un moment électrique. Il baissa la tête, frôlant ses lèvres avec les siennes.

— Tu as une bien grande bouche, dit-il avant de plonger ses dents dans sa lèvre inférieure.

Elle le griffa dans le dos et il la récompensa en la pénétrant durement. Elle fit remonter ses jambes autour de lui, l'accueillant plus profondément. Il passa ses doigts dans ses cheveux en suçant le côté de son cou et en poursuivant son va-et-vient lent.

— Plus fort, plus vite, l'encouragea-t-elle.

— Plus lentement, plus profondément, dit-il d'une voix tendue, faisant exactement ce qu'il disait.

Il fit glisser une main sous les fesses de Mad et il la maintint en place pour cette terrible danse lente de plaisir.

Il la regarda dans les yeux et elle fut captivée, se noyant dans tout ce qu'elle ressentait pour lui. Elle était ouverte, trop ouverte et elle ne pouvait survivre au rejet inévitable. Aux brusques adieux.

Elle attrapa son cul et elle le tira durement contre elle.

Puis elle s'agrippa à lui lorsqu'il perdit enfin le contrôle et qu'il accéléra le va-et-vient, prenant, prenant, prenant, sa respiration étant forte et brûlante dans son oreille. Elle essaya de mémoriser tous les détails de ce moment, la pression profonde en elle, sa chaleur et sa force, son odeur, puis elle perdit le fil, tombant dans le plus profond des plaisirs, la décharge frissonnant en elle, des cris d'extase arrachés de sa gorge. Il eut un gémissement rauque qui l'envoya en elle d'un dernier coup profond. Une autre étincelle de plaisir la traversa, lui coupant le souffle. Et puis il s'immobilisa, leurs corps trempés de sueur.

Il s'affaissa sur elle. Elle n'aurait pas pu bouger de toute façon. Elle était tellement profondément satisfaite, molle et détendue.

Un long moment plus tard, il se laissa rouler sur le côté et il partit à la salle de bains, sans doute pour se débarrasser du préservatif. Quand il revint, elle invoqua sa dernière réserve d'énergie et elle s'assit. Il fallait qu'elle parte avant qu'il lui demande de partir. Elle se glissa vers le bord du lit et elle s'arrêta, regardant avec surprise son portefeuille tombé ouvert sur le sol. Il y avait un étui plastique pour les photos. Et la photo du dessus était une photo d'elle.

C'était le soir de sa fête de départ. Elle reconnaissait le T-shirt de concert déchiré, sa chemise en flanelle et ses longs cheveux attachés en queue de cheval, mais ce qu'elle vit le plus, c'était l'amour qui brillait dans ses yeux. Il avait dû savoir tout ce temps à quel point elle le vénérait. Elle voulut ramasser la photo avec des mains tremblantes lorsque Park l'attrapa et la tira contre lui.

— Reste pour la nuit, dit-il en caressant ses cheveux vers l'arrière.

Il la coinça plus fermement contre lui, l'enveloppant par-derrière.

— Tu as froid ? Tu trembles.

Elle ne pouvait pas s'en empêcher, elle était si surprise qu'il ait porté cette photo sur lui pendant toutes ces années.

Il posa les couvertures sur elle, son bras serré autour de sa taille, ses jambes contre celles de Mad. Elle avait la gorge encombrée d'émotions. Elle envisagea de parler de la photo.

Que signifiait-elle ? Elle voulait regarder dans son portefeuille, voir s'il y avait d'autres photos. Peut-être en avait-il des tonnes. Peut-être était-ce juste une coïncidence qu'elle se trouve sur la première photo.

Elle attendit longtemps, jusqu'à ce qu'il relâche sa prise, avant de se décaler lentement vers le bord du lit, ayant l'intention de ramasser son portefeuille.

Park la tira en arrière, la colla contre lui, sa grande main maintenant sa tête en place.

— Dors, petite.

— Ne m'appelle plus de cette façon, dit-elle d'un ton endormi, détendue par ses bras fermes et la chaleur de son corps.

Petite, c'était un surnom d'enfant et cela ne correspondait plus à leur réalité.

Il caressa ses cheveux en arrière et il embrassa sa tempe.

— Dors, impertinente.

Elle fulmina, mais il lui caressa alors les cheveux, l'apaisant. Il remit le bras autour de sa taille, un bras lourd qui la sécurisait. Elle se sentit si bien qu'elle finit par arrêter de lutter. Ele ferma les yeux et elle se laissa tomber dans un sommeil profond.

~ ~ ~

Park s'éveilla un peu désorienté d'un sommeil extraordinairement satisfaisant. Il ouvrit les yeux, essayant de trouver ses repères. Hôtel. Mariage. Il se redressa d'un coup. Mad.

Elle était assise au bord du lit et elle fouillait dans son portefeuille.

— Que fais-tu ? aboya-t-il.

Elle sursauta en rougissant.

— Je regardais tes photos.

— Qui t'a permis de fouiller dans mon portefeuille ?

— Il était par terre, dit-elle. Je l'ai ramassé. Park,

qu'est-ce que ça veut dire ?

Elle le tint ouvert, lui montrant la photo qu'il avait rangée là. Elle datait du soir de son départ. Il l'avait prise avec son téléphone portable et dès qu'il avait pu, il l'avait faite imprimer. Cette photo lui avait permis de supporter de nombreuses nuits solitaires à l'étranger.

Il reprit le portefeuille et il le ferma.

— Rien.

Il se pencha et le posa sur la table de nuit. Sans qu'il sache comment, Mad se retrouva sur ses genoux. Son corps menu était chaud et nu contre lui. Il se sentit instantanément bander. Merde. Il n'avait plus de préservatifs et de toute façon, ça ne devait être que l'histoire d'une fois. Il essaya de la pousser, mais elle le serra plus fort. Elle était solide, elle aussi, et elle appuyait la joue contre son torse. Il était certain qu'elle pouvait entendre les battements frénétiques de son cœur.

Elle leva la tête vers lui, ses yeux de biche marron cherchant les siens. Il avait mémorisé ses traits délicats : la courbe de sa joue, son petit nez en trompette, son menton pointu.

— Pourquoi avais-tu ma photo dans ton portefeuille ?

Il cligna des yeux, ne voulant pas la blesser, mais en même temps il avait besoin qu'elle comprenne qu'il y avait des limites entre eux, des limites établies pour son bien.

Elle fit courir ses mains dans son dos, appuyant sa bouche chaude contre son cou. Il l'attrapa par les cheveux et l'embrassa durement, incapable de résister. Elle lui rendit son baiser, s'appuyant contre lui, bassin contre bassin. Il se sentit submergé par son instinct de la soulever, de plonger dans l'oubli avec elle. Il serra les doigts dans les cheveux de Mad, posant l'autre main sur sa hanche, la serrant fort en luttant contre cet instinct. Mais elle l'attrapa alors par les épaules et elle se souleva. Il dut la tenir par les hanches des deux mains pour l'empêcher de redescendre sur lui.

— Mad, c'était une erreur.

Comment allait-il pouvoir regarder sa famille en face ? Comment pouvait-il faire face à Mad et voir la déception dans ses yeux de ne jamais pouvoir être le type d'homme dont elle avait besoin ?

— Je t'emmerde, avec ton erreur, aboya-t-elle en enfonçant les ongles dans ses épaules.

Un désir sinistre s'empara de lui. Dur et bestial. Ce n'était pas ce qu'elle méritait.

Il ferma les yeux.

— C'était vraiment une erreur.

Elle bougea rapidement, plongeant les dents dans le lobe de son oreille, tirant brusquement. Il se sentit devenir plus dur, plus épais, le désir repoussant les limites du contrôle sur lui-même. Des paroles brûlantes frôlèrent son oreille :

— Ouvre les yeux et regarde qui tu es sur le point de baiser.

Il ouvrit les yeux et il vit qu'elle le fixait, d'un air tout à la fois défiant, rebelle, et fort.

Il ne put s'en empêcher. Il caressa sa lèvre inférieure pulpeuse du pouce et lorsqu'elle écarta les lèvres, il avança le doigt dans sa bouche. Sa langue tourbillonna autour de son pouce et il la regarda le sucer. Il descendit ses doigts plus bas, sur son menton pointu, qu'elle leva, exposant sa gorge à sa caresse brutale.

Il la sentit déglutir sous ses doigts et il laissa tomber sa main.

Ils se regardèrent longuement, son corps l'encourageant à prendre ce qu'elle proposait, son cerveau cherchant à freiner. L'odeur musquée de l'excitation le poussa à serrer plus fort les hanches de Mad, ne sachant pas s'il était sur le point de l'empaler ou de la poser saine et sauve sur le côté.

Sa voix douce lui parvint à travers le brouillard de son esprit.

— Je veux savoir pourquoi tu as une photo dans ton portefeuille et pourquoi cette photo est de moi.

Il relâcha un peu ses hanches, cherchant les mots qui s'approcheraient de la vérité sans trop en révéler. Il finit par dire :

— Regarder ta photo me rappelait que j'avais du monde à la maison qui m'aimait.

— Ce n'était pas du monde, dit-elle en prenant appui sur ses genoux et en le regardant au fond des yeux, l'ensorcelant. C'était juste…

Elle redescendit brusquement, le prenant entièrement en elle. Il retint son souffle en sentant affluer le plaisir.

— … moi.

— Mad, dit-il en gémissant.

Il la tint par les hanches, sachant qu'il devait l'écarter de lui, tout en étant certain que c'était trop tard.

Elle se souleva et se laissa retomber sur lui, le prenant profondément en elle. Il sentit sa tête partir en arrière. Elle continua, lui parlant en montant et en descendant encore et encore. Elle le rendit fou, il devait lutter pour se contrôler.

— Pourquoi ? dit-elle en haletant.

Glissant encore profondément vers le bas. Elle continuait, parlait toujours, et il résistait à peine.

— Pourquoi moi ?

Du velours serré.

— *Ma* photo.

Parfait.

— *Juste* moi.

Toujours toi. La voix tout au fond de sa conscience immobilisa tout son corps.

Elle bougea plus vite, l'esprit de Park s'embruma, submergé par les sensations et par le lien étroit qu'il avait toujours ressenti avec elle. Il reprit le contrôle, lui faisant ralentir le rythme.

— Tu prends la pilule ? demanda-t-il.

Elle sourit, comme si elle avait gagné.

— Oui. Je veux te sentir jouir en moi. Je te veux tout entier.

Les mots déclenchèrent quelque chose en lui, un besoin primaire de possession, et il s'abandonna. Une euphorie terrible coula dans ses veines lorsqu'il se mit à pousser en elle. Le monde entier rétrécit pour ne devenir qu'elle, la sensation de son corps menu serré autour de lui, sa respiration haletante, ses ongles enfoncés dans ses épaules. Il attrapa son beau cul et il se mit à jouir en la serrant contre lui pendant qu'il se vidait en elle comme il ne l'avait encore jamais fait avec une autre femme avant. Sa femme.

Ils restèrent ainsi pendant un long moment, sa petite silhouette collée contre lui.

Elle joua avec les cheveux dans sa nuque et parla dans son oreille.

— Je sais pourquoi tu avais ma photo dans ton portefeuille.

Il recula pour la regarder, toute ébouriffée et sexy. Et heureuse. Il adorait la voir heureuse.

— Ah oui ? Pourquoi ?

Il allait rire.

— Parce que tu savais que je te vénérais.

Il ne pouvait nier le fait qu'il adorait la façon dont elle le regardait.

— Peut-être, admit-il.

— Eh bien, tu sais quoi ?

Elle se redressa et elle glissa du lit. Il se sentit soudain démuni par la perte de sa chaleur, de sa proximité.

— Quoi ?

Elle se tourna et jeta un regard espiègle par-dessus son épaule.

— Maintenant, c'est ton tour de me vénérer.

Elle partit alors dans la salle de bains, laissant la porte grande ouverte. Une invitation.

La douche se mit à couler.

Il roula hors du lit. C'était son tour.

CHAPITRE ONZE

Les festivités de Noël ne devaient pas commencer avant midi. Tout le monde faisait la grasse matinée après la longue nuit qu'ils avaient passée à faire la fête au mariage de Claire et Jake. Mad arriva avec Hailey au chalet de Claire vers le milieu de la matinée. Elles étaient toutes deux animées et joyeuses. Mad parce qu'elle avait enfin couché avec l'homme de ses rêves et Hailey parce qu'elle était toujours gaie le matin. Park avait quitté Mad ce matin après leur douche, lui disant qu'il avait promis de rejoindre Ty et Alex afin d'emballer quelques cadeaux du père Noël pour Viv pendant qu'elle faisait un tour en luge avec son grand-père et les parents de Claire. Viv avait presque deux ans et cette année, elle comprenait mieux ce qui avait trait au père Noël.

Comme le voulait leur tradition, ils avaient tous pioché un nom de la famille Campbell au hasard, frère de sang inclus, et ils ne pouvaient dépenser que vingt dollars maximum pour cette personne. Ils étaient simplement trop nombreux pour pouvoir se permettre d'acheter un beau cadeau à tout le monde. Cette année, elle avait pioché Josh, ce qui était facile. Elle lui avait acheté un mixeur plongeant pour les préparations trop petites pour le gros blender. Il avait coûté plus de vingt dollars, mais elle lui devait bien ça étant donné tout ce qu'il avait sacrifié pour elle. Elle n'aurait qu'à dire qu'elle l'avait acheté pendant les soldes.

Le chef de Claire préparait un brunch complet avec des

gaufres, des œufs, des saucisses, du bacon, des mimosas, de la salade de fruits et une tartinade pour les bagels. Mad en était à sa deuxième tasse de café dans le grand salon et elle attendait nerveusement l'arrivée de Park pendant que le chalet se remplissait de famille. Allait-il l'ignorer ou lui faire un signe devant toute la famille ? En ce qui la concernait, ils avaient dépassé la limite de la seule et unique fois. Trois fois : deux fois dans le lit, une fois dans la douche, cela indiquait qu'elle avait dépassé toute résistance qu'il avait pu avoir. Un regard depuis l'autre bout de la pièce lui suffisait. Ou bien allait-il faire semblant qu'elle n'était rien de plus que cette idiote insolente qu'elle avait toujours été pour lui ?

Les nouveaux mariés, Jake et Claire, descendirent l'escalier main dans la main, avec des sourires tout amoureux. Ils partaient le lendemain en lune de miel dans les Alpes suisses pour des vacances au ski. La plupart de la famille allait rentrer en voiture ce jour-là. Quelques-uns des garçons restaient pour prolonger leurs vacances tous frais payés.

— Voilà Monsieur Claire Jordan, dit Mad à Jake. Qu'est-ce que ça fait ?

— C'est merveilleux, répondit-il avec en levant la main de Claire et en embrassant sa paume.

Claire rayonna.

Elle s'approcha de l'endroit où se trouvaient Mad et Hailey, suivie par Jake.

— Tu as raté la chenille. Notre toute dernière danse était une chenille qui s'est transformée en sauts de lapin à la fin.

— Grâce à Viv, dit Jake en riant. Elle s'est réveillée et elle a voulu faire partie de l'action.

— Mad a fait le lapin ailleurs, dit Hailey en lui donnant un coup de hanche.

Mad se sentit rougir. Elle ne savait pas trop où elle en était avec Park et elle ne voulait pas révéler quoi que ce soit avant de savoir ce qu'il pensait de la nuit dernière. Allait-il en rester à cette histoire d'une fois qu'elle avait lâchée dans son désespoir de l'avoir enfin pour elle ?

Un homme en nœud papillon et veste en tweed leur annonça que le repas était prêt. Sauvée par le bacon !

— Allons manger, dit Mad en se dirigeant vers la salle à manger.

— Avec qui ? demanda Claire dès qu'ils arrivèrent à la table.

Elle se pencha plus près pour le scoop.

— Était-ce SMP ?

Claire avait entendu parler du surnom qu'elle réservait à Park au cours de la réception de la veille. Mad ne l'avait cependant jamais utilisé devant ses frères. Ils l'auraient taquiné sans relâche et il n'aurait jamais réussi à s'en débarrasser.

— SMP ? demanda Jake en prenant un morceau de bacon.

Mad inclina la tête et Claire poussa un cri de joie en la prenant dans ses bras. Elle sentit la chaleur monter dans son cou.

— C'est bon, calme-toi.

Jake secoua la tête.

— Je n'ai encore jamais vu des femmes aussi contentes de souffrir du syndrome prémenstruel.

Claire gloussa et se tourna vers Mad avec une question dans les yeux : *pouvait-elle le dire à Jake ?*

Mad secoua la tête. *Pas encore.*

Claire sourit d'un air compréhensif.

— Je suis tellement heureuse pour toi !

Elles chargèrent leurs assiettes de nourriture et retournèrent au grand salon pour manger près du feu. Quelques minutes plus tard, Park, Ty et Alex entrèrent. Mad attendit le signe de reconnaissance dont elle avait besoin. Même un petit éclat dans les yeux lui suffisait. Peu importe à quel point elle souhaitait rester décontractée parce qu'elle avait couché avec Park, elle n'y arrivait pas.

Son monde avait été chamboulé et elle avait atterri dans un endroit à l'équilibre précaire. Coucher enfin avec Park signifiait quelque chose pour elle. Et pour lui aussi, espérait-elle. On ne pouvait pas simplement faire semblant que ça n'avait jamais eu lieu. Elle ne s'attendait pas à une déclaration publique d'amour, mais elle s'attendait à quelque chose. Un peu de tendresse, peut-être ? Un regard brûlant depuis l'autre côté de la pièce ? Elle se moquait d'avoir dit que ce n'était que pour une seule fois. Elle en voulait plus. Et si la façon brutale dont il l'avait traitée dans la douche était une indication – féroce et sauvage et sexy – alors il n'en avait pas non plus terminé avec elle.

Elle se sentit rongée par un petit doute. D'accord, elle avait été agressive avec lui dans la douche, souhaitant qu'il ne se retienne pas avec elle. Et elle avait enfin réussi à le provoquer assez pour qu'il réagisse et qu'il se laisse vraiment aller. Une fois que ce genre de passion était déclenché, on ne pouvait pas l'ignorer. N'est-ce pas ? Elle en était presque certaine. Son estomac se noua lentement.

— Joyeux Noël, dit Ty d'une voix forte en allant faire un câlin et des tapes dans le dos à chacun de sa manière exubérante typique.

Park évoqua la même chose par un sourire, mais sans les câlins. Il portait un sac-poubelle noir, sans doute rempli des cadeaux de Viv. Il ne la regarda pas dans les yeux.

Alex les salua en embrassant Mad et ses amies sur la joue avant de regarder autour de lui.

— Viv est rentrée ?

Pas encore, lui répondit Mad.

Elle alla se placer à côté de Park, qui se tenait devant le sapin de Noël étincelant. Elle se leva sur la pointe des pieds et embrassa sa joue rasée de près. Un geste innocent, mais qu'elle n'avait encore jamais eu le courage de faire avant.

— Joyeux Noël. Il était temps que je puisse à nouveau fêter Noël avec toi.

— C'est bon d'être rentré, murmura Park, toujours

sans la regarder dans les yeux.

Il sortit le premier cadeau et il le posa sous le sapin.

Elle tendit la main.

— Je vais t'aider.

Il s'écarta.

— Je m'en occupe. Va finir ton petit-déjeuner.

Vexée, elle retourna vers ses amies, ne prenant pas la peine de préciser qu'elle avait déjà fini de manger. Il ne voulait manifestement pas qu'elle traîne près de lui. *Détends-toi.* Elle dut se rappeler que ceci était tout nouveau pour lui. Ses sentiments à elle duraient depuis des années. Elle ne pouvait pas s'attendre à ce qu'il la rejoigne au même point.

Le reste de ses amies arriva juste à ce moment-là, le groupe joyeux se précipitant à l'intérieur afin de s'abriter du froid. Elles la renversèrent presque avec leurs câlins exubérants et leurs bavardages animés, comme si elles ne s'étaient pas vues la veille.

Le Club de Lecture Happy End était devenu proche à ce point là. C'était tellement plus que juste un groupe de lecture.

Elles admirèrent les tenues de Noël des unes et des autres. La plupart de ses amies portaient du rouge, soit une robe, soit un pull. Mad portait son jean moulant, ses boots noires et un T-shirt à manches longues rouge sur lequel il était écrit *Je n'ai pas été sage, mais ça en valait la peine.* Cette année, c'était encore plus vrai que d'habitude. Elle jeta un coup d'œil à Park qui était agenouillé devant le sapin, disposant les cadeaux de Viv. Son cœur se serra en le voyant. Pour un type avec des parents aussi merdiques, il savait toujours s'occuper des plus petits. Comme elle et maintenant Viv. Elle savait sans le moindre doute qu'il serait un père fantastique. Merde.

Elle allait bien trop vite. Elle arracha son regard à Park et elle se força à se retourner vers ses amies.

— Il me tarde de voir qui est mon père Noël secret, dit

Charlotte.

— Oui, à ce sujet, commença Mad.

— Ah-ah, dit Claire en l'interrompant.

Car Claire avait insisté pour être le père Noël secret de tous les membres du Club de Lecture Happy End lorsqu'elle avait entendu parler de la tradition familiale.

Mad sourit.

— Ça va être super.

Tout le monde se servit à manger et s'éparpilla dans le grand salon et la pièce d'à côté. Mad regarda Park depuis l'autre côté de la pièce. Il traînait avec Ty comme d'habitude, agissant comme si tout était normal. S'il ne faisait pas très vite un pas vers elle, elle savait que son niveau de frustration allait monter au point de devoir faire quelque chose. Sans doute quelque chose d'imprudent et de regrettable. C'était un peu sa marque de fabrique. Elle réprima un soupir.

Son père arriva avec Viv et les parents de Claire. Il aida Viv à enlever son manteau et ses bottes. Sa nièce retira son bonnet rouge à pompon et le jeta au sol avant de courir vers le sapin de Noël. Ses cheveux bruns étaient attachés en deux couettes ébouriffées par le bonnet et elle portait toujours son pyjama rouge avec des flocons de neige.

— Le père Noël ! s'exclama-t-elle.

Alex la souleva.

— Oui, ma puce. Attends la famille. Tous ces cadeaux ne sont pas pour toi.

Viv se débattit vivement pour descendre. Alex la souleva plus haut et souffla sur son ventre, ce qui la fit rire tout en la faisant penser à autre chose.

— D'abord tu vas déjeuner, on s'occupe des cadeaux ensuite.

Elle se mit à sucer son pouce et il la porta jusqu'à la salle à manger.

Ils revinrent quelques minutes plus tard seulement, Alex suivant Viv avec un toast, l'encourageant à finir de manger.

Tout le monde regarda Viv sautiller devant le sapin, débordant d'excitation et faisant de gros efforts pour ne pas toucher les cadeaux. Elle regarda Alex pour voir ses instructions et lorsqu'il ne bougea pas assez vite, elle cria :

— Papa !

Le père de Mad apparut à ses côtés et posa un bras sur ses épaules.

— Elle me rappelle quelqu'un.

— Parce qu'elle est charmante et adorable ? demanda Mad.

— Oui, disons-le comme ça.

Elle savait qu'elle avait été infernale. Tout comme l'était Viv.

Alex attrapa une grosse boîte et lut l'étiquette.

— C'est pour toi.

Il la posa devant Viv qui se concentra immédiatement dessus, arrachant joyeusement le papier des deux mains.

— Ooh ! s'exclama-t-elle.

C'était un avion Fisher-Price.

Park s'approcha et s'agenouilla à côté de Viv.

— Tu veux que je te le sorte ?

Park avait dû le lui offrir, car il avait toujours aimé les avions.

Mad avala ses larmes brûlantes, se sentant ridiculement émotive. *Remets-toi.*

Viv hocha la tête et regarda Park ouvrir la boîte et tout sortir de l'emballage pour elle. Viv attrapa immédiatement la figurine de la fille et la posa sur le siège du pilote, alors qu'il y avait un personnage de pilote masculin.

— Bravo, dit Mad en venant taper Viv dans la main.

Cette dernière lui tapa dans la main sans comprendre qu'elle avait naturellement choisi le côté 'girl power'.

Park jeta un coup d'œil à Mad avant de se tourner rapidement vers Viv.

— Il faut des piles. Je vais voir si je peux en trouver.

Il quitta la pièce.

Mad s'écarta, se sentant trop visible. Alex tendit un autre cadeau à Viv, en ramassa un autre et le donna à Josh.

— De la part de ton père Noël secret.

— Ah bon ?

Josh prit le cadeau, le secoua et colla son oreille dessus.

— Tu vas le casser ! s'exclama Mad.

— Elle se dénonce à chaque fois, se moqua Ty.

Ses frères éclatèrent de rire. Ils savaient toujours pour qui elle était le père Noël secret. Ils avaient tous leur méthode pour la provoquer afin qu'elle se dévoile. Quelle bande d'idiots.

Josh lui fit un sourire et l'ouvrit.

— Cool. Merci, Mad. C'est pratique.

— Il est vraiment bien, celui-là, intervint Hailey. Nous l'utilisons parfois en cours de cuisine.

Hailey aidait la chef locale, Shane O'Hare, à faire des cours de cuisine pour les fêtes à Ludbury House, où elle travaillait en tant qu'organisatrice de mariages.

— Je l'ai trouvé en soldes, lâcha Mad. C'était juste un tout petit peu plus que la limite de vingt dollars avec les taxes. Et puis, je le dois bien à Josh pour tout ce qu'il a fait pour moi.

Hailey regarda tour à tour Josh et Mad avec curiosité.

— Qu'a-t-il fait ?

— J'ai supporté sa grande bouche pendant des années, plaisanta Josh.

Il jeta un regard à Mad qui signifiait *laisse tomber le sujet.*

Tout le monde la regardait avec curiosité. Mad avait ouvert la bouche pour expliquer un peu sans trop en dire, sachant que Josh ne voulait pas que son jumeau intervienne avec son argent et tout particulièrement que son père ne se sente pas mal de ne pas pouvoir la financer. Mais avant qu'elle puisse faire le moindre petit bruit, Josh la serra dans ses bras en écrasant son visage contre son torse et en ébouriffant ses cheveux.

— Merci.

Claire applaudit.

— C'est l'heure de mes cadeaux !

Elle partit derrière le sapin et sortit avec une pile de cadeaux emballés dans la forme exacte de livres. Jake portait également un grand sac de cadeaux.

— Hmm, dit Mad en remettant ses cheveux en place. Je me demande ce que c'est.

— Attends un peu, dit Claire d'un ton enthousiaste.

Elle tendit un cadeau à chacune des membres du club.

— Ouvrez-les en même temps !

Elles déballèrent toutes leurs livres. *The Princess Bride* par William Goldman.

Claire rayonna.

— En octobre prochain, quand je reviendrai dans le Connecticut pour filmer la dernière partie de la trilogie Féroce, nous regarderons le film ensemble.

— Ooh, j'ai vu celui-ci ! s'exclama Hailey.

Elle avait des connaissances encyclopédiques sur les films romantiques remontant jusqu'aux premiers films romantiques loufoques en noir et blanc. C'était peut-être là qu'elle trouvait ses insultes démodées contre Josh.

— Mais nous devons d'abord lire le livre, dit Claire. Comparer et contraster comme nous l'avons fait pour *Autant en emporte le vent*.

Les femmes soupirèrent en pensant à ce livre fabuleusement romantique. Mad avait beaucoup aimé le sombre et taciturne Rhett Butler, qui se fichait de tout.

Claire les montra une à une du doigt.

— Et interdiction de tricher et de regarder le film sans moi.

Elles secouèrent toutes la tête d'un air solennel. C'était assez triste qu'elles ne puissent voir Claire que lorsque son emploi du temps de tournage le permettait.

— Et… ajouta Claire d'un air théâtral en indiquant le

sac de cadeaux.

Jake l'ouvrit et elle distribua des T-shirts noirs portant une tête de mort et l'inscription 'Je suis le vrai Dread Pirate Roberts'.

Hailey rit.

— Fabuleux.

— Je ne comprends pas, dit Mad.

— Tu dois lire le livre, expliqua Claire. Nous le porterons pour notre soirée film. Ou avant si ça vous plaît.

— Tout ceci est vraiment merveilleux, dit Hailey. Je me sens mal que tu nous aies offert un cadeau à toutes alors que nous non. Je croyais que nous n'étions censés offrir qu'un seul cadeau pour le père Noël secret.

Les femmes acquiescèrent.

— Ooh ! s'exclama Claire. Le fait que vous soyez ici pour mon mariage et que vous passiez Noël avec moi, c'est le meilleur cadeau au monde.

Elle leur fit signe à toutes, leur demandant de s'approcher.

— Câlin de groupe.

Elles se pressèrent toutes autour d'elle et firent un gros câlin. Mad ne fut même pas ennuyée lorsqu'Ally lui serra les côtes dans son enthousiasme.

— On dirait une mêlée de foot américain, dit Jake. Qui définit les stratégies ?

— À ton avis ? demanda Josh d'un ton pince-sans-rire.

Hailey se redressa brusquement pour lui jeter un regard noir. Elles s'écartèrent et elles rangèrent leurs cadeaux à l'abri de Viv la tornade, qui ouvrait toujours des cadeaux qu'Alex lui tendait, s'exclamant d'un air réjoui à chaque fois avant de tendre les bras pour le suivant.

Park revint avec des piles et il prépara l'avion avant de le rendre à Viv. Il faisait des bruits mignons et une chanson joyeuse. Viv tapa l'avion une fois avant de retourner à l'ouverture de ses cadeaux. Park la laissa là et se rapprocha de Ty.

Mad les rejoignit rapidement, voulant revoir Park parce qu'elle ne supportait plus de ne recevoir aucun signe de leur nuit partagée – et de leur matinée – alors qu'elle ne pouvait penser à rien d'autre.

— J'aurais adoré un avion de ce genre quand j'avais son âge. À la place, j'ai eu un ballon de foot.

Elle se souvenait d'une photo d'elle à deux ans, juste un peu plus âgée que Viv, avec un casque de foot beaucoup trop grand sur la tête et la balle dans les mains, le matin de Noël.

— Non, le ballon était pour Jake et tu le lui as volé, dit Ty. Tu as eu une poupée que tu as jetée à la poubelle.

Park rit.

— Ça te ressemble davantage.

Mad sursauta, un peu surprise d'avoir reçu quelque chose d'aussi féminin. Elle ne se souvenait pas d'avoir eu des poupées. Peut-être parce qu'elle les avait toutes jetées à la poubelle ?

— Je ne le savais pas. Waouh. Papa était-il fâché que je jette mon cadeau ?

Ty haussa les épaules.

— Je ne sais pas. Je me souviens simplement que j'avais trouvé ça hilarant. Bien sûr, j'avais sept ans. Tout était hilarant à l'époque.

Mad se tourna vers Park en essayant de voir une étincelle de la chaleur qu'ils avaient partagée. Il détourna vite le regard, froid et distant. Elle serra les dents, sa frustration montant rapidement. Ce Park distant était celui dont elle se souvenait lors de ses rares visites à la maison quand il était en permission de l'Air Force. C'était vraiment nul. Leur sexe intense datait d'à peine quelques heures.

Tout le monde regarda Viv quand elle aida Alex à distribuer les cadeaux. Mad se mordit la lèvre, perdue et ne sachant pas quoi faire par rapport à Park. Cela devait être le lendemain le plus gênant de sa vie. Une main chaude serra brièvement sa main. Elle se tourna et Park lui fit un petit sourire avant de regarder Viv.

Elle ne put empêcher le sourire bête qui s'étala sur son visage. La joie qui bouillonna en elle lui donna envie de se jeter à son cou et de l'embrasser. Elle eut alors une idée.

Elle s'approcha discrètement de Park.

— J'ai un autre cadeau dans le salon. Tu m'aides à le porter ?

— D'accord, dit Park en la suivant comme un étalon qui ne se méfiait de rien.

Non pas qu'elle avait prévu de se reproduire avec lui. Pas encore, du moins.

Elle attendit d'avoir atteint l'arche qui reliait la salle à manger au salon, où pendait une branche de gui.

— Le voilà.

— Où ça ?

Elle pointa le doigt vers le plafond.

Il leva les yeux et il la regarda pendant un moment bref empli de tension. Elle humecta ses lèvres. Il baissa le regard vers sa bouche.

Elle sentit son pouls tambouriner.

Il regarda par-dessus son épaule afin de vérifier que personne ne les regarde. Il n'y avait personne. Quand il se retourna vers elle, elle jeta ses bras autour de son cou et elle l'embrassa comme elle avait voulu le faire depuis qu'il était arrivé. Il passa les doigts dans ses cheveux, sa bouche se posant brutalement sur la sienne. La chaleur était revenue et elle la savoura.

— Park ? appela une voix masculine.

Park s'écarta brusquement et se tourna en cachant Mad derrière lui. Elle passa la tête sur le côté. Elle vit Ty se diriger vers eux. Elle déglutit. Ty avait un caractère explosif et il était férocement protecteur envers elle. Park était son meilleur ami.

— Mad ? demanda Ty en parvenant à leur hauteur.

Elle fit un pas de côté.

— Hé, qu'est-ce qu'il y a ?

Ty se tourna vers Park.

— Qu'est-ce que tu fais à ma sœur, putain ?

Park leva les mains.

— Rien.

— On est ensemble, dit Mad.

— On… commença Park avant que Ty l'attrape par le col et le tire vers lui.

— Tu ne touches pas à Mad, grogna Ty.

— Ty, lâche-le, dit Mad. Je veux qu'il me touche.

Ty lâcha Park et le poussa en arrière.

— Tu connais l'accord.

— Quel accord ? demanda Mad en regardant les deux hommes tour à tour.

Park remit sa chemise en place en serrant la mâchoire.

— Pas elle, dit Ty.

Park pinça les lèvres. Elle attendit qu'il dise à Ty d'aller se faire voir ou qu'il pose le bras autour d'elle ou quelque chose, mais il ne fit rien. À la place, il hocha une fois la tête.

— Je sais.

Il partit d'une démarche raide, retournant aux festivités joyeuses de leur famille.

Ty se tourna pour le suivre lorsque Mad le frappa à l'épaule.

— Qu'est-ce que tu fous, Ty ? Ça ne te regarde pas.

— Park a très bien compris, dit Ty en partant.

Elle eut envie de leur donner des coups de pied à tous les deux. De fracasser leurs têtes ensemble. Mais ils étaient partis, étant parvenus à une sorte de marché qui la concernait et pourtant qui l'excluait.

Elle arracha le gui du plafond et elle le jeta au fond de la pièce.

Chapitre Douze

Mad retourna en voiture à Clover Park avec Hailey, Charlotte et Lauren le lendemain de Noël. Hailey était au volant de sa mini Cooper orange décapotable, Mad était assise du côté passager et Charlotte et Lauren étaient assises à l'arrière. La voiture sentait la menthe parce qu'elles étaient toutes en train de sucer des sucres d'orge. Elles avaient pris la voiture de Hailey, car c'était la plus récente et donc celle qui risquait le moins de tomber en panne sur la longue route du Maine. Carrie et Ally covoituraient dans la vieille Toyota de Carrie, qui s'appelait Ollie, en laquelle Carrie avait une foi surnaturelle. La voiture avait au moins dix ans.

— Bon, maintenant que nous sommes loin des garçons, crache le morceau, dit Charlotte par-dessus le son de la playlist de Noël Harry Connick Jr. de Hailey.

Hailey baissa immédiatement le volume. La voiture était lourde de suspense silencieux. C'était l'heure des conversations de filles. Tout le monde dans la voiture savait qu'elle parlait de Mad. Elle était la seule qui avait un but en se rendant à ce mariage.

— Pas grand-chose à dire, répondit Mad, ce qui lui valut un tapotement sur l'épaule.

Elle se tourna et elle vit Lauren qui lui faisait un grand sourire, les dents teintées de rose à cause du sucre d'orge.

— Ouh la menteuse, dit Lauren d'un ton qui correspondait très bien à l'institutrice de CE1 qu'elle était. Je vous ai vu danser un slow. On aurait presque pu voir la vapeur !

— Et je t'ai vue t'occuper de Viv au lieu de profiter d'une belle fête, rétorqua Mad.

— Elle est adorable, dit Lauren avec un sourire. J'adore les enfants. C'est pour ça que je suis devenue enseignante.

— Viv n'est pas adorable, dit Mad. Je l'aime, mais elle n'est pas adorable.

— Tous les bambins sont adorables, insista Lauren. Avec leurs petites joues rondes et leur dandinement quand ils portent la couche. Et ces boucles !

— Tu l'as seulement vue faire la sieste, dit Mad. Elle n'était pas encore à pleine puissance.

Lauren balaya cela de la main.

— Je pense qu'elle est merveilleuse. Quand elle s'est réveillée, elle a tapoté ma joue et elle m'a dit 'fou-pè'. Je crois qu'elle a voulu dire 'super'.

— Ou stupide, dit Mad. Pardon. C'est juste une suggestion.

Charlotte sortit le sucre d'orge de sa bouche.

— Arrête d'essayer de changer de sujet, Mad. Que se passe-t-il avec l'amour de ta vie ?

Mad redevint sérieuse.

— Je ne sais pas. Tout se passait tellement bien. On a couché ensemble, c'était fabuleux, mais un seul mot de Ty et Park s'est complètement éloigné.

Charlotte eut une lueur dans ses yeux marron.

— Dis à Ty de se mêler de ses affaires. Celui-là pense être un cadeau de Dieu pour les femmes.

Elle suça férocement son sucre d'orge.

Mad se tourna vers la route, l'estomac un peu retourné, ne sachant pas si c'était le mal des transports ou le fait de penser à la façon dont Park s'était éloigné.

— Ooh, Char, gloussa Hailey en levant un doigt en l'air. Il y a tant de fougue entre vous deux !

— N'y pense même pas, aboya Charlotte, interrompant les tendances de Hailey à jouer les entremetteuses. Sais-tu ce que Ty a fait pendant la réception ?

— Qu'a-t-il fait ? demanda Hailey avec enthousiasme, regardant Charlotte dans le rétroviseur.

— Il a demandé à toutes les femmes de danser avec lui, sauf moi, annonça Charlotte. Même à Mad.

— C'est vrai, acquiesça Mad. Je lui ai dit d'aller se faire voir. Mais, bien sûr, de façon plus imagée.

— Bien sûr, dit Hailey d'un ton pince-sans-rire.

— Crois-tu vraiment qu'il l'a fait exprès ? demanda Lauren. Peut-être était-ce une coïncidence. Peut-être n'y avait-il plus de chansons pour danser. Nous étions nombreuses.

Mad se tourna pour jeter un regard exaspéré à Lauren. Cette femme voyait toujours le meilleur chez les gens alors que Ty avait totalement essayé de faire son intéressant avec Charlotte. Mais elle n'eut besoin de rien dire.

Charlotte tourna la tête de façon théâtrale vers Lauren.

— Oh non. C'était clairement une insulte. Il savait exactement ce qu'il faisait.

— Mais pourquoi ferait-il cela ? insista Lauren. Tu es la meilleure danseuse parmi nous.

— Il joue à un petit jeu, expliqua patiemment Charlotte. Il essaie de me pousser à aller vers lui.

— Elle a raison, intervint Mad. C'est sa tactique pour avoir l'air difficile à avoir. Mes frères sont des idiots.

— Pas tous, précisa Lauren. J'aurais bien aimé avoir un grand frère qui s'occupe de moi. J'avais juste ma petite sœur. J'étais davantage une mère pour elle qu'une sœur, car nous avons dix ans d'écart.

— C'est super jusqu'à ce qu'ils t'énervent, dit Mad. Et dans ce cas-là, t'as juste envie de leur donner un coup de poing.

— Oh, je ne pourrais jamais faire ça, dit Lauren avec sincérité. Quoi qu'il en soit, Josh et Jake sont adorables.

Hailey ricana.

— Jake, peut-être.

— Et Alex et Logan ont eu l'air gentils, ajouta Lauren avant de remettre le sucre d'orge dans sa bouche.

Elle bougea si vite que ses longs cheveux bruns se prirent dans le bonbon collant. Elle retira soigneusement ses cheveux.

— Ils ont leurs bons moments, concéda Mad en se retournant vers la route et en soupirant.

— Bon, on revient à Mad, dit Hailey. Je crois que son relooking a très bien marché. Elle a attiré son attention, l'a charmé et a dansé.

— N'oublie pas qu'elle a aussi couché, ajouta Charlotte.

Elle secoua l'épaule de Mad.

— Bravo !

— Ouais, marmonna Mad. C'est difficile à oublier.

— Mais maintenant nous devons réfléchir aux étapes suivantes, dit Hailey. Nous devons nous débarrasser de Ty, qui fait sûrement juste son devoir de grand frère, et puis considérer comment l'on passe du sexe à une véritable relation. Tu pourrais l'inviter au réveillon du Nouvel An chez Garner's.

— Bien sûr, ou alors je pourrais juste l'inviter dans mon lit, dit Mad. Nous vivons ensemble jusqu'à ce qu'il trouve un boulot.

— Je ne savais pas que vous habitiez ensemble ! s'exclama Hailey. Je pensais qu'il n'était là que pour le week-end. Il n'emménage pas avec l'un de tes frères ?

— Normalement, Ty vit en Californie. En ce moment, il est à l'hôtel en ville. Josh a un appartement avec une seule chambre, Alex a Viv et Logan et Ethan sont colocataires. Marcus habite en ville. Park déteste la ville. Quoi qu'il en soit, je crois qu'il veut passer du temps avec mon père. Ils sont très proches.

— Tu ne peux pas t'attendre à ce qu'elle agisse alors que son père est dans les parages, intervint Charlotte.

— Cela pourrait être extrêmement gênant pour tout le

monde, dit Lauren. Tu as un sac-poubelle ici ? Je n'arrive pas à enlever mes cheveux de mon sucre d'orge.

— Non, désolée, dit Hailey.

— C'est bon, dit Mad en attrapant des serviettes en papier de son sac.

Elle tendit le bras en arrière et elle attrapa le sucre d'orge qu'elle rangea dans le vide-poche de la portière.

— Hé ! protesta Hailey.

— Je peux contourner mon père. Il travaille de nuit et il dort la journée. Ce n'est pas le plus gros problème. C'est juste que Park est tellement distant.

— Il changera d'avis, dit Hailey d'un ton confiant en regardant toujours le bazar collant de la portière côté passager.

On ne pouvait nier son zèle d'entremetteuse.

— C'est un tout nouveau territoire pour Park. Il doit encore s'habituer au fait que tu es une femme incroyable, magnifique, intelligente et adulte.

Mad cligna des paupières. Hailey avait une façon particulière de vous toucher en plein cœur.

— Toi aussi, marmonna Mad. Ne t'inquiète pas. Je me débarrasserai du désastre du sucre d'orge quand nous arriverons à la maison.

— Merci ! dit Hailey joyeusement. Mais nous ne voulons pas que Park continue à coucher avec toi juste parce que c'est pratique sans jamais s'aventurer dans un territoire plus intime.

— On a été très intimes, plaisanta Mad sans grand enthousiasme, mais elle savait que Hailey avait raison.

Elle ne voulait pas s'en tenir au sexe avec Park. Personne n'était jamais arrivé à sa hauteur. En vérité, elle l'aimait. Elle l'avait toujours aimé. L'aimerait toujours. Elle n'avait jamais essayé une relation avec quelqu'un d'autre. Park était le seul qui lui convienne.

— Bon, ne le prends pas mal, commença Charlotte.

Mad grogna.

— Rien de bon ne suit jamais cette phrase.

Mais Charlotte la surprit alors en adressant son commentaire à Hailey.

— Comment sais-tu tant de choses sur les relations, Hailey ? Parle-nous des tiennes.

— J'ai beaucoup appris grâce à mon expérience de travail avec les couples qui vont se marier, affirma Hailey.

— Alors tu n'as jamais eu de relation ? insista Charlotte.

— Je suis toujours très jeune, dit Hailey.

— Tu crois que vingt-six ans, c'est très jeune ? demanda Charlotte d'un ton qui lui suggérait de revenir sur terre.

Hailey eut un sourire pincé.

— Je dois d'abord établir mon entreprise, créer les fondations d'un avenir sûr. Crois-moi, quand le moment sera venu, je chercherai mon homme idéal.

Elles se turent.

— C'est troublant, finit par dire Mad. Comment puis-je écouter tes conseils alors que tu n'as jamais eu de relation ?

Hailey souffla.

— Je t'ai dit…

— Moi, c'est le contraire, dit Charlotte d'une voix durcie par l'expérience. J'ai vécu une série de relations affreuses. J'ai fini par faire une croix sur les hommes il y a trois ans.

— Ne me dis pas que tu n'as pas fréquenté d'homme depuis trois ans ! s'exclama Mad.

— J'ai fréquenté des hommes en imposant mes conditions, dit Charlotte.

— Oh, c'est ce que je fais moi aussi.

— Autrefois, je mangeais pour soigner mes chagrins d'amour, poursuivit Charlotte. Et puis j'ai fini par dire merde, qu'est-ce que je fais à prendre cinquante kilos de trop à cause d'un crétin ? J'ai engagé un coach personnel, changé mes habitudes alimentaires, et ça m'a tellement plu que je suis devenue coach personnel moi-même.

— Waouh, c'est tellement cool, dit Mad en tendant le bras vers l'arrière pour faire 'tope-la'.

Charlotte lui tapa dans la main.

— Je n'aurais jamais deviné. Tu es tellement mince et musclée.

— Carrément, dit Charlotte.

— Vous voyez, n'est-ce pas un super moment entre filles ? dit Hailey. Personne n'est dérangé par la taille minuscule de la voiture, n'est-ce pas ?

— Si ça continue, nous allons nous faire des tresses, intervint Lauren.

Elles éclatèrent de rire.

— Tout ce que je peux te dire, c'est de ne pas rendre la tâche facile à Park, dit Charlotte. En fait, essaie de ne pas trop te faire voir à la maison. Comme ça, quand tu feras une apparition, sexy comme tout, il sera obligé de te remarquer.

— Elle est douée, dit Hailey. Mais souviens-toi que tu dois continuer à porter de jolis habits et à t'occuper de tes cheveux. Tu ne veux pas qu'il te considère comme la même Mad qu'avant.

— Et dis à Ty d'aller se faire foutre, dit Charlotte.

— Personne ne dit à Ty d'aller se faire foutre, expliqua Mad. Il est ceinture noire. Des gros muscles. Tu l'as déjà vu ?

— Que vas-tu faire ? ricana Charlotte. Casser la figure de Park ?

— Ça ne m'étonnerait pas, dit Mad.

— Quand retourne-t-il en Californie ? demanda Charlotte.

Mad haussa une épaule.

— Je sais pas. Sûrement après le Nouvel An.

— Alors ne t'inquiète pas pour lui, dit Charlotte. Et s'il vous embête, Park et toi, tu viens me voir.

En entendant le ton dur de Charlotte, Mad se tourna pour la regarder.

— Et que vas-tu faire ?

— J'équilibre les forces, dit Charlotte d'un ton menaçant.

Mad eut un frisson. Cette fille était vraiment féroce.

Les heures qui restèrent passèrent très vite à parler du mariage et de la lune de miel de Claire et Jake et de l'endroit où elles aimeraient aller pour leur propre lune de miel. Juste avant d'arriver à l'appartement de Lauren, celle-ci avoua d'un air coupable qu'elle avait pris de l'avance et qu'elle avait fini de lire *The Princess Bride*, en ayant veillé tard la nuit précédente.

— Lauren ! s'exclama Hailey. Tu sais que nous lisons toujours le premier chapitre ensemble.

C'était devenu une tradition du club de lecture. Hailey aimait qu'elles vivent l'histoire en tant que groupe depuis le début.

— Pardon, dit Lauren sans avoir l'air très désolée. Mais c'était tellement bon !

— D'accord, concéda Hailey. Mais tu attends que Claire nous rejoigne avant de voir le film.

— Ce sera dur, mais je vais essayer, dit Lauren.

— Jure-le.

— Très bien, dit Lauren d'un ton grincheux. Je le jure.

Elle voulait clairement prendre de l'avance, mais elles savaient toutes qu'elle ne romprait jamais une promesse.

Une fois que Hailey eut déposé Lauren, puis Charlotte dans sa maison proche de Clover Park, elle se dirigea vers le centre-ville.

— Euh, tu dois encore me déposer, dit Mad.

Elle vivait à Eastman, dans la direction opposée.

— Ça ne t'ennuie pas de t'arrêter à Ludbury House avec moi ?

Hailey serra les mains sur le volant, faisant blanchir ses doigts.

— J'ai eu un appel ce matin disant qu'il y avait eu un cambriolage à Noël. Je dois aller y jeter un coup d'œil et dire ce qui a disparu.

La mâchoire de Mad tomba.

— Tu n'en parles que maintenant ?

Hailey relâcha un peu le voulant et soupira.

— J'avais besoin de ne pas y penser pendant un moment. Je suis terrifiée, à vrai dire. Clover Park a toujours été tellement sûr.

— Tu vas avoir un système de sécurité.

— Oui, bien sûr. Je n'avais jamais cru en avoir besoin avant. La police dit que la personne a brisé la vitre de la porte arrière et est entrée de cette façon.

Mad poussa un soupir.

— D'accord, aucun souci. Je t'accompagne.

Hailey la regarda.

— J'ai peur de retourner travailler là après le Nouvel An. Je passe beaucoup de temps toute seule. Bien sûr, il y a de temps en temps les cours de cuisine, les mariages et les rendez-vous, mais c'est aussi mon bureau et entre les rendez-vous, il n'y a que moi.

— Le système de sécurité va t'aider. Et je vais t'apprendre l'autodéfense.

— Je ne suis pas très sportive, dit Hailey d'une petite voix.

Elle fit un petit rire forcé alors même que ses mains tremblaient sur le volant.

— Tu m'as vue jouer au basket.

C'était terrible de voir Hailey, habituellement si confiante, en être réduite à trembler.

— Tu sais comment tu m'apprends à être jolie ?

— Tu es déjà jolie. Je ne fais que te mettre en valeur.

— Je vais t'apprendre à être une dure.

Hailey se redressa, les yeux écarquillés.

— Tu crois vraiment pouvoir faire ça ?

— Oui, dit Mad fermement.

Hailey s'arrêta à un feu rouge sur Main Street et elle dévisagea Mad, à la fois hésitante et pleine d'espoir.

Mad poursuivit d'un ton confiant.

— Cela ira contre tous les entraînements au concours de beauté que tu as jamais eus. Il n'y a pas de place pour les manières ou la beauté gracieuse quand il s'agit de se défendre. Il faut frapper leurs points faibles avec force. Pas de pitié.

Hailey posa la main sur sa gorge.

— Tu me fais peur.

— Ton courbe-cils me fait peur, mais je t'ai quand même laissée l'approcher de mon œil.

Hailey leva les yeux au ciel.

— Tu me l'as fait tomber des mains.

— Alors, laisse-moi t'approcher au dojo et tu pourras me faire tomber.

— Au dojo ? cria Hailey. Je ne sais pas faire de karaté !

Elle se tourna vers la route, vit que le feu était vert et appuya sur l'accélérateur.

— Ohlala, je crois que c'est trop.

— D'accord, d'accord. Nous commencerons lentement. Que penses-tu d'un cours d'autodéfense avec le groupe de lecture ? Nous pourrions le faire dans la salle de gym du lycée avec des tapis. Je vous apprendrai. On y va doucement.

— Tout le monde ?

Le visage de Hailey s'illumina.

— Comme une soirée pour célibataires ? Faut-il inviter des hommes célibataires ?

— S'ils ont envie de se faire rétamer, alors oui.

— Ah. Peut-être qu'il vaut mieux rester entre femmes.

— Je trouverai un type à qui on donnera des protections et un casque afin de pouvoir nous entraîner sur lui. Plus il est grand, mieux ce sera. Autrement, bien sûr, que des filles, ça me paraît très bien.

Hailey se lança dans son mode de planification

habituelle, ce qui fit sourire Mad. Cela ressemblait beaucoup plus à la Hailey qu'elle connaissait.

— Je ferai de la pub pour faire venir plus de femmes célibataires. Nous pourrons peut-être les faire passer du cours d'autodéfense à notre groupe de lecture.

— Bien sûr.

— Ça pourrait être bien, dit Hailey dont l'enthousiasme commença à se faire entendre.

— Ça le sera. Je vais t'endurcir.

Hailey hocha la tête.

— D'accord. Oui. Dure.

Elle se mordit la lèvre inférieure.

Quelques minutes plus tard, Hailey entra dans le parking derrière Ludbury House et coupa le contact.

— Veux-tu appeler la police pour qu'ils entrent avec nous ? demanda Mad.

Non pas qu'elle s'inquiétait d'un cambriolage. Cela lui était arrivé souvent dans son vieil appartement miteux de Manhattan. En général, elle le découvrait une fois qu'ils étaient partis et elle appelait les flics pour le signaler. Quelques fois elle avait surpris un type en train de chercher des objets de valeur, mais elle n'avait rien du tout. Juste une télé. Elle battait vite en retraite. Étant la fille d'un flic, elle signalait toujours les cambriolages. On ne savait jamais s'il y avait un schéma, impliquant peut-être d'autres personnes dans le quartier. Quoi qu'il en soit, ils ne revenaient jamais. Ils n'étaient pas là pour elle et elle ne pensait pas que ce cambriolage le jour de Noël dans une villa complètement vide visait Hailey.

Hailey regardait droit devant elle, serrant très fort le volant.

— Non, pas besoin d'appeler la police. Ils sont déjà venus voir ce matin pour moi. Il n'y a personne. C'est juste que, tu sais, je suis effrayée.

Mad décrocha les mains de Hailey du volant et les serra.

— Répète après moi. Super nana. Super nana.

Parfois il fallait atteindre une personne à son niveau. Elle ne se serait jamais appelée une 'nana'. Elle était féroce, puissante, forte, une vraie dure, et elle l'avait mérité après des années d'entraînement aux arts martiaux. Elle finirait par pousser Hailey à se voir de la même façon. C'était la seule manière de vivre.

Hailey rit. D'accord, allons-y.

Elles se dirigèrent vers l'entrée de derrière. La police avait recouvert la vitre cassée de la porte arrière de plastique afin d'empêcher l'air froid de l'hiver de pénétrer dans la maison. Hailey déverrouilla la porte et elles entrèrent dans une grande cuisine qui brillait, pleine d'ustensiles et d'une table de préparation en inox.

Hailey attrapa le bras de Mad.

— Reste près de moi, chuchota-t-elle.

— D'accord.

Hailey déglutit de façon audible.

Mad alluma le plafonnier. Elles se déplacèrent lentement au rez-de-chaussée de la villa, depuis la cuisine au cellier jusqu'au placard. Mad allumait les lumières à mesure qu'elles avançaient, Hailey retenant son souffle à chaque fois et regardant frénétiquement autour d'elle à la recherche d'intrus. Elle aurait ri si elle n'avait pas compris à quel point Hailey avait peur. Elles avancèrent jusqu'au vestibule à l'avant, puis dans le petit salon juste à côté.

Hailey s'arrêta devant la cheminée du petit salon.

— Les bougeoirs ont disparu ! s'exclama-t-elle en chuchotant avec force. Ils étaient en argent, ils faisaient partie de la maison !

Ludbury House avait plus de cent ans.

Mad parla d'une voix normale.

— Tu devrais peut-être noter ça. As-tu une photo des bougeoirs quelque part ?

Hailey regarda longuement le vide à l'endroit où les bougeoirs étaient posés habituellement, avant de se tourner vers Mad.

— Tu sais quoi, j'en ai sûrement grâce à tous les petits mariages qui ont eu lieu ici. Les plus grands sont organisés dans le vestibule de l'entrée avec le grand escalier, ou à l'extérieur. Les photos seront dans mon bureau.

Hailey sortit de la pièce d'un air confiant, traversant le vestibule en parquet jusqu'à son bureau de l'autre côté. Mad la suivit et Hailey prit des notes sur un bloc-notes.

— Ton ordinateur portable est toujours là, ainsi que l'imprimante, dit Mad.

Hailey s'arrêta et observa.

— C'est bien. Mais ne gagneraient-ils pas plus d'argent en vendant le matériel informatique plutôt que les antiquités ?

— Ils ne sont peut-être pas arrivés jusqu'à cette pièce avant de devoir fuir. Personne n'a dit que les criminels étaient intelligents.

Hailey se mordit la lèvre et ses yeux bleu clair redevinrent inquiets.

— Nous devons aller vérifier l'étage.

Lorsque Hailey ne bougea pas, Mad prit les devants.

— J'y vais.

— Non, attends ! Je t'accompagne.

Elles empruntèrent le grand escalier jusqu'aux anciennes chambres transformées en vestiaires pour les proches des mariés. Quelques pièces étaient entièrement vides. Rien ne semblait manquer. Mad éteignit les lumières et elles retournèrent au rez-de-chaussée, s'arrêtant dans le vestibule. Hailey fronça les sourcils.

— Tout ce qu'ils ont pris, ce sont les bougeoirs. Je trouve ça plus troublant que s'ils avaient saccagé l'endroit.

Elle croisa les bras et frissonna.

— C'est étrange. N'est-ce pas étrange ?

— Peut-être était-ce une personne sans domicile qui avait besoin d'un endroit chaud pour la nuit. Ils auront pris les bougeoirs afin de se faire un peu d'argent rapide pour le prochain repas.

— Un repas, dit Hailey. Ça paraît logique. Allons voir le frigo.

Elles retournèrent à la cuisine. Hailey ouvrit le frigo. Six yaourts et un assortiment de condiments. Hailey resta immobile à fixer le contenu.

— Alors ? l'encouragea Mad. Manque-t-il quelque chose ?

Hailey referma lentement le frigo et se tourna.

— Ils ont mangé ma salade et le poulet rôti. J'attendais que les éboueurs reviennent après Noël avant de les jeter. Je ne voulais pas laisser ça dans la poubelle et attirer les ratons laveurs.

Elle se tordit les mains.

— Oh, c'est tellement triste. Nous devrions aider cette personne.

— Nous devrions dénoncer cette personne.

— Mad !

— Non, dit Mad fermement. Tu dois faire un rapport à la police. Et s'il ou elle revenait ? Si cette personne était mentalement instable et qu'elle se sentait menacée par ta présence ? Tu ne sais pas ce qu'il en est. Nous devons signaler tout ceci et nous assurer que cela ne se reproduise pas.

Hailey se mordit la lèvre.

— Je suppose.

— Et puis nous aurons une semaine pour te transformer en vraie dure.

— Une semaine !

Mad leva le menton.

— Tu rouvres après le Nouvel An, n'est-ce pas ? Alors ça fait une semaine.

— Je ne peux absolument pas apprendre l'autodéfense si vite.

Mad passa les doigts dans ses cheveux et secoua la tête pour obtenir la coiffure ébouriffée avec style.

— J'ai appris à être belle en une semaine, n'est-ce pas ?

Hailey semblait en douter fortement. Mad fronça les sourcils et Hailey se dépêcha d'acquiescer.

— Tout à fait ! s'exclama-t-elle, mais pas de façon très convaincante.

Mad posa les mains sur ses hanches, ravie que les choses soient réglées.

— Très bien. Préviens les membres du club de lecture et toutes les personnes qui pourraient être intéressées par l'autodéfense, je réserverai la salle de gym. Je pensais au jeudi après-midi, puisque la plupart d'entre nous ne travaillent pas cette semaine. Peut-être samedi matin également. Dimanche, on fait la fête pour le Nouvel An. Ça te convient ?

Hailey traça le contour d'un carreau du sol de la cuisine avec la pointe de sa boîte en velours.

— Tu crois vraiment pouvoir réserver la salle aussi vite ?

— Je connais du monde. Nous demanderons au chef O'Hare quand tu feras ta déposition. Il a les clés du lycée. Peut-être proposera-t-il même de nous aider.

Hailey se rongeait un ongle. C'était perturbant, car Mad savait qu'Hailey n'aimait pas abîmer son vernis.

— Girl power ! dit Mad en levant le poing pour toucher celui de Hailey.

Hailey lâcha son ongle avec réticence.

— Girl power ! dit-elle avec beaucoup moins d'enthousiasme.

Elle toucha doucement le poing de Mad.

Mad frappa le poing de Hailey avec un peu plus de force.

— Aïe, se plaignit Hailey.

Mad soupira.

— Nous allons travailler là-dessus.

CHAPITRE TREIZE

Park rentra du Maine avec Ty le vendredi après avoir passé quelques jours de plus au chalet de Claire, espérant que la distance avec Mad allait l'aider à se calmer. Il aurait aimé avoir eu le temps d'acheter une voiture sur place, car conduire avec Ty était extrêmement irritant. Il fallait vraiment en faire beaucoup pour énerver Park, mais Ty avait presque réussi.

— Tout ce que je dis, c'est qu'on ne touche pas à Mad, dit Ty pour la cinquième fois depuis qu'ils avaient quitté le Maine.

Park avait compté.

— Personne ne touche à Mad, dit Park d'un ton sec. Elle sait très bien se défendre.

— Si notre amitié… Ty marqua une pause. Si notre famille représente quoi que ce soit pour toi…

— Ça représente tout !

Park frappa le tableau de bord de la berline de location.

— Pourquoi dois-je toujours prouver que j'en suis digne ? Comme si d'un instant à l'autre, vous alliez changer d'avis à mon sujet et me jeter dehors.

Ty ignora ce commentaire.

— Je sais que tu as toujours eu un faible pour elle et c'est pour cela que je t'ai dit qu'elle était interdite, à l'époque comme maintenant.

La toute première fois que Mad avait attiré l'attention de Park, en maillot de bain à la piscine de la ville, quand elle était adolescente, Ty l'avait menacé de façon très crédible et avait mis fin à l'admiration silencieuse de Park. Puis Ty avait fait suivre la menace par un marché que Park avait cru être obligé d'accepter.

— Pas elle, avait dit Ty. Elle n'est pas quelqu'un avec qui on peut s'amuser avant de la jeter. Si tu veux garder ta place dans notre famille, alors tu dois la traiter comme de la famille *et c'est tout*. Marché conclu ?

Les Campbell étaient bien trop importants pour que Park risque de perdre sa place parmi eux.

— Marché conclu, avait-il dit, obtenant ainsi une poignée de main rapide.

Il avait été extrêmement soulagé que sa place dans la famille Campbell ne soit plus remise en question.

À présent, Ty recommençait le même discours, lui rappelant pourquoi Mad était interdite.

— Ce n'est pas une fille avec laquelle tu peux coucher avant de la laisser tomber.

— Et si je ne la laisse pas tomber ? demanda Park.

Il se sentait accusé et jugé avant même d'avoir eu sa chance. Il savait qu'il venait d'une situation familiale terrible. Sa mère était une droguée, son père alcoolique, sa petite sœur était morte, mais il avait grandi. La mort de sa sœur avait été traitée comme une 'mort subite du nourrisson', mais il soupçonnait la négligence. Alors oui, il avait été un gamin énervé et il avait utilisé ses poings pendant longtemps, mais il avait travaillé dur pour s'améliorer. Il aurait bientôt un bon travail. Était-il vraiment si terrible ? Trop minable pour être avec la petite sœur Campbell adorée ?

— Tu vas l'épouser ? demanda Ty.

Il pinça les lèvres. Il savait qu'il n'était pas fait pour le mariage.

— C'est bien ce que je pensais, dit Ty, comme s'il avait compris les intentions infâmes de Park.

Peu importe que Mad l'avait séduit. Park n'aurait

jamais essayé autrement, malgré la tentation. Mad méritait mieux que lui, il l'avait toujours su, et Ty le savait aussi.

Ty ne voulait vraiment pas lâcher l'affaire.

— Si tu ne veux pas l'épouser, si ce n'est pas sérieux, alors tu n'y touches pas. Je ne vais pas te regarder fuir sans rien faire et briser encore une fois son cœur.

Park sursauta.

— Quoi ? Comment ça, encore une fois ?

— Elle a été dévastée quand tu es parti pour l'Air Force.

Il eut l'impression de se prendre une gifle.

— Je sais que tu as dit que c'était dur pour elle, mais tout le monde partait. Elle était la plus jeune, c'était inévitable.

— Non, c'était différent avec toi. Ça a pris des années… mon Dieu, elle me tuerait d'avoir dit ça. Oublie ça. Épouse-la ou bien laisse-la partir. C'est aussi simple que ça.

— Tu sais que je ne suis pas fait pour être père de famille.

— C'est ce qu'elle mérite et si tu te soucies d'elle, passe à autre chose. Il y a plein de femmes avec lesquelles tu peux coucher.

Park regarda par la vitre, énervé tout en sachant que Ty avait raison. Il n'était pas sérieux avec elle. Il n'était sérieux avec personne. Il ne pensait pas pouvoir l'être un jour. Il se dit que c'était pour le mieux. Il trouverait un nouvel endroit pour dormir dès que possible, afin de ne pas être tenté en vivant dans la même maison qu'elle.

Ty lui donna un coup sur le bras.

— Je suis content que nous nous comprenions.

Park ne dit rien.

— Tu sais que je t'épargne, n'est-ce pas ? J'ai vraiment voulu te casser la gueule quand…

— Compris, dit-il en serrant les dents, irrité que le discours de Ty tourne en rond. Tu es le grand frère.

Et elle était une femme adulte qui savait ce qu'elle voulait. Il n'oublierait jamais qu'elle voulait qu'il soit son premier. Même s'il ne l'avait pas été, cela comptait beaucoup pour lui de savoir qu'elle l'avait choisi.

— Toi aussi tu veillais sur elle, avant, dit Ty en passant une main sur son visage. Oh, bon sang, je ne veux pas y penser. Passons à autre chose. Pourquoi ne pas me rejoindre en Californie après le Nouvel An ? Je te présenterai. Je suis certain que nous pourrions te trouver du travail.

— Je te tiendrai au courant, répondit Park en acceptant l'offre de réconciliation. Je postule à plusieurs endroits. J'aimerais travailler sur des avions si possible. Utiliser ce que je sais faire.

— Si tu voulais travailler sur des avions, alors pourquoi as-tu quitté l'Air Force ?

Il s'était lassé d'être envoyé dans le désert, fatigué d'être en zone de guerre, sa famille lui manquait. En particulier parce que les textos et les e-mails de Mad avaient nettement diminué depuis quelques années. Il le comprenait, car elle devait jongler entre le travail et l'école, mais il ne s'était pas rendu compte à quel point ce lien avec la maison lui avait permis de tenir.

— Je suppose que j'étais prêt à changer, dit Park. Prêt à rentrer à la maison.

— Ça a été dur là-bas ? Je ne connais même pas certains des endroits où tu as été.

Il le renseigna sur ce qu'il pouvait, les levers tôt le matin, les couchers tard le soir, tous les déploiements volontaires de 365 jours dans des lieux confidentiels pour lesquels il s'était inscrit afin d'obtenir la prime de risque supplémentaire. Et il ne suffisait pas de s'inquiéter des coups de feu de l'ennemi : les tirs alliés de jeunes recrues qui se défoulaient en attendant d'être appelées à servir représentaient également un danger. Il était fier de la part qu'il avait jouée en servant son pays. Son objectif principal avait toujours été d'essayer d'être l'homme que Joe

Campbell l'avait élevé à devenir. Un but noble qu'il craignait ne jamais pouvoir tout à fait atteindre à cause de son passé.

Ty lui parla des cascades qu'il faisait à Los Angeles et parfois à New York City ou Vancouver. Des choses excitantes, mais Park se rendit compte qu'il pensait à autre chose : à Mad et à leur nuit ensemble. Ce tatouage. Il n'arrivait toujours pas à croire qu'elle avait fait le même sur son cœur. Comme si elle voulait se souvenir de lui pour toujours. Ne savait-elle pas qu'il ne fallait pas parier sur lui ?

Quand ils arrivèrent à la maison à Eastman, Park s'était convaincu qu'il n'était pas celui qu'il fallait à Mad. Il allait le lui expliquer et avec un peu de chance elle le comprendrait. Elle allait peut-être s'énerver, mais elle finirait par se calmer un jour. Puis ils redeviendraient amis.

Ty le déposa avec un dernier avertissement.

— N'oublie pas ce que j'ai dit.

Il retint la remarque sarcastique qu'il avait envie de faire : *comment le pourrais-je puisque tu n'arrêtes pas d'en parler ?* Il hocha sèchement la tête, sortit de la voiture et entra dans la maison. Au moins, Ty logeait à l'hôtel en ville et il n'allait pas être tout le temps sur son dos à propos de Mad.

Elle apparut en haut des escaliers et elle lui fit un grand sourire. Son cœur se mit à battre violemment dans ses oreilles, avec un message dur et insistant : *danger, danger, danger.*

— Tu es revenu, dit-elle en descendant les escaliers vers lui.

Il resta figé sur place, les bras ballants. Elle portait des vêtements amples, un T-shirt avec un bermuda, et elle n'aurait pas dû être attirante, mais son corps était en alerte maximale, car il connaissait dans le moindre détail exquis toute la perfection qu'il y avait au-dessous.

— Hé, petite, dit-il pour se rappeler, à lui comme à elle, ce qu'elle avait toujours été pour lui.

L'avorton sur lequel il veillait.

— Hé, le grand, dit-elle d'une voix dégoulinante de sous-entendus quand elle sautilla vers lui, regardant ostensiblement sa bite.

Elle avait déjà remarqué qu'il était bien pourvu.

Non, une minute. Il ne fallait pas aimer ça. Il retira sa veste en cuir et il la porta nonchalamment devant lui.

Elle ricana. Oui, elle avait remarqué.

— Tu as passé un bon moment avec les garçons ?

Sur son T-shirt noir il était écrit *Essaies un peu, pour voir* et c'était extrêmement difficile de ne pas le prendre pour une invitation.

— Ça allait.

Elle s'arrêta directement devant lui. De près, elle était toute brillante et douce. Ses cheveux étaient ondulés, elle portait du maquillage qui donnait l'impression que ses yeux de biche marron étaient plus grands, ses joues et ses lèvres étaient roses comme si elle venait d'avoir un orgasme. Il rejeta cette pensée et il regarda l'étage, détournant les yeux.

— Ton père est à la maison ? demanda-t-il.

Il était dix-neuf heures. Il ne savait pas s'il travaillait pendant les vacances de Noël.

— Il est parti au travail il y a une heure, dit-elle en prenant sa veste et en la jetant sur le canapé.

Elle se retourna vers lui, s'approchant suffisamment pour qu'il sente la chaleur de son petit corps sexy. Son T-shirt avait un petit V à l'endroit où elle avait déchiré le col, révélant une partie du tatouage qui aurait aussi bien pu être le prénom de Park. Ses doigts se mirent à fourmiller, il eut terriblement envie de dessiner le contour du faucon sur son cœur. Il y arracha son regard au prix d'un effort énorme, glissant jusqu'à sa clavicule, remontant le long de sa gorge mince, jusqu'à son menton pointu.

— On va en parler ou bien on recommence directement ? demanda-t-elle.

Il la regarda brusquement dans les yeux.

— Je ne sais pas ce que tu veux dire.

Elle passa les bras autour de son cou et elle colla son corps menu, ses courbes et sa force, contre lui.

— On a couché ensemble.

Il la détacha de lui avec un grognement. On pouvait faire confiance à Mad pour l'énoncer avec assurance.

— Cela ne peut pas se reproduire.

Elle jeta des éclairs avec les yeux.

— Pourquoi pas ? Nous sommes deux adultes consentants et nous avons la maison pour nous tout seuls.

— Ty…

— J'emmerde Ty.

Elle leva le menton, belligérante, les jambes écartées à la largeur des épaules en mode de combat. C'était une bataille qu'il ne pouvait pas gagner. Quoi qu'il fasse, qu'il couche avec elle ou qu'il la rejette, il allait faire foirer sa situation dans la famille Campbell.

Il inspira profondément.

— D'accord, je ne veux pas causer de drame. Je ne suis pas… les relations, c'est pas mon truc. Mad, tu sais…

Sa voix s'étrangla, il avait la gorge serrée.

— Je sais quoi ? aboya-t-elle.

Il s'éclaircit la gorge.

— Tu as toujours été spéciale pour moi.

Elle s'adoucit et elle avança d'un pas. Il recula.

— C'est un début, dit-elle.

— Je ne veux pas te faire de mal.

— Tu ne le feras pas. Je ne te laisserai pas faire.

Il jeta un coup d'œil vers la porte.

— Écoute, j'irai vivre à l'hôtel ou quelque chose.

Elle souffla.

— C'est une maison à trois chambres. Il y a largement assez de place pour nous deux. Ce n'est pas comme si je ne savais pas me contrôler.

Elle le regarda dans les yeux et elle fronça les sourcils.

Il voulait tellement régler le problème. Il ne voulait pas

se disputer ou l'énerver. Il voulait recommencer à passer du temps avec elle. Comme avant. Elle lui avait tellement manqué pendant si longtemps.

— Pouvons-nous revenir à ce que nous avions avant ? demanda-t-il. Faire comme si cela n'était jamais arrivé ?

Elle le regarda comme s'il était fou.

— Sérieusement ?

Il l'attira contre lui afin de faire un câlin.

— Pardon, c'était stupide de dire ça. J'essaie juste de rendre les choses plus faciles.

Elle fit passer ses bras autour de sa taille et elle posa la tête sur son torse.

Le moins qu'il puisse faire, c'était la réconforter. Il caressa ses cheveux doux, content qu'elle ne soit pas trop énervée. Avec un peu de chance, les choses redeviendraient vite normales.

Elle leva enfin la tête, et il sentit son cœur se serrer en voyant la douleur dans ses yeux. Elle se leva sur la pointe des pieds, le visage incliné vers lui. Il se figea. Elle frôla ses lèvres contre les siennes, le charmant avec ce contact doux. Il hésitait toujours. Son corps voulait, son cerveau le retenait.

Elle recommença, encore une caresse douce et séduisante.

— Mad.

Il n'avait rien de plus à dire. Juste Mad. Son cerveau avait mis la clé sous la porte.

Ils se regardèrent pendant un long moment torride.

— Park, chuchota-t-elle.

Il l'écrasa contre lui, approfondissant le baiser, l'attirance trop forte pour la nier. Son esprit était embrumé, il n'y avait rien d'autre que sa bouche douce, la chaleur, l'envie indéniable de la rapprocher de lui. Il se perdit dans le baiser, ses mains passant sous le T-shirt de Mad dans son dos, le besoin de sentir sa peau. Mais ce n'était pas suffisant. Il la fit reculer contre le mur, appuyant entièrement son corps contre elle, sa bouche la réclamant toute entière. Elle avait les mains partout sur lui. Un brouillard rouge de désir. Intense. Écrasant. Puis elle déboutonna son jean. Mon Dieu. Il avait réussi à ne lui résister que dix minutes. Que faisaient-ils ?

Il lui attrapa le poignet, immobilisant sa main. Elle interrompit le baiser, se dégagea de son emprise et le regarda dans les yeux en respirant fort. Tout comme lui. Putain. Peut-être devait-il prendre une chambre à l'hôtel.

Il leva la main.

— Je pense…

— Ne pense pas.

Il passa une main dans ses cheveux.

— Je vais monter. Des choses à faire.

Comme de s'occuper de son érection.

— Pas de problème, dit-elle d'un ton étonnamment plaisant.

Il marcha vers l'escalier et elle le suivit. Il s'arrêta.

— Juste moi, ordonna-t-il. Mad, s'il te plaît.

— J'ai fait beaucoup d'efforts pour être bien pour toi ce soir, dit-elle en serrant les dents. J'ai laissé Hailey s'occuper de mes cheveux.

— Tu as l'air très bien, dit-il, un peu surpris de voir qu'elle se souciait de ses cheveux.

Cela ne lui ressemblait pas.

— Tes cheveux sont bien.

Il se surprit à sourire, car c'était aussi assez agréable qu'elle ait fait cet effort pour lui. Même s'il ne pouvait pas aller plus loin.

Elle posa les mains sur ses hanches, ce qui était toujours le signe qu'elle était énervée.

— Et Charlotte a fait mon maquillage, mais ce n'est pas assez bien pour toi. Je ne serai jamais une de ces filles menues et féminines que tu aimes. Tu peux le dire. Je ne suis pas ton genre.

Il la regarda avec sérieux et il vit la façon la plus facile d'interrompre ce qu'il se passait entre eux. Il en profita.

— Tu as raison. Tu n'es pas mon genre.

Elle inspira brusquement et elle chancela en arrière.

Il fit immédiatement un pas en avant afin de la rattraper, mais elle se débattit. Il eut envie de retirer ce qu'il venait de dire, d'épargner ses sentiments fragiles.

— Mad, on fait une pause, attends…

— Je t'emmerde, Parker Shaw.

Elle parla d'une voix basse et terriblement calme, ce qui était encore pire.

— Tu ne me mérites pas.

Il pinça les lèvres, incapable de le nier.

— Tu as raison.

Elle tourna les talons et elle marcha jusqu'à la porte d'entrée, l'ouvrant sur le froid glacial d'une nuit de décembre.

Il ne put s'en empêcher :

— Prends un manteau, il fait froid.

Ses épaules montèrent et descendirent comme si elle inspirait profondément, puis elle partit.

Il passa une main sur son visage. C'était pour le mieux, se dit-il. Il avait fait ce qu'il fallait. Sauf que tout cela ne lui paraissait pas bien. Il ne put se détendre et il s'assit sur le canapé devant la télé pendant des heures, à guetter son retour. Enfin, vers minuit, la porte se rouvrit. En la voyant saine et sauve, il se détendit enfin. Il savait que ce n'était pas logique. Elle avait été seule loin de lui pendant des années, mais à présent qu'il était à la maison, il se sentait à nouveau lié à elle et il avait besoin de savoir qu'elle allait bien.

Il se leva et il s'avança vers elle, souhaitant se faire pardonner. Il n'avait pas voulu dire qu'elle n'était pas son genre. Loin de là.

— Pour tout à l'heure, tu sais… enfin, j'espère que tu sais…

Il s'interrompit lorsqu'elle lui jeta un regard mortel.

— Je suis content que tu sois rentrée, dit-il dans son

dos quand elle monta à l'étage.

Il détestait l'avoir fait souffrir.

— Mad ! appela-t-il. Je ne voulais pas dire…

Il resta debout pendant un moment et il fut sur le point de la rejoindre lorsqu'il entendit la douche couler. Des images de Mad nue dans la douche lui traversèrent l'esprit. Cette dernière fois dans le Maine lorsqu'il l'avait rejoint sous la douche. Elle avait été agressive, le poussant et le provoquant jusqu'à ce qu'il ne puisse plus retenir son agression naturelle. Il l'avait prise trop brutalement, uniquement concentré sur les besoins sombres de son propre corps, n'ayant que vaguement conscience des bruits qu'elle faisait. Il ne savait même pas si elle allait bien avant d'avoir fini, avant que la voix essoufflée de Mad pénètre enfin le brouillard lubrique de son cerveau.

Il se laissa retomber sur le canapé et il monta le volume de la télé, essayant de noyer le bruit de la douche. C'était de sa propre faute. Il n'aurait jamais dû céder à ses instincts primaires. Il devait penser d'abord, puis agir.

Oui, c'était ça le problème. Il ne s'était pas arrêté pour réfléchir. Il ne comptait pas refaire cette erreur.

Chapitre Quatorze

Tôt le lendemain matin, Park était assis dans la cuisine avec une tasse de café. Son père entra quelques minutes plus tard, ayant fini de travailler de nuit en tant que garde de sécurité.

— Bonjour, dit son père en attrapant une pomme dans le bol de fruits.

— Bonjour.

— Comment te fais-tu à la vie en civil ?

— C'est un peu bizarre de ne pas avoir d'emploi du temps, mais…

Il s'interrompit lorsque Mad entra, l'air de très mauvaise humeur. Son maquillage avait disparu, ses cheveux rouges étaient ébouriffés et ils pointaient dans tous les sens. Elle portait un maillot de corps au col en V qui était trop grand pour elle et un jogging ample. Il essaya de ne pas chercher en quoi cela lui plaisait. C'était sans doute l'aile du tatouage de faucon que l'on apercevait en dehors du T-shirt et qui attirait toute son attention.

— Salut, dit-elle en se servant du café.

— Bonjour, petit rayon de soleil, dit son père. Tu es fâchée ?

Elle laissa tomber une tranche de pain dans le grille-pain et elle appuya sur le levier.

— Je vais bien.

Park détourna rapidement le regard.

Son père le rejoignit à table, frotta la pomme sur l'avant

de son T-shirt et en mordit un morceau. Quelques minutes plus tard, Mad les rejoignit en mâchant son toast. Elle croisa son regard de l'autre côté de la table et elle lui fit les gros yeux. Il baissa la tête sur son café.

— Y a-t-il un problème que je devrais savoir ? demanda son père en regardant Mad puis Park.

— Je n'ai pas de problème, dit Mad en regardant Park directement.

— Pas de problème ici, dit Park en ne regardant que son père.

Son père alterna entre les deux pendant un moment.

— Ouais, d'accord.

Un silence gêné tomba.

Quand il eut terminé sa pomme, il se leva.

— Les enfants, je sais que cela peut paraître difficile à croire, mais j'ai un rendez-vous pour le Nouvel An.

— Qui ? demanda Mad. Où l'as-tu rencontrée ?

Park se posa la même question. Cela faisait des années que son père n'avait pas fréquenté une femme.

— Laissez-moi juste voir comment cela se passe, dit son père. Je pars ce soir pour Boston et je serai de retour le deux. Ne faites pas brûler la maison pendant mon absence.

Park l'observa, trouvant extrêmement étrange que son père ait un rendez-vous galant, d'autant plus que c'était un rendez-vous qui durait tout un week-end. Avait-il deviné que Park et Mad avaient couché ensemble ? Était-ce sa façon à lui de leur laisser un peu de temps à tous les deux ?

Son père sourit, son visage ne révélant rien.

— Je vais me doucher et me coucher.

Park attendit son départ avant de regarder Mad.

Elle souriait, c'était un de ces sourires effrayants qui communiquaient des intentions dangereuses.

— Pourrais-tu te rendre à mon cours d'autodéfense pour femmes dans une heure ?

— Pour que tu puisses me tabasser ? Non, merci.

— Afin que les autres femmes puissent s'entraîner sur

toi. Nous avons besoin de quelqu'un de grand.

Il s'adossa contre sa chaise.

— Va trouver un autre type grand.

— Mais tu es le type parfait pour ça.

Pas de commentaire. Il savait qu'elle était énervée et qu'elle avait très envie d'une excuse pour se défouler.

— Très bien, reste ici, alors, dit-elle. Je dirai aux femmes que tu avais trop peur.

— Oui.

Elle fronça les sourcils, sans doute parce qu'elle n'avait pas réussi à le faire réagir, et elle monta à l'étage. Il resta au rez-de-chaussée et il s'installa sur l'ordinateur portable de son père afin de travailler sur son CV et de parcourir les sites de jobs en ligne à la recherche de quelque chose qui lui conviendrait. À un moment donné, il entendit la porte d'entrée s'ouvrir et se refermer sans un au revoir. Elle allait finir par se calmer. La situation reviendrait bientôt à la normale.

Mad resta absente toute la journée. Le soir venu, son père partit rendre visite à son amie à Boston pendant ce long week-end. Park n'avait pas réussi à lui arracher d'autres détails. Très étrange.

Il ne sut pas non plus où Mad s'était rendue ni avec qui, et il ne se détendit que lorsqu'elle rentra enfin la maison, tard dans la nuit. Elle lui jeta un regard noir en le voyant assis sur le canapé du salon, et elle monta. Il ne l'avait pas attendue. Il ne pouvait vraiment rien y faire si la seule télé de la maison se trouvait près de la porte d'entrée.

Le lendemain, le trente et un décembre, fut une journée interminable. Mad sortit avec ses amies juste après le petit-déjeuner. Il termina son CV, l'envoya à Josh par mail, car il était doué pour les détails, et puis il l'envoya à plusieurs entreprises.

Le temps s'écoula lentement.

Très lentement.

Les horloges étaient-elles cassées ? Il lui semblait qu'il

devait être plus tard. Il vérifia rapidement dans la maison, mais toutes les horloges étaient synchronisées à la même heure.

Il n'y avait que lui et la télé. Il essaya de ne pas sursauter à chaque petit bruit qui aurait pu être la porte d'entrée. Il regardait seulement la télé sur le canapé du salon parce que c'était confortable. Il n'attendait pas qu'elle rentre.

Elle rentra enfin, l'air toute douce. Ses cheveux étaient ondulés avec douceur, son maquillage donnait l'impression qu'elle venait d'avoir un orgasme – arrête ça ! Ses vêtements étaient moulants, son tatouage s'apercevait au-dessus du pull bleu duveteux au col en V. Il commençait à la soupçonner de montrer son tatouage exprès, en sachant à quel point cela le troublait.

Il baissa le volume de la télé et il chercha un compliment qui la maintiendrait dans la case 'amie'.

— Tu es jolie, minus.

Elle leva le menton.

— Ce n'est pas pour toi, si c'est ce que tu penses. Je vais à une fête du Nouvel An chez Garner's ce soir.

— Ah.

Il avait espéré passer le Nouvel An à la maison avec elle. Josh travaillait à la fête de Garner's. Ses autres frères avaient déjà des engagements, certains travaillaient, d'autres allaient voir des amis hors de la ville. Il aurait dû prévoir quelque chose lui aussi. Pourquoi attendait-il ici ? Il se dit qu'il aurait pu voir ce que Ty avait prévu en ville ce soir-là.

Elle se tenait devant la télé, où il ne put s'empêcher d'avoir une bonne vue de l'aile du faucon, du pull moulant, du jean serré et des boots de vraie dure.

— Tu peux venir si tu veux, dit-elle avant de souffler comme si elle lui faisait une *énorme* faveur. Je suppose, ajouta-t-elle.

Il s'enfonça plus loin dans le canapé.

— Waouh, quelle invitation ! Il me tarde.

Elle fronça les sourcils.

— Tu dragues une seule de mes amies et tu es un homme mort.

— C'est noté. Puis-je traîner avec Josh ?

— Il sera occupé. Il n'est plus seulement barman, tu sais. Il est manager, maintenant.

— Je suppose que je traînerai avec vous, si tu veux bien.

Elle haussa une épaule.

— Comme tu veux. Seulement, ne sois pas pénible si je bois, si mon comportement ne te convient pas, ou quoi que ce soit.

Il se redressa.

— Aucun commentaire sur quoi que ce soit.

Il regarda sa bouche, cette lèvre inférieure pulpeuse le tentant encore par sa douceur. Il la regarda dans les yeux et il lui parla d'une voix rauque.

— Je t'épargnerai ce soir.

Leurs regards s'affrontèrent de manière tendue. Il ne se rendit compte qu'il retenait sa respiration que lorsqu'elle se mit enfin à parler.

— Nous partons à dix-neuf heures, dit-elle sèchement.

Il se pencha en avant.

— Vas-tu un jour arrêter d'être fâchée contre moi ?

Sa bouche se mit à bouger, comme si elle suçait un citron, avant qu'elle dise :

— Ne sois pas en retard.

~ ~ ~

— Mad ! cria Hailey avant de se précipiter pour un gros câlin dès que Mad entra chez Garner's.

Mad souffla les longs cheveux de Hailey hors de sa bouche. Elle devait encore s'habituer à tous les câlins chaleureux de son amie.

— Et Park ! dit Hailey en le prenant dans ses bras. Bonne année ! Allez, prenez un verre !

Hailey dansa jusqu'au bar en cerisier sombre.

Mad la suivit.

— Tu as déjà commencé à boire ?

— Oui ! Josh avait enfin tous les ingrédients de ma boisson préférée.

Elle se pencha sur le bar et fit un sourire bête en direction de Josh.

— N'est-ce pas, Josh ? La livraison a enfin été réglée.

Josh retint un sourire, mais ses yeux marron étaient remplis d'humour.

— Effectivement, princesse.

Il fit glisser un mojito d'où sortait une feuille de menthe devant Hailey.

Elle lui fit un grand sourire.

— Merci, dit-elle avec une amabilité étonnante.

Elle but une grande gorgée.

— Ooh !

Elle posa la main sur sa tête.

— J'ai des tiares. Ce soir, je serai vraiment une princesse. Nous le serons toutes.

Hailey serra le bras de Mad.

— Attends ici.

Elle partit d'un pas chancelant vers un coin du restaurant où elle avait dû les poser.

Park s'appuya contre le bar, les paupières à demi fermées.

— Tu vas vraiment porter une tiare ?

Elle fulmina.

— Pourquoi pas ? Ne suis-je pas assez féminine pour être une princesse ?

Park leva une épaule et se tourna vers Josh.

— Puis-je avoir une Corona ?

— Et moi un whisky, dit Mad. Un bon.

— Très bien, dit Josh en attrapant la bière.

— Tu bois du whisky ? demanda Park.

Mad serra les dents, fatiguée de la façon dont les hommes dans sa vie jugeaient tous ses faits et gestes.

— Regarde.

Park se redressa de tout son long et il lui jeta un regard noir.

— N'est-ce pas un peu tôt pour commencer les alcools forts ?

Elle le dévisagea longuement et de façon très appuyée.

— J'aime les alcools forts.

Josh éclata de rire avant de servir la bière avec une tranche de citron vert.

— Fais gaffe à toi, Park.

— Qu'est-ce que ça veut dire ? demanda Mad.

Josh alla chercher son whisky. Il revint et en versa une petite quantité dans un verre.

— Ty m'a dit de garder un œil sur lui, dit-il en désignant Park du menton. Mais je crois que je devrais peut-être garder un œil sur toi.

Il posa le whisky devant elle.

Mad but son verre au lieu d'aboyer contre Josh. Il en avait trop fait pour elle, elle ne pouvait pas lui dire d'aller se faire voir, même si elle le voulait.

Josh indiqua ses propres yeux avec deux doigts, puis il la montra.

Bref. Il gardait un œil sur elle. Tout comme tous les autres grands frères trop protecteurs. Même maintenant, elle sentait les yeux de Park sur elle. Il était sans doute déjà prêt à lui enlever le verre suivant des mains parce qu'il estimait qu'elle en avait bu assez. Elle secoua les épaules. Qu'ils aillent se faire voir. Ce soir, elle allait s'amuser.

— Mad, par ici ! dit Hailey en agitant follement les bras.

Park fit un petit salut à Mad.

— C'est l'heure de ta tiare.

Elle sentit son sarcasme, mais elle l'ignora, rejoignant ses amies qui étaient rassemblées autour de Hailey et d'un grand sac.

— Pour toi, princesse Charlotte, dit Hailey en

présentant une tiare en plastique argenté à Charlotte.

Charlotte la posa sur sa tête.

— Maintenant, où peut-on trouver un prince ?

Les femmes se mirent à rire.

Hailey en distribua aux autres. Ses amies étaient super mignonnes, Lauren, Carrie, Ally et les nouvelles venues : Missy, Sabrina et Lexi. Hailey avait une façon impressionnante de se faire des amies. Elles venaient de rencontrer Missy, Sabrina et Lexi le jeudi précédent pour la première fois au cours d'autodéfense. Elles étaient revenues pour le cours du samedi, où tout le monde était beaucoup plus survolté, et à présent elles fêtaient le Nouvel An ensemble. Elle se dit que ce n'était pas seulement parce que Hailey souhaitait trouver de nouveaux clients pour son entreprise. Pas seulement parce qu'elle était une entremetteuse trop romantique. Elle aimait les gens et elle adorait créer des liens entre les personnes qu'elle rencontrait.

— Tu as un sacré groupe, dit Mad à Hailey. Tiens.

Elle lui rendit la tiare. Elle savait qu'elle ne pourrait jamais assumer le look de la princesse.

— Oh, toi, dit Hailey en posant la tiare sur la tête de Mad pour elle. Nous sommes des sœurs du groupe de lecture Happy End par solidarité.

Mad sentit une boule dans sa gorge. Combien de fois avait elle souhaité avoir une sœur ? À présent elle avait le club de lecture ainsi que Claire par son mariage.

— Ça fait bizarre sur moi ?

— Une seconde, dit Hailey en ajustant la tiare et en tripotant les cheveux de Mad. Voilà.

— Tu es trop mignonne ! dit Lauren.

Elle sortit son téléphone, prit une photo et la montra à Mad. Bon. Elle n'avait pas l'air aussi bizarre qu'elle l'avait cru. En fait, elle se mêlait assez bien aux autres femmes. Elle n'avait jamais cru pouvoir s'intégrer si facilement. Pourquoi se sentait-elle toujours si différente ? C'était comme si elle revivait sans cesse son adolescence, quand elle avait essayé et échoué de faire partie du groupe de filles.

— Allons nous mélanger ! dit Hailey en passant un bras autour de celui de Mad et en l'entraînant avec elle.

Hailey était naturellement douée pour fréquenter les gens dans une pièce. Elle entraîna Mad et tout le groupe avec elle, les présentant à des gens qu'elle ne connaissait pas. Elle semblait connaître tous les habitants de Clover Park. En fait, elle avait grandi ici. Mad écouta Hailey parler à tout le monde du Club de Lecture Happy End et de tous les livres fabuleux qu'elles avaient lus ainsi que de son travail d'organisatrice de mariages. Le bouche-à-oreille de l'entreprise de Hailey devait être incroyable, car c'était un moulin à paroles. Mais Mad se mit à penser à ce que Hailey pouvait faire d'autre pour se développer. Une partie de ses nouvelles connaissances en marketing lui passèrent par la tête, lui fournissant de nouvelles façons de faire de la publicité. Elle allait en parler avec Hailey lorsqu'elle serait à nouveau sobre. Pour l'instant, elle était toute joyeuse et pompette.

Mad sentit quelqu'un la fixer du regard et elle vit Park qui était appuyé contre le bar et qui la regardait. Il leva le menton dans sa direction pour la saluer. Elle retourna le geste.

— Dis donc, il te fixe depuis le début de la soirée, dit Charlotte en s'éventant.

— Non, n'importe quoi.

Mad se sentit rougir.

— Il a dit que je n'étais pas son genre de fille.

— Quoi ? s'exclama Hailey.

— Chut, dit Mad.

— C'est ridicule ! cria presque Hailey. Tu es le genre de fille de tout le monde !

— Bon sang, parle moins fort, dit Mad.

Hailey poursuivit comme si elle ne l'avait pas entendue.

— Une femme intelligente, avec de l'assurance et de

l'éducation. S'il ne voit pas ça…

— Oui, je crois que c'est un menteur, intervint Ally.

Elle posa une main près de sa bouche et chuchota :

— Il est en train de reluquer ton cul en ce moment même.

Mad se raidit. Vraiment ? Elle regarda par-dessus son épaule et Park se tourna pour dire quelque chose à Josh.

— Les filles, dit Mad d'un ton exaspéré. Je sais que vous essayez juste de me remonter le moral. Il aime les jolies filles petites et féminines. Ce n'est pas moi.

— Moi je te trouve petite, dit Lauren.

Elle était assez grande, au moins dix centimètres de plus que Mad.

— Moi aussi, dit Charlotte, qui était presque aussi grande que Lauren.

Ally sourit.

— Moi, je suis petite et tu fais ma taille.

Hailey jeta un bras autour des épaules de Mad.

— Et tu es très jolie quand tu ne fais pas la tête.

Mad fit la tête.

— Tourne ce froncement de sourcils à l'envers, plaisanta Carrie, une gentille infirmière a lunettes, en faisant une grimace exagérée pour passer du froncement de sourcils au sourire.

Elle faillit renverser son verre de vin blanc dans l'action.

Missy Higgins, une brune d'une vingtaine d'années et nouvelle membre du groupe posa une main sur sa hanche.

— Je ne comprends pas pourquoi les femmes doivent sourire tout le temps. Peut-être n'ai-je pas envie de sourire. Est-ce que ça fait de moi une pétasse ?

— Non, répondirent les femmes en chœur.

— Moi, j'ai une tête de pétasse au repos, dit Charlotte en leur faisant un regard vide. Ça me plaît.

Missy lui tapa dans la main.

— Mais tu es mignonne quand tu souris, dit Hailey, complètement hors sujet.

Il était difficile de lutter contre des années de concours de beauté.

— Comment te sens-tu à Clover Park ?

Missy était nouvelle en ville et la belle-sœur d'une ancienne membre du club.

— Ça me plaît, répondit Missy. J'ai eu un bon départ parce que la famille Marino m'a prise sous son aile. Je me rends à tous les dîners de famille du dimanche avec Nico et Lily.

C'était la sœur de Missy.

— Et puis j'ai rencontré ces deux-là dans mon immeuble.

Elle se tourna et sourit à Sabrina et Lexi.

— Et nous sommes fabuleuses, dit Sabrina en levant une main en l'air.

— Tout à fait, acquiesça Lexi.

Elles trinquèrent ensemble avec leurs verres de champagne en plastique.

— Tu devrais vraiment flirter avec Park, dit Charlotte. Tu lui plais, c'est certain. Regarde où ça te mène.

— Je ne sais pas comment flirter, marmonna Mad.

— Ah, dit Hailey. Ma spécialité. C'est une danse. Tu avances, tu recules, tu lui donnes l'occasion de se pencher vers toi. N'est-ce pas ?

Mad la regarda d'un air ahuri.

— Je ne sais pas du tout ce que tu veux dire et je danse très mal.

— Je vais te montrer.

Hailey fit un beau sourire et elle se pencha près de Mad.

— Salut. Super fête.

Mad recula.

— Ne flirte pas avec moi. Montre-moi avec un type.

Hailey lança ses cheveux par-dessus une épaule.

— D'accord. Choisis.

Mad regarda autour d'elle. La plupart des hommes

étaient déjà avec quelqu'un. Bien sûr, il y avait Josh, mais ce n'était pas vraiment un exemple honnête. Il aimait trop embêter Hailey pour jouer le jeu. Elle vit alors un type à la trentaine, avec une raie sur le côté de ses cheveux sombres et un grand sourire.

Elle le montra du doigt.

— Celui-là.

Hailey regarda dans la direction indiquée.

— Ooh, c'est le facteur. Très mauvais choix. Il demande à tout le monde de sortir avec lui.

Elle regarda autour d'elle.

— Tu vois ? C'est pour ça que je dois importer de nouveaux hommes célibataires à Clover Park. Tout le monde ici est marié, sauf nous.

Mad sortit son téléphone portable.

— Laisse-moi voir si je peux trouver quelques hommes. Elle envoya des textos à tous ses frères, même Alex, qui devait sans doute être à la maison avec sa petite fille. Quelques minutes plus tard, elle en appâta un.

— Ethan vient de finir le travail. Il sera là très vite. Il est flic à Eastman.

— Tu veux dire celui avec…

Hailey indiqua son ventre en faisant des ondulations.

— … les tablettes de chocolat triple épaisseur ?

Mad rit.

— Je suppose. Ça existe, les tablettes de chocolat triple épaisseur ?

Hailey hocha la tête.

— Oh oui. Je me souviens du match de basket.

Hailey avait rejoint les autres lors d'un de leurs matchs de basket du samedi. Ils avaient joué en deux équipes, les T-shirts contre les torses nus, et Hailey avait été fascinée par plusieurs garçons torses nus.

— C'était il y a plus d'un an, dit Mad en riant.

— C'est profondément gravé dans mon cerveau ! s'exclama Hailey avec de grands yeux.

Tout le monde rit. Elles bavardèrent un moment, trinquant souvent à la santé des unes et des autres, à la nouvelle année, au fait d'être des dures et au Club de Lecture Happy End. Elle surprit Park qui la regardait. Il montra sa tiare et leva les pouces. Elle la retira rapidement, se disant qu'il se moquait d'elle.

Un instant plus tard, Park apparut à ses côtés.

— Pourquoi l'enlèves-tu ? Tu scintillais avec ça.

Il sourit. Elle lui jeta un regard noir.

— La ferme.

Park se tourna vers Hailey.

— Elle est fâchée contre moi.

Mad s'agita.

— Et pourquoi est-elle fâchée contre toi ? dit Hailey d'une voix forte avec un grand sourire plaqué sur le visage.

Park leva un sourcil en regardant Mad. Comme si elle allait vraiment dire à tout le monde qu'il refusait de coucher avec elle. C'était nul d'être dans la case 'amie' et elle voulait en sortir dès que possible.

— Je ne suis pas fâchée contre lui.

Je suis blessée, vexée... oui, je suis furax. Il avait dit qu'elle n'était pas son genre et ça lui était resté en travers de la gorge, car elle avait toujours secrètement craint ne pas pouvoir être à la hauteur de ce qu'il voulait.

Park lui jeta un regard incrédule.

Ses amies s'éloignèrent. Park l'observa.

— Quoi ? aboya-t-elle presque.

Il fit passer une mèche des cheveux de Mad derrière son oreille.

— On fait la paix, d'accord ?

Avant qu'elle puisse sortir un autre mensonge selon lequel elle allait très bien, il se pencha à son oreille, sa barbe naissante grattant contre sa peau.

— Je retire ce que j'ai dit. J'ai seulement dit que tu n'étais pas mon genre parce que j'avais besoin que nous redevenions amis.

— Vraiment ? demanda-t-elle, stupéfaite.

Il continua à parler, à dire des mots brûlants contre sa peau.

— Parce que ça me manque de ne pas t'avoir à la maison, de ne pas t'avoir dans ma vie. Passe du temps avec moi.

Il se redressa, semblant attendre qu'elle lui dise quelque chose.

— Je le ferai. Je…

Elle déglutit, essayant de chasser la boule dans sa gorge.

— Tu me manques aussi. Mais pourquoi…

Elle s'arrêta lorsqu'une grande main atterrit sur sa tête et ébouriffa ses cheveux comme si elle lui suçait la tête. Ethan Case.

Il vint se tenir à ses côtés. Tout était pointu chez lui : ses cheveux blonds sombres avec des pointes à l'avant, ses yeux bleus durs, ses pommettes taillées au biseau… adoucies par ses lèvres pleines qui souriaient de temps en temps. Comme à ce moment précis.

— C'est un suceur de cerveau et il est mort de faim.

— Ha-ha, dit-elle en ôtant sa main de la tête.

Ethan tira la tête de Mad vers lui et posa un baiser sur ses cheveux.

— Bonne année, la naine.

Ses amies se rapprochèrent, impatientes de flirter avec Ethan.

Park lui prit la tiare des mains et la reposa sur sa tête.

— La royauté te va bien.

Elle le regarda, bouche bée.

— Et nous sommes ses amies royales, intervint Hailey.

Ethan rit.

— Ça fait plaisir de toutes vous revoir.

Il observa le groupe.

— Il y en a que je ne connais pas.

Il se présenta aux nouvelles. Puis il les observa toutes, avec un petit sourire en coin. Certaines femmes trouvaient ce sourire en coin sexy. Mad ne savait pas du tout pourquoi.

— Je me souviens de la plupart d'entre vous au mariage. Toi en particulier, Charlotte.

Il donna un coup de hanche à Charlotte.

— Tu es douée sur la piste de danse.

Hailey rit.

— J'aurais aimé avoir l'occasion de danser avec toi, moi aussi.

Ethan se tourna, un sourire s'étalant lentement sur son visage.

— Ah oui ?

Hailey cacha un sourire en buvant son mojito, ses yeux se mettant à briller.

— Oui.

Ethan s'approcha suffisamment de Hailey pour lui chuchoter quelque chose à l'oreille.

— Peut-être plus tard, dit Hailey.

Ethan tendit la main.

— Ou peut-être tout de suite.

Hailey regarda Mad et elle leva les sourcils comme pour dire *c'est comme ça qu'il faut faire*.

Hailey prit la main d'Ethan et il la fit tourner lentement avant de l'approcher de lui, passant son bras autour de sa taille. Il se pencha et il lui sourit.

— Hé, Ethan ! appela Josh depuis le bar. Tu veux une bière ?

Ethan regarda dans sa direction.

— C'est toi qui paies ?

Il fit un sourire à Hailey qui le lui rendit pendant qu'il la fit tourner sur elle-même.

— Oui, dit Josh d'une voix forte.

— Viens prendre ma place, dit Ethan à Josh. Je ne peux pas abandonner cette dame en pleine danse.

Mad étouffa un rire. Ethan avait deviné le secret de Josh et il le narguait.

Josh leva les mains.

— Je ne peux pas quitter mon poste.

Hailey posa la main sur le bras d'Ethan.

— Une autre fois. Merci.

Ethan les regarda toutes.

— Mesdames, si vous voulez bien m'excuser, j'aurais besoin d'une bière. C'était une longue journée avec pas mal de tarés. Heureusement que je ne suis pas de garde ce soir. C'est la nuit que sortent les vrais fous.

— Comme nous, dit Mad.

Ethan rit. Il attrapa Park d'une main dans la nuque et il le mena au bar.

Hailey termina son mojito avec un grand *aah*.

— Et c'est ainsi, ma chère Madison, qu'il faut flirter.

Elle lui fit une grande révérence avec un geste de la main.

— À ton tour.

— Laisse-moi résumer, je suis censée allée là-bas, imiter ta performance et attendre ta critique ?

Hailey rayonna.

— Exactement.

— Au moins, elle est honnête, intervint Charlotte.

Mad redressa les épaules et marcha vers le bar, la tiare fermement en place.

— Puis-je avoir un autre whisky ?

— Oui, dit Josh en le servant.

Ethan et Park parlaient ensemble un peu plus loin, ne faisant pas attention à elle.

Elle tendit le bras pour attraper le verre, mais Josh le garda. Elle le regarda dans les yeux.

— Quoi ?

— Bois lentement. Il te reste encore deux heures avant minuit.

— Je me suis empiffrée de poulet frit tout à l'heure. Ça absorbe tout l'alcool.

— Chez Jimmy's ?

— Oui.

— Je t'ai déjà dit que c'était de la merde.

Josh était un gourmet et il n'approuvait pas le fast-food. Pourtant, cela faisait du bien, parfois. Elle y était allée toute seule, profitant en silence du repas décadent de poulet frit, de frites, de pain de maïs frit et de coleslaw. Les derniers jours avaient été difficiles pour elle, elle avait essayé d'accepter le fait qu'elle n'était pas le genre de Park. Pourquoi dire cela si ce n'était pas vrai ? En général, il faisait attention à ce qu'elle ressentait.

Elle jeta un coup d'œil vers Park et Ethan, puis elle regarda Josh, qui tenait toujours sa boisson en otage.

— Puis-je s'il te plaît avoir mon verre ?

Il le lui donna.

— Très bien. Commence le Nouvel An par une gueule de bois.

Elle vit l'inquiétude au fond de ses yeux et elle céda.

— D'accord, je boirai lentement, dit-elle en soupirant.

Elle devait choisir ses batailles avec tous ses frères trop protecteurs.

Il inclina la tête avant de partir servir un autre client.

Elle s'approcha de Park et Ethan.

— Charlotte veut danser avec toi, Ethan.

Ethan leva les sourcils.

— Il ne faut jamais faire attendre une dame.

Il partit et il prit la main de Charlotte, qui sembla surprise un instant avant de jouer le jeu.

Mad posa son whisky sur le bar et elle se tourna vers Park.

— Pourquoi as-tu dit que je n'étais pas ton genre ?

Il se pencha près d'elle en parlant à voix basse.

— Je te l'ai déjà dit. J'ai besoin que nous soyons juste des amis. Pardon de t'avoir blessée.

Elle se détendit légèrement, ayant un peu plus l'impression que le Park qu'elle connaissait était revenu. Il était l'un des rares hommes qui le remarquaient quand elle était blessée.

— Alors pourquoi devons non seulement être amis ?

Elle avait besoin d'une vraie réponse. Une réponse

qu'elle pouvait comprendre. Sinon, ils perdaient du temps alors qu'ils pouvaient être ensemble.

Il regarda droit devant lui en serrant la mâchoire.

— Nous avons toujours été amis.

— Et puis nous ne l'avons plus été, dit-elle calmement.

Il se retourna vers elle.

— Et maintenant nous le sommes à nouveau.

Elle inspira profondément et elle vit Hailey lui faire un sourire encourageant. Elle se tourna vers Park, qui lui fit un sourire du genre : *n'est-ce pas fabuleux d'être redevenu amis ?* Elle fulmina en silence, son humeur la poussant vers un de ses actes audacieux et regrettables.

— Et c'est tout ce que nous allons être ? demanda-t-elle.

— Que penses-tu des chances des Patriots de se rendre au Super Bowl ? rétorqua-t-il.

C'était une question à laquelle elle avait du mal à résister. Ils avaient toujours été de grands fans de foot américain à la maison. Ils se lancèrent dans une longue discussion. Elle s'amusa, même si les choses ne prenaient pas vraiment la direction qu'elle avait espérée.

Le sujet fut enfin épuisé. Ethan revint et Park lui posa des questions sur les dernières personnes qu'il avait arrêtées.

Mad poussa un long soupir, épuisée par l'ascenseur émotionnel, attrapa son whisky qu'elle avait à peine touché et retourna vers ses amies. Elles s'étaient rassemblées et elles parlaient en riant. Tout cela s'arrêta lorsqu'elle revint et qu'elles la regardèrent toutes.

— Bien joué ! s'exclama Hailey.

— Ne vous enthousiasmez pas trop, dit Mad. Il veut juste que nous soyons amis.

— Être amis, c'est déjà un très bon début, dit Lauren. Vous habitez ensemble. Cela finira par arriver. Il te suffit d'être patiente.

— Pourquoi es-tu toujours aussi *gentille* ? demanda Mad. Rien ne te perturbe jamais.

Lauren écarquilla ses yeux verts.

— Je voulais juste t'aider.

— Pardon, dit Mad. Je ne suis pas très douée pour la patience et la lenteur.

— Vois les choses ainsi, intervint Ally. Si ton but est de l'épouser, vous aurez toute votre vie ensemble.

Dit la femme qui a fui son propre mariage à l'autel. Aucune de ses amies n'avait une bonne relation dont l'expérience pouvait l'aider.

— Je n'ai pas dit que je voulais l'épouser, dit Mad en chuchotant férocement. Pourquoi est-ce que tout le monde suppose que les femmes veulent se marier ?

— Tu ne le veux pas ? demanda Hailey.

Mad regarda Park, le seul homme qu'elle avait jamais aimé, et elle mentit.

— Non.

C'était trop douloureux de souhaiter des choses qui ne se produisaient jamais. Toute cette souffrance se transforma rapidement en colère. Elle essaya de la refouler, essaya de profiter de la présence de ses amies, mais à chaque fois qu'elle regardait Park qui plaisantait avec Josh et Ethan, tout à fait content de la traiter comme un des garçons, un *pote*, niant tout ce qu'ils avaient partagé et qui était si important pour elle, elle s'approchait un peu plus de la perte de contrôle.

À minuit, elle dansa sur la table, encouragée par ses amies, Josh lui hurlant de descendre pendant qu'Ethan ricanait. Elle leva les bras au-dessus de la tête, ce qui souleva son pull, révélant son joli nombril rentré, et elle fit bouger les hanches pour faire une danse super sexy. Elle fit un grand sourire à Park lorsque celui-ci la regarda enfin dans les yeux, un sourire qui disparut rapidement lorsqu'il se dirigea tout droit vers elle, d'un air féroce et déterminé.

D'un instant à l'autre, elle se retrouva jetée sur l'épaule de Park qui la porta hors du bar. Elle aurait applaudi si elle n'avait pas eu la tête qui lui tournait autant.

Bonne année à moi.

Chapitre Quinze

Park posa un bras autour de Mad afin de la stabiliser lorsqu'il la guida dans l'escalier jusqu'à sa chambre. Elle était ivre et alors qu'elle avait été très silencieuse dans la voiture, elle était devenue toute douce et adorable dès l'instant où ils étaient entrés dans la maison. Il n'était pas un de ces types attirés par l'ivresse. Sa vie de famille avant les Campbell lui avait enseigné cela. Et même s'il avait apprécié sa danse sexy, il n'avait pas apprécié que tous les autres se rincent l'œil.

— Bonne année à moi, chanta-t-elle.

— Bonne année à toi, répondit-il en la guidant dans le couloir.

— À nous, dit-elle avec un sourire bête.

Il la fit avancer rapidement, la portant presque, puis il la poussa sur son lit. C'était un lit king size, les lits superposés d'autrefois ayant disparu depuis longtemps. Elle resta allongée sur le dos sans bouger. Il défit les lacets de ses chaussures, les retira et les posa sur le sol.

Il la regarda longuement. Elle avait un petit sourire sur le visage, tout son corps était détendu.

— Dors un bon coup et je te verrai l'année prochaine.

— Ha ! dit-elle. À l'année prochaine. Ah, mon lit.

Il remonta les couvertures sur elle et elle les enleva.

— Mon jean est trop serré, l'informa-t-elle.

Avant qu'il puisse l'arrêter, elle enleva le vêtement. Il détourna vite le regard et voulut sortir.

— À l'aide !

Il retint un grognement, se tourna et regarda. Elle donnait des coups de pied et elle luttait, le jean entortillé autour de ses chevilles. Elle portait un boxer violet. C'était tellement Mad.

Il attrapa le jean, essayant de ne pas toucher la peau nue de ses jambes, et il l'enleva rapidement. Elle étira ses jambes musclées et sexy et elle agita les pieds.

— Tu détestes ma culotte, hein ? demanda-t-elle. Mais c'est tellement confortable.

— Bonne nuit, petite.

Je vais l'enlever.

Elle attrapa les deux côtés de son boxer et il posa les mains sur les siennes afin de l'arrêter.

— Elle est très bien. Garde-la.

Elle posa les mains de Park à plat contre ses hanches.

— Sens comme elle est douce.

Il caressa donc le tissu sur sa hanche, une sorte de zone pas trop dangereuse.

— Oui.

Elle soupira et elle remonta la couverture sur elle, se roula en boule sur le côté, et s'endormit.

Il sortit vite en éteignant la lumière. Il resta dans le couloir pendant un moment et il poussa un soupir. Il savait qu'il avait évité le pire. Elle avait été très collante ce soir-là, lui parlant de tout ce qu'il préférait d'une façon que peu de femmes pouvaient le faire, son petit corps sexy penché tout près de lui, son odeur fraîche et citronnée le submergeant. Il traversa le couloir d'un pas lourd jusqu'à sa chambre.

Le lendemain matin, il se réveilla en entendant le bruit caractéristique des haut-le-cœur. Il passa la tête dans le couloir pour s'assurer qu'elle avait réussi à se rendre à la salle de bains. C'était le cas. Peut-être avait-elle appris la leçon qu'il ne fallait pas trop boire.

Il descendit au rez-de-chaussée afin de lancer le café, prépara des toasts et attendit. Une heure passa, et toujours aucun signe de Mad. Elle finit par arriver, fraîchement douchée. Elle but du café, refusa de manger et retourna au lit.

Sa compagnie manquait un peu à Park, mais il se dit qu'elle avait besoin de dormir. La maison était tellement silencieuse. Son père ne devait rentrer que le lendemain. Il décida de rendre visite à Ty, qui partait le lendemain. Il retourna ce soir-là avec de la nourriture chinoise à emporter.

— Mad, tu es là ? J'ai pris ce que tu préfères, le porc lo mein.

Pas de réponse.

Il monta à l'étage et il l'entendit gémir dans la salle de bains. La porte était fermée.

— Mad, ça va ?

Elle vomit. Il grimaça. Elle avait l'air très mal.

— Va-t'en. Je suis malade, dit-elle d'une voix faible.

Il resta là pendant une minute, ne sachant pas comment l'aider.

— Tu as toujours la gueule de bois ?

— C'est bien pire. Je crois que j'ai une intoxication alimentaire. Va-t'en, s'il te plaît.

— D'accord, appelle-moi si tu as besoin de quelque chose.

Il descendit et alluma la télé en mangeant sur la table basse, écoutant toujours des signes de vie à l'étage. Il alla la voir plusieurs fois. Toujours dans la salle de bains. Quand il fut assez tard pour aller se coucher, il s'inquiéta en découvrant qu'elle n'avait pas quitté la salle de bains.

— Mad ?

Elle gémit.

— As-tu besoin d'un médecin ?

— Non.

— As-tu mangé ou bu quelque chose aujourd'hui ?

— Je ne peux pas.

Il appuya contre la porte afin de parler à travers.

— Tu veux de l'aide pour aller te coucher ?

— Je ne quitterai jamais ces toilettes.

— Je vais aller te chercher un soda ou une limonade. Tu dois être déshydratée.

Pas de réponse.

Il se précipita au rez-de-chaussée, attrapa les clés de la voiture de Mad et roula jusqu'au magasin. Il rentra vingt minutes plus tard, lui versa un verre de Canada Dry et un verre de Gatorade et il les posa tous les deux sur la table de nuit.

Il retourna vers la porte de la salle de bains.

— Laisse-moi t'aider à te coucher. Tu as besoin de boire au moins une gorgée. Tu es restée là toute la journée.

La porte s'ouvrit brusquement. Ses cheveux étaient emmêlés et attachés en chignon de travers. Elle avait du mascara qui avait coulé sous ses yeux. Elle était pâle et elle tremblait, ne portant qu'un T-shirt et son boxer violet. En gros, elle était mal en point. À ce moment-là, tout son être se tendit vers elle, souhaitant prendre soin d'elle.

Il la prit dans ses bras et il la fit retourner dans sa chambre. Il se rendit soudain compte que son désir de prendre soin d'elle signifiait peut-être qu'il pouvait être un bon père de famille. Peut-être n'était-il pas endommagé au-delà de tout espoir. N'était-ce pas ce que faisait le père de Mad ? Prendre soin de tout le monde ?

— Ne me regarde pas, dit-elle. Je suis hideuse.

— Tu es seulement malade, rétorqua-t-il.

Elle marcha en silence et elle se laissa tomber sur le lit. Il savait qu'elle devait être très mal si elle n'avait même pas de réponse sarcastique.

Il cala un peu mieux l'oreiller sous sa tête.

— Je vais aller te chercher un autre coussin afin que tu puisses t'asseoir et boire.

Il se dirigea vers la porte.

— Va aussi chercher une bassine, appela-t-elle. Oh mon Dieu.

Elle repassa tout de suite à côté de lui et retourna à la salle de bains.

Ce fut une longue nuit. Son corps menu était ravagé par l'intoxication alimentaire. Elle gémit et vomit et courut à la salle de bains pendant des heures.

Il finit par ne plus rien rester dans son ventre. Juste des haut-le-cœur. Park s'assit sur un fauteuil à côté de son lit, veillant sur elle, appliquant un gant frais sur le front, l'aidant à boire un soda sans bulles.

Elle finit par plonger dans un sommeil épuisé. Il dormit sur le fauteuil à côté d'elle, une main sur celle de Mad.

~ ~ ~

Mad s'éveilla le lendemain matin en se sentant complètement vidée, mais soulagée de ne plus avoir la nausée. Cela devait être le repas de poulet frit qu'elle avait dévoré avant la fête. Peut-être le coleslaw ; il lui avait semblé un peu acide. Elle n'avait rien mangé à part des chips de maïs chez Garner's. Josh avait raison. Cette nourriture de fast-food était du poison. Les muscles de son estomac la faisaient souffrir, sa gorge brûlait et sa langue était toute bizarre. Dégoûtant.

Elle tourna lentement la tête et elle vit Park qui dormait dans le fauteuil à côté de son lit. Il avait tout vu. Il l'avait vue dans le pire des états. Après tous les efforts qu'elle avait faits pour paraître sexy à ses yeux. Désormais, il ne la verrait jamais comme autre chose que cette fille dégoûtante qui vomissait.

Elle se redressa lentement et elle fit passer ses jambes par-dessus le bord du lit, heurtant accidentellement une des longues jambes de Park.

Il sursauta.

— Hé, tu es réveillée. Comment te sens-tu ?

— Comme une merde.

— Tu as besoin d'aide pour aller à la salle de bains ?

Des larmes brûlaient dans ses yeux. La chambre avait une odeur de vomi.

— Je ne voulais pas que tu me voies dans cet état.

— C'était assez terrible, mais c'est passé.

Elle craqua à cause de sa frustration et de son état affaibli : elle se mit à pleurer. Elle croisa les bras, se serrant la taille qui lui faisait terriblement mal.

— Hé…

Park vint asseoir à côté d'elle et il posa un bras autour de ses épaules agitées de secousses.

— Ça va. Va te doucher, brosse-toi les dents et tu recommenceras à te sentir humaine.

Elle était plus que gênée. Elle était morte de honte.

— Comment peux-tu supporter d'être près de moi ? demanda-t-elle.

Il poussa ses cheveux emmêlés vers l'arrière.

— Tu avais besoin de moi.

Elle s'essuya les yeux.

— Merci. Je vais essayer de me laver.

— Je vais aérer ta chambre pour toi.

Elle se mordit la lèvre tremblante et marcha d'un pas chancelant vers la porte. Un bras fort l'entoura pour l'aider. Elle réussit, lentement et en s'arrêtant fréquemment, à se brosser les dents et à prendre une douche. Lorsqu'elle retourna dans sa chambre, le lit était couvert de draps propres et d'une nouvelle couette. La chambre avait une odeur fraîche comme l'air froid de l'hiver.

Elle ne pouvait même pas… il n'y avait pas de mots pour la gratitude qu'elle ressentit. Elle n'avait pas l'intention de pleurer encore. Il avait des cernes sombres sous les yeux parce qu'il était resté à veiller toute la nuit sur elle.

Il la rejoignit à mi-chemin et il l'aida à retourner au lit avant de la border. Il enleva les cheveux de son visage et il l'embrassa sur le front. Elle se sentit soudain comme la petite idiote dont il *devait* s'occuper.

—Tu me verras toujours comme une crétine ? demanda-t-elle.

— Non.

— Park…

— Dors.

— Je veux juste dire merci. Tu as été bien au-delà de tous tes devoirs.

Il fronça les sourcils, l'air hésitant.

— Me suis-je bien occupé de toi ?

Elle n'arrivait pas à croire qu'il puisse poser cette question.

— Oui. Extrêmement bien.

Il posa une main sur son épaule et il la serra.

— C'était important pour moi. Maintenant, repose-toi.

Elle était extraordinairement fatiguée. Elle se roula en boule sur le côté, sentit sa main sur sa tête pendant un long moment, comme une bénédiction, puis elle s'endormit.

Deux jours plus tard, le jeudi, Mad se sentit mieux, suffisamment pour manger et boire normalement. Park avait été aux petits soins pour elle. C'était adorable, mais elle était quand même morte de honte. Il l'avait vue dans cet état hideux, alors elle retourna à ses vêtements normaux, sans coiffure ni maquillage. Il était impossible de modifier l'image de la fille qui vomissait. Il n'allait jamais pouvoir se sortir de l'esprit ce qu'il avait vu quand elle était sous l'emprise d'une intoxication alimentaire. Il n'y avait rien de sexy chez elle, comme c'était évident par le fait qu'il ne la touchait jamais, ne flirtait jamais, alors qu'ils avaient passé beaucoup de temps ensemble tous les deux. Son père était rentré à la maison, mais il avait repris son travail de nuit.

Park et elle étaient assis sur le canapé à regarder tous les épisodes de *Supernatural*, car il avait raté beaucoup d'émissions quand il était à l'étranger. Le téléphone de Mad sonna. Hailey. Park mit pause pour elle.

Hailey parla d'une voix rapide et aiguë.

— Il y a eu un autre cambriolage à Ludbury House.

— Oh merde. Qu'est-ce qu'ils ont pris cette fois ?

— Je ne sais pas. J'ai peur d'aller regarder. La police m'a dit que c'était bon, mais…

Sa voix se brisa.

— Es-tu dans la voiture ? demanda Mad.

La voix de Hailey lui parvint très clairement.

— Oui. Les systèmes de sécurité doivent être installés la semaine prochaine. Mad, je ne veux pas aller travailler demain.

— Le dois-tu ?

— J'ai trois rendez-vous, mais je ne peux pas ! C'est comme si l'endroit était hanté. Je me sens anxieuse comme si quelqu'un attendait dans chaque coin, ou se cachait dans les placards.

— Souviens-toi que tu es forte, tu es féroce…

— Je ne suis pas toi.

— Tu t'en es très bien sortie au cours d'autodéfense.

— Nous n'avons eu que deux cours. Je ne dirais pas que je suis qualifiée pour affronter un intrus.

— Je t'accompagnerai demain. Tout ira bien, je te le promets.

— Merci, Mad.

Elle raccrocha et elle vit que Park la fixait.

— Quoi ?

— Que fais-tu pour Hailey ?

— Je vais juste jeter un coup d'œil au travail de Hailey avec elle après un cambriolage. La police lui a déjà dit qu'elle pouvait y retourner.

Il fronça les sourcils au-dessus de ses yeux noisette.

— Où que tu ailles, je t'accompagne.

Elle leva les yeux au ciel.

— Je suis ceinture noire.

— Je m'en fiche.

— J'ai affronté des hommes de deux fois ma taille au bar où je travaillais en ville.

Park pâlit.

— Bon sang, Mad, que t'est-il arrivé ? Quand je suis parti, tu étais une élève modèle. Puis, tu n'as pas été à la fac…

— J'y suis retournée.

— Pourquoi travaillais-tu dans une espèce de bar miteux où tu devais te défendre ?

Elle essaya d'attraper la télécommande, mais il la tint hors de portée.

— Réponds à la question, ordonna-t-il.

— À cause de toi, d'accord ?

Il leva brusquement la tête.

— Moi ? Mais je t'ai dit d'étudier et de rester à l'école.

Sa gorge se serra. Très bien. Elle allait tout lui dire. Au point où elle en était, elle n'avait absolument plus rien à perdre.

— Parce que j'ai été anéantie quand tu es parti, dit-elle doucement. Je ne pouvais pas manger, pas dormir.

Elle le regarda dans les yeux avant de poursuivre.

— Tu m'as brisé le cœur.

Il fronça les sourcils.

— Tu avais quinze ans.

— Mon cœur s'en moquait, dit-elle d'une voix étranglée.

Elle s'essuya les yeux avec le poing. Merde. Elle s'était dit qu'elle n'allait plus pleurer à cause de Park.

Il la prit dans ses bras, posant la main sur sa tête, contre son torse. Il parla d'une voix grave et apaisante.

— J'aimerais refaire tout cela pour toi. C'était comme si nous n'étions pas prêts l'un pour l'autre à cette époque-là. J'avais besoin de devenir un homme, de prouver que je le pouvais. Tu n'étais même pas techniquement une adulte.

— Et maintenant ?

Il laissa tomber la main de sa tête et il la regarda. Il caressa sa joue et elle sentit sa respiration s'arrêter. Était-il possible qu'il la désire après tout ce qu'il avait vu ? Qu'il pouvait ignorer tout cela et la voir comme elle était intérieurement ?

Quelqu'un frappa à la porte. Mad poussa un soupir.

— Suite au prochain épisode.

Elle s'avança vers l'entrée et elle jeta un coup d'œil à travers la vitre sur le côté. Hailey. Elle ouvrit grand la porte.

— Ton timing est pourri.

— Je suis désolée, dit Hailey en se précipitant à l'intérieur.

— Je sais que tu ne m'as pas invitée, mais je me sens tellement nerveuse. Je n'avais pas envie d'être seule ce soir.

Elle jeta un coup d'œil au canapé.

— Salut, Park.

— Salut. Veux-tu que j'aille jeter un coup d'œil là-bas ?

Hailey se tordit les mains.

— Tu le ferais ?

Il se leva.

— Non, intervient Mad. Toi et moi, nous irons demain quand tu devras aller au travail. Tout ira bien. Tu as dit que les flics t'ont permis d'y retourner.

Hailey désigna Park de la main.

— Mais il est tellement grand et costaud.

— Ça ne me gêne pas, dit Park.

— Ce n'est pas nécessaire, dit Mad.

Hailey sortit un DVD de *Princess Bride* de son sac à main.

— J'ai apporté un film.

— N'est-ce pas tricher de regarder le film avant le livre ? demanda Mad.

— J'ai déjà lu le livre.

— Hailey ! Tu me surprends. N'était-ce pas toi qui avais grondé Lauren parce qu'elle avait pris de l'avance ? Nous sommes censées lire le premier chapitre ensemble.

Hailey avait beaucoup insisté pour que le groupe lise le début d'un livre ensemble. Elle avait même repoussé la réunion du club de lecture au jeudi suivant, car Mad était trop malade. Finalement elle aurait sans doute pu s'y rendre, mais elle ne l'avait su qu'aujourd'hui.

Hailey se mordit la lèvre.

— J'ai besoin de regarder quelque chose qui met de bonne humeur.

— Bon, d'accord. Mais ne le dis pas aux autres.

— Je n'en avais pas l'intention.

Elle donna le DVD à Mad qui installa tout.

— Tu veux regarder ? demanda Hailey à Park.

— D'accord.

Mad se dit que c'était terriblement gentil de sa part, étant donné qu'ils étaient en plein milieu de la saison deux de *Supernatural*.

Ils s'assirent tous les trois sur le canapé afin de voir le film. Mad était assise entre Park et Hailey. Ce fut un super film qui les fit beaucoup rire. Lorsque le générique de fin s'afficha à l'écran, il était tard.

— Puis-je rester un peu plus longtemps ? demanda Hailey.

— Tu peux dormir sur le canapé si tu veux, proposa Mad.

— Super ! dit Hailey avec enthousiasme. Je vais aller chercher mon sac dans la voiture.

Elle se précipita vers la porte pour aller le chercher.

Park leva un sourcil en regardant Mad et elle ne put s'empêcher de rire.

~ ~ ~

Le lendemain matin, Mad accepta d'accompagner Hailey pour s'assurer que tout allait bien à son travail. Il était tôt. Elles allaient entrer, tout vérifier, puis Hailey la reconduirait chez elle. Son amie ne voulait pas être seule du tout, même dans la voiture. Elle était angoissée à ce point.

Mad ordonna à Park de rester quand il essaya de les suivre.

— Tu dois t'habituer au fait que je reste en vie sans ton

aide, lui dit Mad. Sérieusement. C'est une étape importante de notre relation.

— Vous avez une relation maintenant ? demanda Hailey.

— Plus ou moins. Il a encore peur de me toucher.

Park la souleva.

— Qui a peur ? demanda-t-il en lui faisant un baiser sur la joue.

C'était nul. Mais elle ne le repoussa pas.

— Vous êtes tellement mignons ! s'exclama Hailey.

— Ouais. Mignons.

Elle dévisagea Park, qui la fixa du regard avec des étincelles dans les yeux.

— À plus, Park.

Une fois dans la voiture, Hailey parla en continu comme elle le faisait quand elle était nerveuse. Mad n'était pas nerveuse du tout. Tout d'abord, le cambrioleur aurait été idiot de se faire voir en plein jour. Ensuite, il ou elle avait sans doute simplement besoin d'un endroit chaud pour passer la nuit.

Hailey se gara à l'arrière, bavardant toujours au sujet de Dieu sait quoi. Mad l'ignora en se calmant entièrement, concentrée sur la tâche à venir.

Mad lui fit signe de se taire.

— Pas de bruit.

— Vaut-il mieux se faufiler par l'arrière ou entrer par devant ? chuchota Hailey.

— Bonne idée. Entrons par-derrière. De cette façon, s'il y a quelqu'un, nous pouvons le surprendre. Sors ton téléphone portable pour prendre une photo.

Hailey posa une main sur sa gorge.

— Tu crois vraiment que le cambrioleur est à l'intérieur ?

— Non, mais je l'espère. Je veux le surprendre la main dans le sac.

— Attends. Vérifions d'abord le périmètre.

Mad leva les yeux au ciel, mais elle suivit Hailey tout autour du manoir. Tout semblait fermé à clé. Hailey y faisait toujours bien attention.

Elles passèrent sur le côté de la maison et elles s'arrêtèrent net en voyant un rideau onduler doucement à travers une fenêtre ouverte.

CHAPITRE SEIZE

— Nous devrions peut-être appeler la police, chuchota Hailey.

Mad secoua la tête. Elle s'avança sur la pointe des pieds, souleva le rideau et jeta un coup d'œil à l'intérieur. C'était la salle à manger à côté de la cuisine et il n'y avait qu'une table et des chaises au centre de la pièce. Elle se tourna vers Hailey.

— Je pense qu'ils sont simplement partis à toute vitesse hier soir et qu'ils ont oublié de la refermer.

— La police ne l'a-t-elle pas refermée ?

— Ce n'était peut-être pas évident. Je veux dire, il faisait sombre.

Hailey frissonna.

— Je commence à avoir un mauvais pressentiment.

— Tu veux retourner à ta voiture et appeler la police ?

Hailey hocha la tête.

— Vas-y. Moi, je vais entrer.

Elle tendit la main.

— Donne-moi la clé.

— Mad, je ne peux pas te laisser seule là-dedans !

Alors, viens avec moi.

Elles se faufilèrent vers la porte de derrière. Hailey la déverrouilla, puis elles entrèrent lentement. Hailey voulut tendre la main pour allumer la lumière, mais Mad l'en empêcha. S'il y avait quelqu'un, elle voulait le prendre par surprise. Elles marchèrent sur la pointe des pieds jusqu'à la salle à manger sombre avec sa fenêtre ouverte.

Elle était vide.

Mad ferma la fenêtre et la verrouilla. Elle sortit son téléphone portable, utilisa l'application de la torche et regarda autour d'elle dans la pièce sombre. Rien.

— Nous allons passer de pièce en pièce et voir ce qui a été volé, dit Mad en allumant le plafonnier.

Elles firent le tour du rez-de-chaussée où il ne manquait rien, et elles terminèrent par le bureau de Hailey.

— Il manque mon ordinateur portable, s'inquiéta Hailey.

Mad se détendit.

— C'est un peu plus normal que le vol des bougeoirs. Tu as sauvegardé tout ce qui est important pour ton travail ?

— Bien sûr. J'imprime tout l'essentiel et je laisse les copies chez moi. Il ne faut jamais faire foirer le jour spécial d'une mariée. Mon calendrier se synchronise sur mon téléphone.

— D'accord, nous allons faire un rapport à la police et l'assurance devrait te rembourser. Allons voir à l'étage.

Elles firent le tour des pièces vides pour la majeure partie, ouvrant des placards pour rassurer Hailey, trouvant que rien n'avait été touché.

— Tu vois ? dit Mad. Tout est normal. Tu peux maintenant signaler l'absence de ton ordinateur et redevenir la joyeuse organisatrice de mariages que tu es.

Hailey lui fit un petit sourire gêné.

— Je suppose que je me suis laissée emporter par mon imagination. Merci de m'avoir supportée hier soir et aujourd'hui.

— Aucun souci.

Hailey descendit vers son bureau, où elle appela afin de signaler son ordinateur manquant. Mad retourna à la cuisine, curieuse de voir si le frigo avait été vidé. Elle ouvrit la porte du frigo lorsqu'une grande main couvrit sa bouche depuis l'arrière. Elle mordit immédiatement cette main, donna un coup de coude en arrière et se débattit de son emprise.

C'était un homme avec de longs cheveux bruns et un trench-coat.

— Nous avons déjà appelé les flics, dit Mad.

Il attrapa un blender sur le comptoir et il le jeta vers elle en se précipitant vers la porte de derrière. Elle lui fit un croche-patte et il tomba, se tournant immédiatement afin d'attraper la cheville de Mad.

Elle tomba également, se cognant la tête contre le bord d'une table de préparation en inox. Elle vit des étoiles pendant un moment. Sa vue s'éclaircit. L'homme tenait un couteau de poche, pas énorme, peut-être une lame de six centimètres, mais l'éclat de folie dans ses yeux la poussa à se redresser aussi vite que possible.

— Casse-toi ! hurla-t-elle avec force afin que Hailey puisse l'entendre.

Il se jeta en avant et elle fit facilement un pas de côté. Elle pivota, manœuvrant autour de la table et s'avançant vers la cuisinière. Elle attrapa une poêle à frire en fonte sur la cuisinière et elle sentit son bermuda se serrer près de son genou gauche. Elle baissa les yeux et elle vit qu'il avait jeté son couteau, qui dépassait de l'énorme poche de côté de son bermuda. *Merci de m'avoir passé ton arme.* Elle laissa tomber la poêle à frire sur la cuisinière à portée de main, se tourna et s'inclina pour dégager le couteau, lorsque l'homme se précipita sur elle. Déséquilibrées dans cette position, sa tête et son épaule subirent l'impact en frappant le sol. De la lumière explosa derrière ses paupières, puis tout devint sombre.

~ ~ ~

Park roula jusqu'à Ludbury House dans la voiture de Mad, allant jeter un coup d'œil sur elle alors qu'elle lui avait dit de ne pas le faire. Il se moquait qu'elle soit ceinture noire. Elle était toute menue et elle se remettait encore d'une sérieuse intoxication alimentaire. Il était peut-être trop protecteur ou paranoïaque, mais peu importe tant qu'elle était en sécurité.

Il était sur Main Street, à environ un pâté de maisons, lorsqu'il sentit instinctivement qu'elle avait des ennuis. Il enfonça l'accélérateur. L'adrénaline l'envahit à mesure qu'il s'approchait. Lorsqu'il se gara dans le parking, tous ses sens étaient en alerte. Il bondit de la voiture et courut jusqu'à la porte de derrière. À travers la vitre, il vit une scène de cauchemar : le corps de Mad étendu sur le sol, un couteau qui brillait à côté d'elle, et un grand homme qui lui faisait les poches. Une fureur brutale et angoissée lui fit violemment passer la porte, fonçant sur l'homme, qui leva la tête de surprise avant de reculer. Park bondit au-dessus de Mad, jeta l'homme à terre, sauta sur lui, et se mit à lui donner des coups de poing dans une rage folle.

Quelqu'un l'appelait, quelqu'un qui se trouvait très loin, mais il ne put pas s'arrêter.

— Park ! cria la voix en lui parvenant avec netteté.

Mad. Elle était en vie.

Le brouillard de rage s'éclaircit. Il baissa la tête. Le type avait le nez ensanglanté, mais il était conscient.

L'homme lui cracha au visage.

— Tu es laid et tu brûleras en enfer.

— La ferme, aboya Park en l'attrapant par les cheveux et en frappant sa tête contre le sol.

L'homme perdit connaissance. Park descendit rapidement de lui, donna un coup de pied dans le couteau pour l'éloigner et se précipita vers l'endroit où Mad se redressait. Il s'essuya le visage avec la manche.

— Où as-tu mal ? Est-ce que tu saignes ?

Elle se releva en grimaçant.

— Je me suis cogné la tête, mais sinon ça va.

Il la serra contre lui, s'évanouissant presque de

soulagement. Son cœur battait au rythme d'un alléluia glorieux. *Vivante. Vivante. Vivante.*

Un cri à glacer le sang le ramena à la réalité. Il se retourna pour faire face à une menace, faisant passer Mad derrière lui. Mais ce n'était que Hailey qui hurlait en regardant l'homme sans connaissance sur le sol.

— Appelle les secours, lui dit-il.

Elle hocha la tête en tremblant, sortit son téléphone et composa le numéro.

— Reste ici, dit-il à Mad.

— Park… commença-t-elle.

— Nous parlerons plus tard.

Il se tenait à côté de l'homme, souhaitant trouver une façon de le maîtriser jusqu'à l'arrivée des flics.

— Et maintenant ? demanda Hailey d'une voix aiguë. Et s'il revient à lui ?

— As-tu de la corde ? demanda-t-il.

Elle fronça les sourcils de concentration avant de dire avec enthousiasme :

— J'ai utilisé une corde rouge pour attacher de la verdure sur la rambarde !

Elle courut la chercher.

Quelques minutes plus tard, Hailey revint avec plusieurs morceaux de corde, tous trop courts pour attacher les poignets de l'homme. Il le regarda. Il était toujours sans connaissance.

— Est-ce qu'il te reste des morceaux de corde un peu plus longs ?

Elle se frappa le front.

— Je suis bête ! C'est dans le placard de stockage à l'arrière.

Elle se dirigea vers l'autre côté de la cuisine et elle revint avec la corde. Il fit rouler le type sur son ventre et attacha ses poignets dans le dos.

O'Hare et son adjoint arrivèrent, menottèrent l'homme et leur parlèrent pendant que l'inconnu était toujours sans connaissance. Hailey promit de les suivre au commissariat pour faire une déclaration. Ils emportèrent l'intrus.

Enfin, son pire cauchemar était terminé. Il raccompagna Mad jusqu'à sa voiture en silence. Elle le remercia, mais il ne put même pas parler. À présent que le danger était passé et qu'il savait qu'elle allait bien, ce qui venait de se passer le frappa violemment, créant une vague d'angoisse et de nausée. Il aurait pu la perdre. Perdue à jamais. Disparue, disparue, disparue. Comme sa petite sœur.

Il s'assit au volant, silencieux et immobile, regardant par le pare-brise, ne voyant pas vraiment quoi que ce soit.

Elle posa une main sur son bras et le serra.

— Tu veux que je conduise ?

Il se tourna lentement vers elle, tendant une main tremblante afin de lui caresser la joue. Elle couvrit sa main et l'appuya contre son visage.

— Je vais bien, dit-elle.

Il parla d'une voix rauque :

— Comment peux-tu prendre des risques pareils, Mad ? Tu es une petite chose qui vient de se remettre d'une maladie. Tu te moques de ce qui peut t'arriver ?

— Je croyais que Hailey exagérait. Comment étais-je censée le savoir ? Les flics avaient donné le feu vert.

Il inspira longuement en tremblant.

— Comment peux-tu t'attendre à ce que nous ayons un avenir ensemble si tu prends des risques pareils ?

Elle écarquilla les yeux.

— Un avenir ?

— Oui !

— Tu veux dire que tu ne prends pas seulement soin de moi parce que je suis la petite insolente sur laquelle tu dois toujours veiller ?

— Non.

Il posa les mains sur le visage de Mad.

— Ne me refais jamais ça. Pas toute seule. Je suis là. Tu

as compris ?

— Oui.

Il serra ses épaules, l'angoisse de son cœur se déversant en un torrent de mots.

— Je ne pourrais pas le supporter s'il t'arrivait quelque chose.

— Park, ça va. Je vais bien.

Il avait besoin de la tenir, de la sentir saine et sauve. Il poussa le siège en arrière et il la fit asseoir en travers sur ses genoux. Elle posa la tête contre son torse.

— Je sais que cela paraît fou, mais j'ai toujours eu un lien étroit avec toi. Je savais que tu avais des ennuis avant de le voir. Et puis…

Il déglutit.

— Ma petite sœur est morte et je n'ai rien pu faire.

Elle leva la tête.

— Je ne savais pas que tu avais une sœur.

— Elle s'appelait Maya et elle n'a pas vécu jusqu'à son premier anniversaire.

— Je suis vraiment désolée.

— Je suppose que ton père n'avait pas envie de te faire subir le fardeau de ma vie familiale merdique.

— Qu'est-il arrivé ?

Il caressa ses cheveux d'un air absent, les souvenirs étant étrangement plus supportables quand elle était dans ses bras.

— Ils ont dit que c'était la mort subite du nourrisson, mais j'ai toujours pensé que c'était de la négligence. Tu es au courant pour mes parents, le fait qu'ils sont tous les deux des drogués. Des poisons différents, les mêmes résultats pourris. J'étais à l'école à l'époque, à la maternelle. Je suppose que j'avais de la chance de pouvoir aller à l'école quand l'état de mes parents a empiré. Quoi qu'il en soit, je suis rentré à la maison et la police était là pour poser des questions. Et elle était simplement *partie*.

Sa main s'arrêta.

— Je n'ai même pas pu lui dire adieu. Cinq ans plus tard, je vis avec ton père et il y a cette petite fille bruyante et impertinente. J'ai mis tout ce que j'avais dans ma mission de te garder en vie, comme je n'ai pas pu le faire pour ma petite sœur.

Elle caressa sa joue en levant la tête vers lui.

— C'est pour cela que tu m'as toujours traité avec autant de gentillesse alors que tous les autres garçons me disaient de filer ?

Il lui fit un petit sourire.

— Je ne voulais pas que tu te sentes exclue, mais oui, j'avais en partie besoin de garder un œil sur toi afin de te garder en vie.

— Alors pourquoi es-tu parti ?

— Il le fallait.

— Non, ce n'était pas obligé.

Sachant à quel point son départ avait été douloureux pour elle, voyant même maintenant la douleur dans ses yeux, il se pencha et il l'embrassa doucement. Lorsqu'il sentit ses lèvres douces, il fut transpercé de désir et il approfondit le baiser, savourant sa douceur, sa chaleur, son goût, savourant l'affirmation de sa vie. Il posa le front contre celui de Mad.

— Je ne savais pas quoi faire de l'attirance que je ressentais pour toi. Je ne pouvais pas risquer le fait de tout gâcher avec la famille qui m'avait accueilli. Et je savais que nous étions tous les deux trop jeunes.

— Tu veux dire que j'étais ton genre, même à l'époque ?

Il l'embrassa.

— Tu es le seul genre. Pourquoi crois-tu que je suis toujours sortie avec des filles menues ? Elles me rappelaient toi.

Il sourit en voyant son visage choqué.

— Et maintenant, je me rends compte que j'ai attendu

toute ma vie que nous soyons prêts l'un pour l'autre.

Elle le fixa dans les yeux.

— Je t'aime, Park, depuis toujours.

Il caressa ses lèvres avec son pouce.

— Moi aussi, je t'aime. Mais le sentiment a changé, il est plus profond maintenant, plus réel et plus vif.

— J'aime ce qui est réel et vif.

Il y eut une trace de tentatrice sexy dans sa voix et bien qu'il en ait eu envie, ce n'était pas le moment.

Il l'enleva prudemment de ses genoux.

— Mets ta ceinture. Je vais aller te faire contrôler aux urgences.

Il démarra la voiture.

— Sérieusement ? demanda-t-elle en bouclant sa ceinture. Ce n'est vraiment rien.

Il sortit du parking.

— Dans ce cas, ce sera une visite rapide.

Elle resta silencieuse.

Il jeta un coup d'œil sur elle et il vit qu'elle était irritée.

— C'est uniquement parce que je t'aime tant.

— Park, dit-elle doucement en rougissant.

Mad ne rougissait jamais. Cela pouvait être à son avantage.

~ ~ ~

Lorsque Mad rentra à la maison avec un bilan de santé complet et en parfaite santé, il lui tardit de revoir Park. Il avait partagé tant de choses avec elle, des choses qu'elle n'avait jamais sues et maintenant toute sa retenue en ce qui la concernait était parfaitement logique. Elle était émue de savoir cela, stupéfaite d'avoir toujours été dans son cœur à lui. Tout comme Park avait toujours été son âme sœur.

— Attends-moi sur le canapé, ordonna Park avant de

monter à l'étage.

Elle se dit qu'il vérifiait si son père était à la maison. Il revint quelques minutes plus tard et il la rejoignit.

— Il dort.

— Très bien.

Il l'attrapa soudain, la surprenant, et il la souleva sur ses genoux. Il enfouit son nez dans ses cheveux et embrassa sa tempe.

Elle leva les yeux vers lui.

— Je ne savais pas du tout que tu aimais les câlins à ce point.

Il caressa la joue de Mad.

— Je suis simplement content que tu sois en vie. Je t'aime tellement.

— Park.

Elle sentit ses joues rougir. Il y avait quelque chose de tellement intime quand il exprimait ses sentiments. Après ne pas avoir su pendant si longtemps quelle était sa place pour lui, eh bien, c'était presque gênant de voir ce comportement mièvre et fleur bleue.

— Moi aussi, je t'aime.

Il la regarda au fond des yeux comme s'il scrutait son âme. Elle eut du mal à respirer. Il sourit.

— J'adore ce regard, comme si tu me vénérais. Cela te va bien.

— Je n'arrive pas à croire que j'ai été ton genre tout ce temps ! lâcha-t-elle. Je croyais que je n'étais pas assez jolie, ou pas assez féminine…

— Tu es plus que jolie.

Il l'embrassa sur le nez.

— Et c'est une beauté entièrement naturelle, tu es belle dedans comme dehors.

Ses joues se mirent à brûler à cause des compliments à l'eau de rose qu'il lui faisait.

— Quand es-tu devenu poète ?

Il frôla sa lèvre inférieure avec le pouce.

— Quand je me suis rendu compte à quel point je t'aimais.

Ses yeux se remplirent de larmes chaudes. Ses joues étaient toujours brûlantes, elles aussi.

Il sourit.

— Tu es adorable quand tu rougis.

Elle le mordit dans le cou puis elle l'embrassa brutalement.

— C'est moi qui veux te faire rougir maintenant. Montons à l'étage.

Il caressa les cheveux de Mad.

— Nous devrions peut-être attendre. Ta tête…

— Va très bien. Allons sous la douche. C'était sexy. Je veux ta grosse…

Elle se tut lorsque la bouche de Park se colla sur la sienne. *Oui !* L'intensité du geste fit monter d'un cran le besoin urgent qui coulait dans ses veines. Il passa la main dans ses cheveux, l'autre sous son T-shirt, longeant sa colonne vertébrale. Oh mon Dieu, elle avait besoin de bien plus. Tout de suite. Elle arracha sa bouche de leur étreinte.

— Nu. Maintenant. Douche.

Il s'immobilisa.

— J'ai été trop brutal avec toi cette fois-là. Je veux te faire l'amour.

Elle l'attira vers elle pour un autre baiser et elle mordilla sa lèvre inférieure.

— Crois-moi, ça m'a plu. Je t'ai dit que je pouvais très bien te supporter. Je ne vais pas me briser.

Il la regarda avec des yeux de braise.

— Tu me fais perdre la tête. Je ne peux penser qu'à prendre, pas à donner.

— Quand tu prends, c'est comme si tu donnais. Promis.

Elle descendit de ses genoux, se leva et le tira par la main.

— Allez viens.

Il ne bougea pas.

— Ne veux-tu pas des mots doux et de la tendresse ?

— Si, une fois que tu m'auras baisée si fort que j'en vois trente-six chandelles.

— Je veux mieux que ça pour toi, dit-il en restant avec entêtement sur le canapé. Je peux mieux me contrôler dans un lit.

Elle leva les yeux au ciel.

— Et moi, je veux un homme fort qui n'a pas peur de prendre ce qu'il veut.

Il bondit du canapé.

— Je crois que tu viens d'insulter ma virilité.

Elle agita les doigts comme pour dire 'viens m'attraper'.

— Montre-moi ce que tu sais faire.

Il la souleva et la porta dans les escaliers.

— Tu l'auras cherché.

Elle gloussa, ce qui ne lui ressemblait pas vraiment, mais elle avait presque la tête qui tournait. Elle leva les yeux vers lui, adorant l'intensité de son regard dont elle savait maintenant qu'il n'indiquait pas seulement son désir, mais aussi une émotion profonde.

Il s'arrêta brutalement dans le couloir devant la porte de la salle de bains.

— Nous ne sommes pas seuls.

Il la reposa et passa un bras autour de sa taille.

— Salut.

Elle se tourna, s'attendant à voir son père, mais ce n'était pas seulement son père. C'était son père et une très jolie femme, petite, blonde aux yeux bleus, qui portait une robe en soie rouge. Elle n'avait jamais au grand jamais vu son père demander à une femme de rester pour la nuit. Au moins, son père était habillé.

— Park ? demanda son père. Mad ? Est-ce que vous deux…

— Je l'aime, monsieur, dit Park d'une voix claire et forte, rendant la situation gênante presque supportable.

Son père sourit.

— Ça, c'est une bonne nouvelle.

Park poussa un soupir audible et il la serra un peu plus contre lui.

— Ne vas-tu pas nous présenter ton amie ? demanda Mad.

Son père redevint sérieux.

— Mad, voici Tina, ta mère.

CHAPITRE DIX-SEPT

Mad eut un mouvement de recul.

— Pardon. Quoi ? J'ai eu l'impression que tu venais de dire 'ma mère' ?

La femme s'approcha – elles faisaient la même taille, sauf que l'autre femme avait de gros seins et des hanches plus arrondies – et elle examina Mad.

— Elle a vraiment hérité de ton côté de la famille.

Mad resta plantée là, regardant d'un air hébété la femme qui avait abandonné Mad quand elle n'avait qu'un an. Elle avait vu des photos, mais elle n'avait aucun souvenir d'elle dans la vraie vie.

— Que fais-tu ici ?

Elle ne parvint même pas à rassembler sa colère. Après la journée qu'elle avait eue, c'était tellement surréaliste de voir cette femme, Tina, se tenant vraiment devant elle.

— Je sais que cela fait très longtemps, dit Tina doucement. J'avais trop honte pour vous regarder en face.

— Tina m'a contacté, dit son père, et je l'ai ramenée à la maison.

C'était ce qu'il faisait : il ramenait les gens à la maison, les gens qui avaient besoin de son amour et de ses conseils. Mais ce n'était pas ce que méritait Tina. Cette femme avait abandonné ses six enfants.

— Papa ? Est-ce que tu es avec elle ?

Il inclina la tête.

— Tu es *avec* cette bonne à rien ?

Le volume de sa voix était monté, mais elle s'en moquait.

— Elle a abandonné ses enfants et toi ! Et tu la reprends *maintenant*, quand plus personne n'a besoin d'elle ?

— Je sais que cela doit être un choc, dit son père calmement. Descendons, buvons une tasse de café et parlons.

— Je ne dirai rien tant qu'elle ne sera pas partie, dit Mad.

— Ce n'est pas grave, Joe, dit Tina. Je vais partir.

— Reste ici pendant que je parle avec Mad.

Tina disparut dans la salle de bains, fermant doucement la porte derrière elle.

Park la regarda avec compassion. Ils descendirent et ils s'installèrent autour de la table de la cuisine ronde en chêne.

Son père poussa un soupir.

— Café ?

— Non merci, dit Mad.

Park secoua la tête.

Son père croisa les mains sur la table.

— Je suppose que tu as beaucoup de questions.

— Comment peux-tu la ramener ici, dans notre maison ? demanda Mad.

— C'était sa maison autrefois, dit son père.

Mad se renfrogna.

— Elle n'a pas le droit.

Park intervint.

— Est-ce pour cela que tu es allé à Boston au Nouvel An ?

— Oui.

Les émotions mélangées de Mad et l'énormité de sa journée se focalisèrent en un point explosif : cette femme n'avait rien à faire ici. Elle n'avait aucun droit. Elle eut vraiment envie de casser la figure de quelqu'un. Park lui prit la main sous la table et la serra. Elle inspira pour se calmer, mais cela ne fit rien.

— Elle t'a appelé après vingt-cinq ans et elle a soudain voulu te récupérer ? demanda Mad.

— Son mari l'a quittée. Elle m'a appelé et elle a demandé si elle pouvait prendre des nouvelles.

— Prendre des nouvelles ? demanda-t-elle, incrédule. Et si tu la renseignais sur le fait qu'elle a complètement raté notre enfance ?

— Il n'y a pas d'excuse, expliqua son père. Elle s'est définie par sa beauté pendant si longtemps. Elle était Miss Connecticut, tu sais. Mais être mère, ce n'est pas glamour. Elle a subi une dépression post-partum très sévère. Et je pense que son ancien style de vie lui manquait.

— Son style de vie ! Elle a juste laissé tomber le style de vie de famille, hein ? Elle en a trouvé un nouveau et meilleur.

Son père se pencha vers elle.

— Mes enfants sont tout pour moi. Tu le sais. Je t'aime plus que l'univers. Elle t'aime aussi…

— Ce n'est pas de l'amour, dit Mad d'une voix tremblante de rage.

— Elle avait trop honte pour revenir, dit son père. Elle ne pense pas mériter le pardon.

Mad frappa du poing sur la table.

— Elle a raison.

Un moment de silence s'écoula pendant qu'elle essayait de rassembler ses esprits. *Inspirations profondes, trouve ton centre, ton calme.*

Son père continua.

— Tu as le droit d'être en colère. Tout à fait. Mais, Mad, je n'ai jamais arrêté de l'aimer. Et je voulais au moins essayer de franchir le fossé entre elle et toi et tes frères aussi.

À quel point sa vie aurait-elle été différente si sa mère lui avait appris à être comme elle ? Une reine de beauté, comme Hailey, qui était si douée pour créer des liens avec les gens. Tout son manque d'assurance revint d'un seul coup.

Mad baissa la voix, trouvant que les mots étaient trop douloureux à dire à voix haute.

— Tu l'as entendue dire que j'avais hérité de ton côté de la famille, comme si c'était une mauvaise chose.

— C'est une très bonne chose, intervint Park. Tu as les meilleurs gènes.

Mais elle ne le crut pas.

— Donne-lui juste une chance, dit son père. Parle-lui.

Mad secoua la tête.

— Ne me demande pas de faire ça. Elle ne le mérite pas. Et toi, tu mérites mieux que ça.

Le regard de son père fut direct.

— J'ai dévoué ma vie à mes enfants et je ne le regrette pas une seule seconde, mais maintenant j'ai une deuxième chance.

Elle se leva brutalement et elle sortit de la cuisine, ayant l'intention de faire ses bagages et d'aller dormir sur le canapé quelqu'un d'autre, car elle ne pouvait pas rester dans la même maison que cette femme.

— Mad, appela Park.

— Laisse-la se calmer, dit son père.

Elle partit dans sa chambre et prépara sa valise. Elle s'arrêta et elle la contempla. Que faisait-elle ? C'était cette femme qui devait partir, pas elle. Ici, c'était chez Mad. Elle vida la valise et elle la jeta de l'autre côté de la pièce.

— Salut, dit une voix douce et féminine depuis l'embrasure de la porte.

— Je n'ai rien à te dire.

— Je suis désolée si le fait de me voir te contrarie.

Elle jeta un regard noir à la femme. Tina. Elle refusait de la considérer comme sa mère.

— Cela ne me contrarie pas. Tu ne représentes rien pour moi.

— D'accord, c'est compréhensible.

— Pourquoi maintenant ?

— Ton père a toujours été si bon avec moi. Un gentleman.

— Il vaudrait mieux que tu partes. J'ai vraiment envie de t'étrangler.

— Comment es-tu devenue si abrasive ? N'y a-t-il pas eu de femme ici du tout ?

— Non ! C'était moi avec mes grands frères et un père flic, alors désolée si je ne suis pas devenue toute féminine comme toi.

— Je ne voulais pas dire…

— Pousse-toi de la porte avant que je te fonce dessus.

Tina recula et Mad passa devant elle, les poings serrés. Elle descendit au rez-de-chaussée, pleine de tant d'énergie retenue qu'elle ne savait pas quoi en faire.

— Park !

Il sortit de la cuisine un instant plus tard.

— Nous allons à l'hôtel.

— D'accord.

Elle ne pensait pas qu'il allait accepter si facilement.

— Allons-y.

— Tu veux faire son sac ou…

— Pas besoin de vêtements.

— Compris.

Ils partirent.

~ ~ ~

Elle le baisa à n'en plus finir. Tout ce qu'elle voulait, c'était du sexe brutal et il le lui donna. C'était la seule chose qui la calmait. Exactement la distraction dont elle avait besoin. Mais après un week-end entier de cela – lundi matin étant le jour de son retour à la fac – Park insista pour faire l'amour une dernière fois lentement et tendrement.

Il s'appuya sur ses coudes et il la regarda au-dessous de lui.

— Plus de sexe fâché.

Elle fit passer ses chevilles autour de sa taille.

— Je n'étais pas fâchée contre toi.

Il caressa ses cheveux en arrière, embrassa ses sourcils, ses yeux fermés, son nez et enfin sa bouche.

— Tu t'es débarrassée de toute cette énergie négative et maintenant je veux que tu reçoives un peu de ma bonne énergie.

Il l'embrassa à nouveau, lentement et profondément.

— L'énergie de mon amour.

L'amour de Park se dirigea tout droit vers son cœur et le serra. Le bouleversement d'avoir soudain obtenu Park et de l'arrivée de cette femme qui avait tout gâché plongea Mad dans un puits profond d'émotions.

Il descendit pour poser un baiser sur son tatouage de faucon. Elle espéra qu'il ne puisse pas sentir les battements frénétiques de son cœur.

Il retourna vers sa bouche puis il se tint au-dessus d'elle, la regardant en la pénétrant avec une lenteur qui la rendit dingue.

— Allez, dit-elle en levant les hanches vers lui. J'ai besoin de plus.

Il parla contre ses lèvres.

— Je t'aime.

Elle ferma les yeux, essayant de retenir ses larmes.

— Je sais.

— Alors maintenant, je vais te le montrer.

Elle se raidit, sur le point de briser leurs liens et d'inverser leur position, lorsqu'il coinça les poignets de Mad au-dessus de sa tête.

— Laisse-moi faire, dit-il.

Elle aurait très bien pu se débattre, mais elle le laissa faire, se détendant sous son emprise, contrôlant son énergie.

Il lui fit l'amour d'une façon qu'elle n'avait jamais vécue.

L'union de deux âmes.

Ses yeux noisette intenses regardant au fond des siens.

Partageant une respiration, puis une autre.

Et cela monta en elle, cette vague d'émotions et de plaisir intimement mêlés.

— Oui, l'encouragea -t-il. Reste avec moi.

Elle se brisa, une explosion de plaisir qui la poussa à tout lâcher, toutes ses émotions retenues, ses larmes coulant silencieusement sur son visage. Il la suivit un instant plus tard et il laissa tomber sa tête à côté de la sienne, en respirant bruyamment.

Il leva enfin la tête.

— Mad, dit-il tendrement en essuyant ses larmes par des baisers.

Il roula sur le côté et il la serra contre lui, un bras autour de sa taille.

Elle essuya ses joues, ravie de ne pas lui faire face avec toutes ces larmes stupides.

— Je dois sortir d'ici. Je dois aller en cours.

— Tu as un peu de temps.

Elle se sentait à vif, chaque nerf exposé. Chaque cellule de son corps la poussait à fuir.

Il caressa ses cheveux en arrière et il l'embrassa sur la tempe.

— Laisse-moi juste te tenir un peu plus longtemps.

— Serre-moi fort.

C'est ce qu'il fit. Elle se sentit se détendre, son esprit s'éclaircir, son cœur reprendre un battement régulier.

Elle s'était presque endormie lorsqu'il se remit à parler.

— Écoute, je pars pour Los Angeles ce soir.

Elle se tourna dans ses bras et elle le regarda, tout à fait réveillée à présent.

— Quoi ?

— Ty a proposé de me trouver du travail. Je n'ai eu aucun intérêt pour mon CV chez les compagnies aériennes. Ils n'embauchent pas en ce moment.

— Tu viens d'arriver et maintenant tu repars ?

Elle le ressentit comme une trahison. D'abord, il l'avait

rendue gentille et vulnérable avec toute sa tendresse, puis il lui coupait l'herbe sous les pieds.

— J'ai besoin de travailler. J'ai besoin de te mériter.

— Tu me mérites déjà !

— Non, mais je veux essayer.

Elle s'écarta brusquement. Il l'attrapa et elle se débattit.

— Je n'arrive pas à te croire, dit-elle en détestant entendre sa voix étranglée.

Elle sortit du lit et elle s'habilla avec des gestes rapides et brusques.

— Mad, allez. Donne-moi l'occasion de faire quelque chose de moi-même.

— Je ne sais pas où tu as trouvé tes idées débiles de qui mérite quoi ou quoi que ce soit…

— Tu es incompréhensible. Je veux ce qu'il y a de mieux pour toi.

Elle enfila ses chaussures et elle attrapa son sac en bandoulière.

— Profite de Los Angeles.

— Tu veux bien attendre ? J'ai besoin que tu me déposes.

Elle grinça des dents.

— Très bien.

Elle sortit son téléphone portable dans le but d'envoyer un texto à Hailey sur sa vie merdique, ignorant ostensiblement le corps nu de Park qui se couvrait lentement. De toute façon, qu'il soit nu ou habillé, il était irrésistiblement sexy et cela l'irritait d'être toujours attirée par lui alors qu'il l'énervait autant, l'abandonnant quand elle avait besoin de lui.

Elle avait un texto de son père. *Réunion de famille ce soir au sujet de maman.*

Super ! Parfait ! La putain de cerise sur le gâteau !

Cette femme ne méritait *pas* le titre de maman. Josh lui avait raconté comment leur mère était partie le lendemain de Noël afin de ne pas gâcher leur fête. Mad ne se souvenait de rien. Elle venait d'avoir un an. Josh et Jake avaient huit ans, alors ils avaient sans doute vécu le pire. Ty, Alex et Logan avaient six, cinq et quatre ans respectivement. Elle ne put s'empêcher de penser que le fait qu'elle soit née trois ans après le dernier enfant avait été la goutte d'eau.

Elle fit les cent pas, attendant Park qui s'était rendu dans la salle de bains. Elle s'immobilisa. Bon. Très bien. Elle irait à cette stupide réunion de famille seulement parce que c'était sa maison et qu'elle refusait de se cacher indéfiniment. Cela donnait beaucoup trop de pouvoir sur elle à cette femme. Elle envoya des textos à ses frères, qui répondirent comme elle s'y était attendue avec différentes versions de 'WTF'. Elle n'était donc pas la seule à penser que cette femme était vile et que son père était un idiot de la laisser revenir dans sa vie.

Elle conduisit jusqu'à la maison, fulminant doucement au sujet de sa vie et de tout ce qu'il se passait hors de son contrôle.

— Je reviens, dit Park depuis le siège passager. Ce n'est que pour quelques jours afin que je puisse rencontrer les gens dont parle Ty et voir si cela me correspond. Il m'a offert un ticket de première classe.

— Depuis quand le sais-tu ?

— Il me l'a donné le jour du Nouvel An, juste avant de partir. Je sais que mon timing est pourri, mais je ne savais pas si j'allais accepter jusqu'à maintenant. Je dois le faire pour nous.

— Ce n'est pas pour nous, c'est pour toi.

— J'ai besoin d'un bon travail pour notre avenir, insista-t-il. Pour te donner tout ce que tu mérites.

Elle ferma la bouche. Elle savait qu'il pensait faire ce qu'il fallait. Sa longue expérience lui avait appris que lorsque Park avait une idée dans la tête, il était impossible de la changer. Dommage qu'elle soit toute pourrie. Tout comme sa vie.

Il serra son épaule.

— Allez, je sens la tension irradier de ton corps alors que j'ai passé des heures à te baiser.

Elle lui jeta un regard noir. Il lui fit un petit sourire tendre auquel elle eut du mal à résister.

Elle soupira.

— Papa a organisé une réunion de famille ce soir au sujet de Tina.

Même le nom de Tina laissait un goût dégoûtant dans sa bouche.

— Qu'est-ce qui ne va pas avec papa ? J'ai envie de cogner leurs têtes l'une contre l'autre pour les raisonner. À quoi ça sert qu'ils se remettent ensemble à ce stade de sa vie ?

— Il n'a que cinquante-trois ans, souligna Park.

Les flics pouvaient partir à la retraite plus tôt que la plupart des carrières, alors elle supposa qu'il n'était pas vraiment si vieux.

Elle relâcha un peu le volant qu'elle avait serré à s'en faire blanchir les articulations.

— Bon sang. Tout ce sexe est gâché parce que maintenant j'ai encore envie de l'étrangler.

— Je ne dirais pas que c'est gâché, la taquina-t-il. C'était du bon plaisir cochon.

Un sourire réticent s'étira sur ses lèvres.

— Puis-je te donner un conseil ? demanda-t-il.

— Non.

— Elle fera toujours partie de toi, mais tu n'es pas obligée de la laisser te gouverner.

Elle lui jeta un regard noir.

— Tu sors ça d'où, d'un biscuit chinois ?

— Elle n'a pas besoin d'être tout ton univers.

Elle cligna rapidement des paupières, ne voulant pas pleurer à cause de cette femme, qui ne méritait pas ses larmes.

Il tendit le bras et posa la main sur la cuisse de Mad.

— Ton père m'a appris ça un jour, au sujet de ma

mère.

— Oh, très bien, je lui jetterai au visage.

— Ne fais pas ça. Je l'ai seulement dit pour t'aider.

Rien ne peut m'aider.

Elle garda cette pensée sombre pour elle-même, où elle brûla un trou dans ses entrailles.

~ ~ ~

— Mad, je suis content de te voir ici pour la réunion de famille, dit son père qui se tenait devant le canapé où elle était assise.

Elle posa les pieds sur la table basse et elle leva le menton.

— Je vis ici.

— Tina va descendre dans une minute, dit son père.

— Fabuleux.

Son père se balança sur ses pieds. Un long silence s'installa. Elle refusait de lui faciliter les choses. Il avait introduit cette femme dans leur maison. La maison dans laquelle elle avait grandi sans mère. Cette connasse vile et insensible qui les avait abandonnés. Elle lutta pour retrouver son calme.

C'était vraiment parfait que Park soit en route vers Ty à l'autre bout du pays, essayant de faire ce qu'il pensait qu'elle voulait. Mais lui avait-il demandé son avis ? Non ! Voulait-elle qu'il fasse des cascades ? Carrément pas.

Elle bondit sur ses pieds et elle arpenta la pièce.

La porte d'entrée s'ouvrit. Josh et Logan entrèrent. Elle se sentit immédiatement mieux. Josh était un roc. Logan, remarqua-t-elle soudain, ressemblait à leur mère. Il avait les cheveux châtains, contrairement à tous les autres qui étaient bruns. Il avait son nez fin, légèrement retroussé comme chez elle. Malgré tout, il était l'un des leurs. Ils avaient partagé une chambre en grandissant, elle sur le lit du haut, lui sur celui du bas, et il avait longtemps été son confident pendant la nuit. Quand il ne la taquinait pas.

— Je suis seulement là pour toi, papa, dit Josh en enlevant son manteau de laine noire et en l'accrochant dans le placard à l'entrée. Je n'ai rien à dire à la femme qui a abandonné ses six enfants.

Mad s'approcha de lui et fit un câlin à Josh, ravie de ne pas être la seule. Il embrassa le haut de sa tête et ébouriffa ses cheveux. Elle ne se plaignit même pas qu'il touche à ses cheveux.

Logan semblait un peu stupéfait, n'enlevant même pas sa doudoune noire, restant debout, le regard perdu dans le vide.

— Je me souviens à peine d'elle.

— Moi je m'en souviens, dit Josh. Reine de beauté, le menton levé, qui pense être meilleure que les gens ordinaires avec lesquels elle est forcée de vivre.

— Je veux que vous l'écoutiez jusqu'au bout, dit son père. Est-ce qu'Alex vient ?

Josh parla d'une voix monocorde.

— Il ne veut pas que Viv rencontre sa grand-mère. Il avait l'impression que ce serait perturbant pour elle si elle ne restait pas dans les parages. Est-ce qu'elle va rester ?

— Je l'espère, dit son père.

Josh jeta un regard à Mad qu'elle comprit parfaitement. *Tu y crois, toi ?*

Heureusement pour Jake, il ratait tout le drame, car il était en lune de miel. Ty, qui était en Californie, allait le rater également. Elle ne pensait pas que Tina reste assez longtemps pour les voir.

Tina descendit l'escalier, gracieuse et élégante.

— Bonjour.

— Salut, dit Logan en la regardant avec curiosité.

Josh et Mad restèrent silencieux.

— Voilà tout le monde, dit son père.

Tina hocha la tête.

— Je comprends.

Elle s'arrêta dans le salon, où ils étaient tous debout. Ses cheveux blonds étaient parfaitement coiffés en vagues sur ses épaules. Elle portait un chemisier en soie blanche avec une jupe droite noire et des chaussures à talons noires. Beaucoup trop chic et maquillée pour une réunion de famille. Mais à quoi pouvait-on s'attendre ? Elle n'avait sans doute jamais eu de réunion de famille.

— Je veux commencer par vous dire à quel point je suis désolée. Je suis restée loin, j'avais honte de me trouver face à vous. Je ne mérite pas le pardon. J'ai recontacté votre père et il m'a encouragée à vous parler.

Mad, Josh et Logan la regardèrent en silence. Il n'y avait rien à dire. Elle avait raison. Elle ne méritait pas le pardon.

Tina se tourna d'abord vers Josh.

— Bonjour, Josh. Je suis contente de te revoir.

Josh ne dit rien.

— J'ai entendu que Jake faisait du ski dans les Alpes suisses, dit Tina. J'y suis allée. C'est très joli.

Josh resta impassible, son expression ne révélant rien.

Tina se tourna vers Logan.

— Tu es si grand. Le portrait craché de ton grand-père à cet âge.

— Sais-tu quel âge j'ai ? demanda Logan, sans réelle rancœur dans la voix.

Seulement de la curiosité. Il examina son visage comme s'il essayait de le mémoriser, ou peut-être de s'en souvenir.

— Bien sûr, dit Tina doucement. Tu as vingt-neuf ans. Une mère n'oublie jamais le jour où elle a donné naissance.

— En tout cas, tu as oublié beaucoup d'autres choses, dit Josh.

— Ouais, ajouta Mad. Je n'ai pas vu de carte d'anniversaire dans la boîte aux lettres.

— Ou d'appel téléphonique, dit Josh.

— Ou de visites, termina Mad.

— Je suis désolée, dit Tina. J'ai souffert d'une grave

forme de dépression post-partum après avoir eu Madison. J'ai eu envie d'une échappatoire. Et quand j'ai entendu dire qu'une ancienne connaissance était célibataire, j'ai bondi sur l'occasion du style de vie fortuné qu'il m'offrait. Je ne suis pas fière de moi. Je le comprends si vous ne voulez pas me pardonner.

Tout le monde resta silencieux.

— Pourquoi es-tu ici maintenant ? demanda Josh.

Elle croisa les bras.

— Je me suis rendu compte que j'aimais toujours votre père. Et mes enfants. Cet amour ne disparaît jamais, même si je ne m'attends pas à ce que vous ressentiez la même chose.

— Et où se trouve cette connaissance fortunée ? demanda Josh en retroussant les lèvres. Elle t'a abandonné pour un modèle plus jeune ?

Tina rougit et passa une main dans ses cheveux.

— Cela ne s'est pas très bien passé.

— Tu m'étonnes, intervint Mad.

— Ça suffit, aboya leur père. Tina vous a offert des excuses sincères et je veux que vous lui parliez avec respect.

— Je me casse, dit Josh.

Il attrapa son manteau et il partit, la porte se fermant doucement derrière lui.

Elle aurait tout aussi bien pu claquer, étant donné le silence soudainement tendu.

Son père poussa un long soupir.

— Et si vous vous asseyiez, tous les deux ? dit-il à Mad et Logan, les deux plus jeunes de la famille.

Logan s'assit sur le canapé, alors Mad fit de même.

Son père glissa un bras autour de Tina.

— Cela se passe très bien entre nous et nous avons l'intention de nous remarier.

— Après deux week-ends de baise de vieux ? lâcha Mad.

Tina retint son souffle. Son père ignora la remarque.

Logan lui jeta un regard, puis il se tourna vers son père.

— Pourquoi êtes-vous si pressés ?

— Tina a besoin d'un endroit où dormir et nous avons plein de place, dit son père.

— Alors installe-toi avec elle, dit Mad. Je suis certaine qu'elle partira dès que la connaissance fortunée suivante fait savoir qu'il a besoin d'une femme trophée.

— Je suis trop vieille pour être une femme trophée, dit Tina en faisant semblant d'être modeste.

— Fais de la chirurgie esthétique, suggéra Mad. Je suis certaine que tu seras très vite choisie par des vieux plein aux as.

— Mad, dit son père en l'avertissant d'une voix grave.

Logan s'adressa à Mad en marmonnant :

— Tu n'as aucun filtre.

Puis il ajouta d'une voix plus forte :

— D'accord. Merci de nous l'avoir fait savoir.

Il se leva et il attrapa le bras de Mad en la tirant avec lui.

— Nous allons partir. Au revoir, Tina.

Mad passa la porte avec Logan, ravie de s'éloigner de Tina. Et particulièrement de l'emprise qu'elle semblait avoir sur le père de Mad.

Logan s'arrêta sur le trottoir, enleva rapidement sa doudoune noire et la posa sur les épaules de Mad. Elle était trop perturbée pour protester contre ce geste de grand frère.

— Tu as un endroit pour dormir pendant quelques semaines ? demanda-t-il.

— Tu crois que je devrais déménager ?

— Oui. Je crois que si nous les laissons seuls, elle va s'ennuyer et s'agiter, puis elle cherchera le type suivant auquel elle pourra s'accrocher.

— Tu crois ?

Il hocha la tête.

— Tu as vu à quel point elle était apprêtée juste pour une réunion de famille du lundi soir ? Et puis il y a papa avec sa chemise en flanelle et son vieux jean. Il ne peut pas tenir le même rythme qu'elle. Il ne l'a pas pu à l'époque et il ne le peut certainement pas maintenant.

— J'ai tellement envie de croire que tu as raison.

— Je t'inviterais bien chez moi, mais un copain d'Ethan occupe le canapé.

— Non, c'est bon. Je dormirai chez Hailey. Elle me le doit pour avoir attrapé un voleur à Ludbury House.

— S'il te plaît, dis-moi que tu n'essaies pas d'arrêter les criminels.

— Je n'essaie pas d'arrêter les criminels.

— Ne me dis rien de plus.

— Je suis avec Park maintenant.

Il lui fit un sourire.

— Je suis content pour toi. Tu l'as toujours aimé.

— Comment le sais-tu ?

Il écarquilla les yeux et il fit un visage de vache béate.

— Tout le monde savait que tu le vénérais.

Waouh. A priori, ce serait moins difficile que prévu de faire comprendre à sa famille que Park et elle formaient un couple.

— Maintenant, c'est moi qu'il vénère, l'informa-t-elle.

— Où est-il, d'ailleurs ?

— À Los Angeles avec Ty.

Logan grimaça.

— Ça, je l'ai pas vu venir. Je n'arrive pas à croire que Park casse des voitures et des motos pour des cascades. Il aime trop les machines pour ça.

— Peut-être se contentera-t-il de sauter par une fenêtre.

Elle grimaça en y pensant. Pas son Park. Elle l'avait enfin récupéré hors des zones de combat.

— Argh ! Je ne veux pas y penser. À plus !

Il attrapa la manche de sa doudoune et elle la retira.

— Tiens-moi au courant pour papa, dit-il.

— D'accord.

Elle retourna dans la maison.

Son père lui sourit, les bras autour de Tina.

— Nous allons à Vegas !

— Super, vous m'avez épargné un déménagement. Éclatez-vous.

Elle partit à la cuisine boire un coup. Une vraie crise de la cinquantaine. Elle n'allait même pas essayer de raisonner son père. Il n'avait qu'à se planter royalement. Peut-être comprendrait-il enfin que Tina n'était pas bien pour lui.

CHAPITRE DIX-HUIT

Mad était assise dans un cercle de huit femmes : ses amies habituelles et les membres les plus récents, Missy, Sabrina et Lexi. C'était une réunion du Club de Lecture Happy End au café Something's Brewing, et elle se sentait tout sauf heureuse. Elle fit semblant d'écouter Hailey lire le premier chapitre de *The Princess Bride* à voix haute. Il était jeudi soir, elle n'avait eu qu'un coup de téléphone très bref de la part de Park à Los Angeles, et son père et sa crise de la cinquantaine n'étaient pas encore rentrés de Vegas. Elle ne savait pas s'il avait épousé Tina ou pas, mais il ne lui tardait pas les fêtes de famille avec *cette femme* en plus. Au moins, Hailey avait repris sa bonne humeur habituelle, ne se souciant plus des cambriolages au travail. L'homme avait été un sans domicile fixe, retiré d'une institution psychiatrique qui n'avait pas le budget pour le garder. Il était à présent dans un hôpital psychiatrique et il recevait l'aide dont il avait besoin.

Quelqu'un claqua des doigts devant son visage et elle chassa la main.

— Ça va ?

Elle leva la tête et elle vit Charlotte qui la regardait d'un air inquiet.

Elle se redressa.

— Oui. Je suis juste fatiguée.

Elle remarqua soudain que toutes les femmes s'étaient tues. Elle regarda tous les visages inquiets, sentit qu'il devait être l'heure d'une conversation entre filles et sut qu'elle n'était pas encore prête. Elle ne connaissait pas si bien certaines des nouvelles et à chaque fois qu'elle parlait de Tina, elle avait envie de casser la figure de quelqu'un.

— J'ai apporté des brownies ! piailla Hailey en soulevant le couvercle d'une grosse boîte en plastique. Alors, le jeu est de nous dire si vous aimez que votre homme soit tatoué et musclé ou mince et en costume. Ensuite, vous recevez un brownie.

— Ne pouvons-nous pas avoir les deux ? demanda Charlotte.

— Bien sûr que non, andouille, dit Hailey. Aucun homme n'est les deux.

Josh lui vint immédiatement à l'esprit, mais Mad était trop déprimée pour essayer de taquiner Hailey. En outre, il ne portait plus de costume au travail.

Charlotte tendit la main vers les brownies.

— Si je dois choisir, je choisis tatoué et musclé.

Elle prit un minuscule morceau de brownie.

— C'est bon à savoir, dit Hailey avec un gros clin d'œil.

Lauren prit la boîte, dit 'Costume' et enfourna rapidement un brownie dans sa bouche.

Toutes les autres choisirent tatoué et musclé, quelle surprise. Mad prit la boîte et voulut attraper un brownie, mais Hailey la lui enleva des mains.

— Non, tu dois nous dire lequel tu préfères.

Les femmes se mirent à plaisanter en mangeant leur brownie, ce même brownie qui était refusé à Mad, leur conversation devenant de plus en plus bruyante, tout comme sa mauvaise humeur devenait de plus en plus puissante.

Hailey agita la boîte de façon tentante.

— Qui ça intéresse ? aboya Mad.

Hailey savait qu'elle était focalisée sur Park. Ce gros crétin.

— C'est le jeu. Quel type d'homme préfères-tu ? insista Hailey.

Mad perdit son calme.

— Tu sais quel type d'homme je préfère ? Le type d'homme qui reste !

Dans son agitation, elle bondit sur ses pieds.

— Le type qui n'a pas une sorte de sens de l'honneur tordu qui le fait fuir ! Le type qui est là pour toi quand ta mère biologique décide de faire une apparition pour la première fois en vingt-cinq ans !

Les femmes la regardaient toutes avec de grands yeux, mais elle ne pouvait plus s'arrêter.

Elle donna un coup de poing en l'air.

— Le type qui est assez viril pour rester à tes côtés après avoir fait l'amour avec toi avec tant de tendresse que ça te fait pleurer !

— Euh, Mad, commença Lauren.

— Non ! dit Mad en secouant la tête. Je ne serai pas gentille !

— Euh… dit Hailey en inclinant la tête sur le côté.

Mad pointa un doigt sur Hailey.

— Tu veux qu'on parle ? aboya-t-elle. Parker Shaw pense savoir ce qui est le mieux pour moi. M'a-t-il demandé si je voulais qu'il trouve un boulot où il doit se jeter par les fenêtres et sauter de moto ? Non ! Se soucie-t-il du fait que mon père épouse ma mère et que ça me donne envie de vomir ? Non !

Elle descendit le col en V de son T-shirt déchiré pour leur montrer le tatouage du faucon.

— Est-ce qu'il se soucie du fait que ce tatouage est un rappel constant de son emprise sur mon cœur ?

— Je m'en soucie, dit une voix grave.

— Aaaaahhh !

Elle poussa un cri aigu et féminin, son corps entier sursautant de surprise disgracieuse. Elle fit volte-face, le visage écarlate.

— Park.

— Je ne me rendais pas compte que vous partagiez tant de choses dans un club de lecture, dit-il d'un ton pince-sans-rire.

Les femmes gloussèrent.

Elle avança vers lui, sur le point de lui dire ce qu'elle pensait de sa façon de lui faire peur lorsqu'il la prit dans les bras et renifla son cou.

— Tu m'as manqué, chuchota-t-il.

Toute fureur la quitta brusquement.

— Toi aussi, tu m'as manqué.

— Je ne peux pas faire des cascades avec Ty. Ils détruisent trop de bonnes motos. Je ne peux pas le supporter.

Elle sentit ses genoux s'affaiblir de soulagement.

Il caressa ses cheveux et il posa la main sur sa mâchoire en la regardant d'un visage chaleureux et tendre.

— Je suis rentré pour de bon. J'ai des économies et je peux ouvrir mon propre garage, réparer des voitures ou des motos. Peut-être les deux. Je trouverais bien.

Il caressa sa joue.

— Je suis désolé de ne pas avoir été assez viril pour rester avec toi comme tu en avais besoin. À partir de maintenant, je reste.

Il l'embrassa et il parla contre ses lèvres.

— Pour toujours.

Elle sentit ses joues brûler sous l'intensité romantique soudaine, car elle savait qu'il était sérieux. C'était un homme d'honneur, un homme de parole. Elle jeta les bras autour de lui et elle l'embrassa passionnément. Ses amies applaudirent et acclamèrent. Elle rompit le baiser et se tourna vers elles.

— Si quelqu'un a des contacts de clients pour Park, faites-le-moi savoir. Il sait réparer tout ce qui a un moteur.

— J'adore travailler sur les avions, dit Park, mais je peux aussi m'occuper des voitures et des motos.

— Mon beau-frère vient de perdre son meilleur mécanicien, dit Missy. Le type a déménagé en Floride. Est-ce que tu aimes les voitures de collection ?

Les voitures de collection, cela impliquait de grosses sommes d'argent.

Park fit un grand sourire.

— Est-ce que j'aime les voitures de collection ?

Il poussa un cri de joie.

— Est-ce qu'un mécano aime l'huile de moteur ? Oui ! J'adorerais.

Il s'avança rapidement vers Missy pour prendre les coordonnées. Hailey lui donna le manteau de Mad et son sac. Puis il se tint au milieu du cercle de femmes, toutes très belles, mais il n'eut d'yeux que pour Mad.

— Est-ce que ça vous dérange si je vous vole cette beauté ? Elle m'a affreusement manqué.

— Ooh, dire les femmes en chœur.

— Allez-y ! dit Hailey. Filez. Nous n'avons pas besoin de ce genre de fille ici. Ce club est pour les femmes célibataires.

Elle fit un clin d'œil et un sourire à Mad.

Park passa un bras autour de ses épaules et la guida vers la porte.

— Le travail est au garage de restauration de voitures exotiques et classiques. Il est géré par Nico Marino. C'est un endroit merveilleux.

— Je ne savais pas du tout qu'ils avaient besoin de quelqu'un là-bas.

C'était la magie de Hailey. Elle avait connecté Missy au cours d'autodéfense et puis au club de lecture, et cela l'avait connectée à Park et elle.

Il s'arrêta sur le trottoir devant le café et il l'aida à enfiler son manteau.

— Est-ce que ton père s'est remarié ?

— Je n'en ai aucune idée.

Elle ferma son manteau.

— Il ne m'a pas contacté et ça fait trois jours.

Park se raidit.

— Tu veux envoyer Ty là-bas pour aller le voir ? Il est le plus près.

Elle lui prit son sac en bandoulière et elle le passa sur l'épaule.

— Laisse-lui un peu plus de temps. Je suis certaine qu'il va bien. Il fait sûrement la fête.

— Ou alors il soigne son cœur brisé parce qu'elle l'a encore quitté.

Sa mâchoire tomba. Elle n'avait pas pensé à ça.

— C'est juste une idée.

— Oui, appelle Ty.

— Je vais le faire, mais d'abord…

Il posa un genou à terre.

— Aah !

Elle poussa le deuxième cri typiquement féminin de sa vie. Des acclamations se firent entendre près de là et lorsqu'elle se tourna, elle vit ses amies de l'autre côté de la grande vitrine. Elles la regardaient, les yeux brillants et avec beaucoup d'impatience. Elle se retourna vers Park.

— Oui.

Il sourit, ses yeux noisette devenant chaleureux et tendres.

— Laisse-moi d'abord te poser la question.

— Je te vénère.

Il gloussa.

— Moi aussi je te vénère. Veux-tu être ma femme afin que je puisse le faire pendant le reste de ma vie ?

— Oui !

Il mit la main à sa poche, en sortit un anneau en diamant et le glissa sur son doigt.

Elle le contempla.

— Où as-tu trouvé ça ?

— Los Angeles.

Il se leva d'un geste agile et il tint la main de Mad entre

ses grandes mains. Il sourit.

— Est-ce qu'elle te plaît ?

— Oui ! crièrent les femmes à travers la fenêtre.

Elle regarda ses amies, sourit et se retourna vers Park.

— C'est unanime. Oui.

Et puis ses amies se précipitèrent hors du café afin de les embrasser et de les féliciter tous les deux. C'était un peu fou avec leur enthousiasme bondissant. Hailey était si excitée d'avoir pu être témoin de la proposition de mariage qu'elle déclara que Park était un membre honoraire du club de lecture. Il n'y eut pas vraiment de façon polie de refuser.

ÉPILOGUE

— Boxer, slip ou caleçon ? demanda Hailey.

Encore une fois, elle était à la recherche de détails croustillants dans une réunion du Club de Lecture Happy End.

Les femmes se penchèrent vers lui. Sauf Mad, qui leva les yeux au ciel et croisa ses bottes de chantier noires l'une sur l'autre.

— Caleçon, répondit Park avec franchise.

Hailey nota cela dans un carnet.

Park était le représentant mâle, membre honoraire du club de lecture, et son fiancé dévoué. C'était les vacances de printemps pour Mad et elle avait enfin, après une forte insistance de la part de Hailey, traîné Park au club de lecture. Il avait été plutôt décontracté. Sans doute parce qu'il était de bonne humeur, car, après quatre mois d'entraînement intense auprès de son nouveau patron, Nico Marino, Park avait obtenu son premier projet solo, une Ferrari F40 de 1988. Ou peut-être avait-il l'habitude d'une femme insolente près de lui, même si Park avait toujours qualifié Mad de mieux que cela. Il disait qu'elle était fougueuse. Et plein d'autres surnoms affectueux. Était-ce étonnant qu'elle soit amoureuse de lui ?

Hailey leva la tête de son carnet, les sourcils froncés de concentration.

— À présent, à quoi pensent les hommes après le premier rendez-vous ?

Park jeta un regard espiègle en direction de Mad.

— Ils pensent 'où était cette fille canon pendant le reste de ma vie ? Est-ce la même gamine insolente qui disait à tous les garçons qu'ils n'avaient pas de couilles ?'

— Sois sérieux, s'il te plaît, dit Hailey. Nous avons toutes eu un certain nombre d'expériences décevantes après le premier rendez-vous. Des hommes qui n'appellent pas…

— Ou bien qui envoient un texto vague trois jours plus tard, ajouta Charlotte.

— Qui vous pose un lapin au deuxième rendez-vous et vous attendez, et attendez, espérant qu'il a eu un accident de voiture, dit Lauren avec douceur.

Park s'éclaircit la gorge.

— Je ne sais pas vraiment comment ma réponse vous aidera avec la population masculine en général. Ne voulez-vous pas un échantillon plus large ?

— Peux-tu nous en obtenir ? demanda Hailey. Ils doivent être célibataires.

— Tu m'étonnes.

Il se tourna vers Mad.

— Qu'est-ce que t'en penses ? On contacte tes frères ?

Il parlait de ses frères célibataires et de ses frères de sang, les frères honoraires avec lesquels ils avaient grandi.

Mad hocha la tête.

— Ty sera de retour pour un boulot en ville dans quelques semaines. Il faut absolument entendre sa version des faits. Il dira les choses comme elles sont.

Park inclina la tête.

— Quatre Campbell célibataires, quatre frères de sang et moi, cela devrait vous faire un bon début. Est-ce pour une sorte d'article scientifique ?

Les femmes éclatèrent de rire.

Park jeta un regard interrogateur en direction de Mad. Elle haussa une épaule. Comment expliquer que Hailey la romantique, chef du club de lecture et organisatrice de mariages, pensait pouvoir créer les fins heureuses ? Bien sûr, pour cela il fallait attirer plus d'hommes célibataires. Mad n'allait pas se mettre en travers du chemin de Hailey. Cette femme s'était tenue à ses côtés, la soutenant en permanence, pendant que Mad avait sorti son cœur endolori du frigo et l'avait risqué pour Park. À présent ils étaient fiancés. Ils se mariaient dans un peu plus d'un an, le mois suivant son diplôme universitaire. Park avait dit qu'il voulait qu'elle entre dans le mariage avec un diplôme. En attendant, ils occupaient un studio pas cher à Eastman, forniquant comme des bêtes.

Hailey applaudit.

— Oui !

Elle fronça les sourcils.

— Attends, comment vas-tu les traîner ici ?

— Facile, dit Park. On déplace la réunion à Garner's. Propose-leur de la nourriture gratuite et une bière.

Hailey écarquilla ses yeux bleu clair.

— Pourquoi n'y ai-je pas pensé ?

— Tu n'es pas un homme, dit Park.

Hailey sourit d'un air perplexe.

— Et Josh sera coincé derrière le bar.

— Mouah-ha-ha, dit Mad. Espèce de génie diabolique !

— Nous devrions peut-être inviter ton père aussi, dit Hailey à Mad. Maintenant qu'il est célibataire. Il me semble qu'il pourrait vouloir rencontrer quelqu'un.

Son père était rentré de Vegas sans Tina. Pas parce que Tina avait fui. Parce que son père s'était rendu compte que malgré l'amour qu'il ressentait encore pour elle, il ne pouvait pas lui pardonner son retour tardif dans la vie de ses enfants. Son père avait espéré que la réunion de famille allait aider à soigner les blessures de ses enfants parce qu'ils n'avaient pas eu de mère. Mais comme ils le lui avaient expliqué plus tard, grâce à son grand cœur, aucun d'entre n'avait jamais ressenti un manque d'amour. Pour Mad, revoir Tina c'était trop peu et trop tard et elle ne voulait pas de relation avec sa mère à ce moment de sa vie. Ses frères avaient ressenti la même chose. Cependant, il en était sorti quelque chose de bon, car son père avait dit que son moment bref de nostalgie avec Tina lui avait fait comprendre qu'il était prêt pour une nouvelle relation.

— Invite-le, dit Park. Il est cool. Et il a tout vu, crois-moi.

— Mais pas de rendez-vous arrangé pour lui, avertit Mad. C'est mon père.

Elle frissonna. Cela ne la gênait pas qu'il rencontre quelqu'un, il était resté seul pendant tant d'années, mais elle ne voulait pas être témoin de la chose.

— Nous verrons, répondit Hailey avant de se tourner vers Park avec un sourire espiègle.

— String papillon violet vif ou shorty ?

Park humecta ses lèvres et regarda Mad qui bondit de sa chaise. Elle avait récemment acheté cela et Hailey le savait.

Park se leva.

— Tu as quelque chose à me dire ?

Elle le prit par la main et elle le traîna vers la porte. Elles avaient suffisamment interrogé son homme. Il la suivit avec enthousiasme.

— Ooh, bébé ! appela Charlotte.

— Mi-aou ! dit Ally.

Il y eut des cris et des sifflements, mais tout s'estompa au loin lorsque les bras de Park s'enveloppèrent autour d'elle.

— Chérie, on va voir si tu es douée en langue, chuchota-t-il.

Elle se tourna afin de le regarder par-dessus son épaule.

— Ça, c'est ma réplique.

— Coquine.

Elle ricana. Il la souleva et il lui fit passer la porte. Elle entendit un soupir collectif lorsque la porte se referma derrière eux.

— Tu mets la barre très haute pour mes amies, lui dit Mad. Avec tes gestes romantiques et tout.

— C'est bien, elles doivent être bien traitées, répondit-il. Et si ce n'est pas le cas, je casserais la gueule du type.

— Moi aussi.

— Marché conclu.

~ ~ ~

Chers lecteurs,

Les meilleurs ennemis continuent ! D'après vous, que fera Josh lorsqu'il découvrira que Hailey a fait rater toutes ses aventures potentielles en parlant de sa maladie gênante ? Au moins, ils se sont laissés en paix pour le Nouvel An. Charlotte et Ty ont commencé du mauvais pied, mais maintenant que Ty revient en ville pour un travail, il veut avoir une deuxième chance afin de faire bonne impression. L'histoire suivante est celle de Ty et Charlotte : *Même pas cap*, le tome trois de la série du Club de Lecture Happy End. Rejoignez le club et réclamez votre happy end !

Même pas cap (Club de Lecture Happy End, Tome 3)
La dernière chose dont Charlotte Vega a besoin dans la vie, c'est d'un cascadeur CANON et trop sûr de lui comme Ty Campbell. Mais lorsqu'il fait la cascade ultime – un geste romantique qui finit par une invitation charmante à dîner sur l'eau au soleil couchant – elle ne parvient pas à lui résister. D'où le désastre.

Leur premier rendez-vous mouvementé va de mal en pire lorsque son yacht – bon d'accord, en réalité il l'a juste emprunté – se coince dans la vase. Il se trouve que Ty ne peut rien faire à part attendre plusieurs heures que la marée monte, sans électricité, sans aucun moyen de préparer le repas et avec une femme affamée, mais terriblement sexy.

Ty est bien déterminé à sauver la soirée et il commence alors un jeu pour passer le temps. Sauf que ce que Ty apprend lui révèle qu'il pourrait avoir fait foirer un rendez-vous avec la femme parfaite. Comment faire pour la conquérir désormais ?

Inscrivez-vous à ma newsletter afin de ne rater aucune de mes nouvelles publications: Kyliegilmore.com/FRnewsletter

Autres livres de Kylie Gilmore

La série Clover Park

The Opposite of Wild (Book 1)
Daisy Does It All (Book 2)
Bad Taste in Men (Book 3)
Kissing Santa (Book 4)
Restless Harmony (Book 5)
Not My Romeo (Book 6)
Rev Me Up (Book 7)
An Ambitious Engagement (Book 8)
Clutch Player (Book 9)
A Tempting Friendship (Book 10)

La série Clover Park STUDS

Almost in Love (Book 1)
Almost Married (Book 2)
Almost Over It (Book 3)
Almost Romance (Book 4)
Almost Hitched (Book 5)

La série du Club de Lecture Happy End

Hollywood incognito (Tome 1)
Au-devant des ennuis (Tome 2)
Même pas cap (Tome 3)
Entente formelle (Tome 4)
Erreur sur le bad boy (Tome 5)

Au sujet de l'auteur

Kylie Gilmore est l'auteur de best-sellers sur la liste de *USA Today* de la série du Club de Lecture Happy End, la série Clover Park et la série Clover Park STUDS. Elle écrit des romances comiques qui vous feront rire, vous feront pleurer et vous donneront un coup de chaud.

Kylie vit à New York avec sa famille, deux chats et un chien complètement fou. Quand elle n'est pas en train d'écrire, de courir après ses enfants ou de prendre des notes lors de conférences sur l'écriture, vous la trouverez sur la pointe des pieds, cherchant à atteindre sa cachette secrète de chocolat tout en haut du placard.